Academic Series of
College of Foreign Languages
and Cultures,
Xiamen University

厦门大学外文学院学术文库

CFLC

本书得到教育部人文社会科学研究规划青年基金项目
（项目批准号：18YJCZH250）资助

豪尔赫·爱德华兹
《历史之梦》的写作技巧研究

Aproximación a la narrativa
de Jorge Edwards

张雅惠◎著

厦门大学出版社
XIAMEN UNIVERSITY PRESS
国家一级出版社
全国百佳图书出版单位

图书在版编目(CIP)数据

豪尔赫·爱德华兹《历史之梦》的写作技巧研究:西班牙文/张雅惠著.—厦门:厦门大学出版社,2019.1
ISBN 978-7-5615-7313-6

Ⅰ.①豪… Ⅱ.①张… Ⅲ.①小说创作—文学创作研究—智利—现代—西班牙文 Ⅳ.①I784.074

中国版本图书馆CIP数据核字(2019)第 019797 号

出 版 人	郑文礼
责任编辑	王扬帆

出版发行 厦门大学出版社

社　　址	厦门市软件园二期望海路 39 号
邮政编码	361008
总 编 办	0592-2182177　0592-2181406(传真)
营销中心	0592-2184458　0592-2181365
网　　址	http://www.xmupress.com
邮　　箱	xmup@xmupress.com
印　　刷	厦门集大印刷厂

开本	720 mm×1 000 mm　1/16
印张	13.5
字数	325 千字
版次	2019 年 1 月第 1 版
印次	2019 年 1 月第 1 次印刷
定价	58.00 元

本书如有印装质量问题请直接寄承印厂调换

厦门大学出版社
微信二维码

厦门大学出版社
微博二维码

ÍNDICE DE CONTENIDO

ÍNDICE DE FIGURAS

Por mi pasión hacia la vida y la literatura

AGRADECIMIENTOS

Quisiera expresar mi gran agradecimiento al Ministerio de Educación de China y a la Universidad de Xiamen, por sus apoyos financieros a través de los Proyectos 18YJCZH250 y 20720171052. También a todos que me han apoyado en la trayectoria de la literatura.[1]

① Gracias a Xu Yanling, quien ayuda en la maqueta del libro.

古人云："形在江海之上，心存魏阙之下。"神思之谓也。

文之思也，其神远矣。

故寂然凝虑，思接千载；

悄焉动容，视通万里；

吟咏之间，吐纳珠玉之声；

眉睫之前，卷舒风云之色；其思理之致乎！

刘勰，《文心雕龙》

Alguien dijo: "El cuerpo está en el río o en el mar,

pero el corazón permanece a la puerta de palacios".

A esto se le llama pansamiento espiritual.

En literatura el pensamiento espiritual va mucho más lejos.

Tranquilo, en contemplación, el pensamiento siente mil años;

sereno, con el menor movimiento del rostro,

la vista alcanza diez mil *li* [millares].

Al entonar versos se produce un sonido de perlas y jade,

y ante los ojos se enroscan nubes y viento.

Hasta ahí puede llegar el pensamiento espiritual.

Liu Xie, *El corazón de la literatura y el cincelado de dragones*

INTRODUCCIÓN

¿Qué es la vida? Un frenesí.
¿Qué es la vida? Una ficción,
una sombra, una ilusión, y el mayor bien es pequeño;
que toda la vida es sueño, y los sueños, sueños son.

Pedro Calderón de la Barca, *La vida es sueño*

Toda la historia pasó de mano en mano,
y por la boca de los puertos anduvo
el ramal harapiento
de los conquistadores espectrales [...]

Pablo Neruda, *Canto general*

La obra de Jorge Edwards es una de las que mayor reconocimiento internacional está recibiendo en la actualidad. Este escritor chileno, que ejerció durante años la carrera diplomática, es autor de numerosas publicaciones que se erigen como testimonios apasionantes de algunos de los hitos más importantes del siglo XXI. En uno de sus títulos más conocidos, *Persona non grata* (1973), Edwards reprueba, en clave narrativa, la Revolución cubana. A pesar de su crítica social, insistió en el hecho de que los chilenos debían ser más prudentes a la hora de manifestar ideas y sentimientos contrarios a las políticas impuestas por la dictadura militar del General Augusto Pinochet. Edwards intentó, en la mayoría de sus obras, recuperar la función política del intelectual chileno y la tradición literaria latinoamericana. Tras el exilio, el escritor viajó a Europa, desde donde criticó duramente el Régimen Militar chileno. En 1978, regresó a su país natal y contribuyó a la lucha antidictatorial con su trabajo y creación intelectual. Nos hallamos su idea en el prólogo de *Chile espectacular*:

> Chile, en buenas cuentas, desde el momento mismo en que fue vislumbrado por los hombres de Europa, tuvo un aura de excepción. Era un país que esperaba a sus poetas y que pronto los encontraría en su camino. La insatisfacción frente a las realidades modernas, que ya empezaban a transformar la existencia en todo el Viejo Mundo, encontraba para gente como Ercilla y sus amigos, hombres de cultura Renacentista, un escape, una compensación por lo menos imaginaria, en el desarrollo épico y en el maravilloso escenario natural de las guerras de Arauco (Edwards, 1996b: 7).

Ha publicado varios ensayos, cuentos y novelas, donde cabe destacar *El sueño de la historia* como una de las obras cumbre de su creación personal y de la literatura latinoamericana. En 1994, recibió en Chile el Premio Nacional de Literatura por el conjunto de su obra y, cinco años más tarde, en España, el Premio Cervantes.

Es importante señalar que Edwards ha sido incluido entre los miembros de la Generación del 50 (en adelante, G50), la cual busca superar la intencionalidad localista, determinista y realista tradicional de la literatura criolla. Los autores de este grupo se caracterizan por sustituir los escenarios del campo y el puerto por los de la gran ciudad. Sus obras tienden a estar ambientadas en espacios públicos, como cafeterías, bares, universidades, calles, cines, etc. Además, utilizan la figura del pequeño burgués o burgués en decadencia para el papel protagonista, en lugar del obrero o del campesino (Godoy Gallardo, 1991). A modo ilustrativo, estas características aparecen reflejadas en la novela *El sueño de la historia*.

Por otra parte, los integrantes de la G50 afirman que para ser escritores verdaderos, profesionales y modernos, no pueden ceñirse únicamente al contexto de su propia nación, sino que deben internacionalizarse. Por ello, en las obras de Jorge Edwards, varios personajes centrales viven un largo tiempo fuera de su país, o bien sufren el exilio. Es el caso, por ejemplo, del personaje "el Narrador" en la obra *El sueño de la historia*.

En esta novela, el autor no solo reinterpreta la historia de los chilenos y del país, sino que también critica algunas situaciones generales de la sociedad, como veremos más adelante. El relato acontece en dos momentos distintos de la historia de Chile: el final del período colonial y los inicios de la República; y los años últimos de la dictadura y el regreso de la democracia.

El sueño de la historia comienza con el regreso a Chile del personaje principal, el Narrador, al final de la dictadura. El Narrador es un hombre de mediana edad, perteneciente a la clase alta y separado de su mujer, Cristina. Ambos son padres de Ignacio chico, un joven que está recluido en la cárcel y que, más adelante, marchará de su patria.

El Narrador encuentra unos documentos en un viejo departamento que arrienda en el centro de Santiago. Estos pertenecían a un historiador fallecido poco tiempo atrás. Entre los papeles del difunto, se halla una historia sobre el arquitecto italiano del Palacio de la Moneda, Joaquín Toesca, y su mujer, Manuela Fernández. Ella, debido a sus infidelidades, es acusada por su marido y enclaustrada en un convento. La relación de su matrimonio se encuentra repleta de odio y desconfianza.

El Narrador, para escapar de la atmósfera fría de la dictadura, se refugia en la fascinación que le produce esta historia ocurrida en pleno siglo XVIII, y comienza a narrarla. Además, la novela deconstruye la vida del Narrador durante la época de la dictadura militar del General Pinochet. Es aquí donde se describen las relaciones familiares del personaje principal, organizadas en torno a su mujer, Cristina, su hijo, Ignacio chico, su padre, Ignacio Viejo, y su hermana, Nina. En esta obra, observamos una serie de paralelismos estructurales. La historia comienza cuando el Narrador regresa a su patria a fines del siglo XX, tiempo en que se dedica a investigar la vida de Toesca gracias a los documentos que encuentra por casualidad.

En este libro, vamos a estudiar los siguientes temas:

Para concluir, este libro finaliza con un apartado de conclusiones. Además, cuenta con tres apéndices que abarcan materiales útiles con los que los lectores puedan enriquecer conocimientos acerca de la historia y la literatura chilenas.

SOBRE LA METODOLOGÍA

La siguiente investigación se construye a partir de una visión histórica, con la ayuda de fuentes de información artística y literaria, o relacionadas con la realidad chilena. He viajado a Chile personalmente para conocer mejor la situación general y la cultura de este país. En Santiago, he tenido la oportunidad de consultar al profesor Roberto Hozven de la Pontificia Universidad Católica de Santiago que ha estudiado durante años la obra y los escritos de Jorge Edwards. He tenido la suerte, además, de mantener un encuentro con el autor de la novela *El sueño de la historia*. A lo largo de dicha entrevista, han emergido aspectos muy interesantes sobre su vida, su ideología y su sentimiento con respecto a la literatura, información que el lector podrá encontrar en el apéndice 3. Gracias a esta entrevista, he podido entender mejor las ideas de Jorge Edwards y gozar de una visión más amplia de la novela.

Analizo *El sueño de la historia* basándome en la teoría desarrollada por Roland Barthes en *Análisis estructural del relato*. Parto de la premisa de que esta creación solo se puede entender desde un estudio de las circunstancias económicas y sociales de su contexto. Así, este trabajo observa la obra literaria como una reflexión simbólica y social, que muestra la situación general, la vida del pueblo y los conflictos bajo la infraestructura política y económica de la sociedad chilena. Frederic Jameson (1981: 20) menciona en su obra *The Political Unconscious* que la narración histórica-social no solo aporta placer al lector, sino también ofrece elementos de juicio para llevar a cabo una interpretación política. En cuanto al análisis de la narrativa de la obra, es fundamental mencionar la influcencia de *La historia como conjetura: la narrativa de Jorge Edwards,* de Roberto Ampuero.[1]

---

[1] Roberto Ampuero analiza las obras de Jorge Edwards, centrándose especialmente en la relación del autor con el espacio público. De este modo, Nicolás Cruz (2008) comenta que la comprensión de Ampuero acerca de las obras literarias como "un acto de trasgresión y finalmente, su recurso permanente a la historia con la correspondiente reflexión al respecto".

Lo más característico de *El sueño de la historia* es la expresión ideológica de Jorge Edwards, que muestra a través de dos tipos de personajes. Por un lado, los escritores que provienen del seno de familias de clase alta, como Jorge Edwards, adquieren un papel relevante durante la dictadura con su oposición al régimen de Pinochet. Por el otro, los personajes marginados son tan fuertes que pueden transformar su repugnancia en un deseo. Estas aclaraciones son importantes puesto que nos permiten interpretar esta novela como creación literaria y como reflejo de una realidad histórico-social. Además, esta obra sitúa el significado político y estético de la narración en el complejo proceso de lucha social de las últimas cuatro décadas en Chile.

Establezco, de este modo, una separación entre creación literaria y extracción social y política para entender mejor el sentido profundo de esta novela. Admito que las luchas sociales constituyen una parte importante en la historia chilena. Esta es la razón por la que Edwards narra la historia de dos épocas de modo paralelo para elevar los espacios de libertad y justicia social, aunque muestra también escepticismo con respecto a horizontes globales. *El sueño de la historia*, concretamente, apela a una estética ilimitada, pero que guarda una relación íntima con la realidad de la sociedad y del ser humano. Los individuos de la obra, con sus condiciones reales de existencia, pueden actuar como estimuladores de la acción social.

Mi análisis literario distingue dos ejes básicos: primero, una visión sincrónica de la relación entre realidad económico-social y literatura; segundo, una visión histórica. Es decir, para entender la realidad social no bastan los hechos superficiales del momento, sino que, además, hay que investigar el origen y los cambios del contexto histórico. Edwards realiza una interpretación particular sobre la historia en sus obras. Por medio de *El sueño de la historia*, podemos ver, además de la visión subjetiva del autor, una mirada nueva sobre la historia.

Este trabajo pone énfasis en la percepción de la realidad que poseen los personajes de la novela, en su incapacidad para detectar el sentido y el desarrollo de la historia. Esta incapacidad, a veces, se ve transformada por una defensa de la ideología de la clase dominante, que despoja el carácter básico del ser humano. Se trata de una visión fragmentada de la realidad que se fraguó en Chile debido al control ejercido por la dictadura sobre los medios de comunicación.

A lo largo de esta investigación, además, se hace hincapié en los siguientes aspectos: el papel transgresor del sujeto disidente y miembro de una clase dominante en decadencia, que constituye un eje fundamental en esta novela; la explicación subjetiva de la Historia que realiza Jorge Edwards; así como el papel del arte y la literatura como medios de expresión de la conciencia social disidente dentro de la clase dominante. Es cierto que la obra está ambientada en el mundo burgués, pero pone el énfasis en los individuos transgresores y rebeldes.

Es interesante también examinar la difusa línea o frontera entre historia y ficción que postula Edwards. La visión particular de la historia del autor ofrece al lector una interpretación nueva para explicar el devenir de la sociedad chilena. La historia, como conjetura, se puede suponer desde varios puntos de vista. La historia, como reiteración, muestra el problema de la sociedad tradicional de Chile. Sin duda, la literatura está bajo la influencia de la sociedad, en especial por una sociedad dictatorial o posdictatorial. El Narrador posee la autoridad para narrar la historia de su punto de vista. Los documentos históricos, oficiales o no oficiales, pueden desenmascarar una verdad que nadie conocía antes.

Otro aspecto de la novela que me propongo analizar es la subjetividad como experiencia no transmisible, que se caracteriza por la exploración de la memoria individual como mecanismo de ficción y de construcción de la historia no oficial. La oposición entre historia marginal e historia oficial bajo la dictadura refleja el pensamiento de los chilenos que deseaban deponer la dictadura y recuperar la democracia. Además, reivindica el papel de la escritura una herramienta que permite la reinterpretación del pasado.

Todos los temas literarios presentes en la novela se analizan en relación con un marco más amplio y profundo de la lucha por el poder que supone la dictadura. La investigación pone de relieve, asimismo, la diferencia de clases que, históricamente, ha caracterizado a la sociedad chilena. En cambio, muestra cómo el arte y la literatura han desempeñado un papel decisivo en la creación de condiciones subjetivas para alcanzar mayores condiciones de igualdad. Obviamente, modificar la realidad económico-social durante un régimen dictatorial entraña grandes dificultades, pero el arte y la literatura han contribuido a producir ciertos cambios en la sociedad chilena, como estudiaremos a lo largo de este trabajo.

CAPÍTULO I
JORGE EDWARDS Y SU ÉPOCA

[...] yo tendría que haber sido abogado, hombre de negocios,
sin tomar la literatura en serio, mi padre me decía:
"¿por qué no escribes los fines de semana?",
lo que a mí me parecía intolerable.

Godoy Gallardo, *La Generación del 50 en Chile*

Era el Chile de siempre que volvía,
con su idea muy arraigada,
metida en el fondo del ADN nacional:
en Chile, en Chilito, nunca podía pasar nada.

Jorge Edwards, *Esclavos de la consigna*

1.1 Contexto político

Jorge Edwards nació en Santiago de Chile en 1931. El apellido denota su pertenencia a una clase social alta. Se licenció como abogado en 1958; al año siguiente, realizó estudios de posgrado en la Universidad de Princeton. Ejerció como diplomático desde 1962, primero en Francia y, después, en Bruselas. Regresó a Chile en 1967, donde asumió la dirección del Departamento de Europa Oriental de la cancillería y, más tarde, fue nombrado Ministro Consejero en la embajada de Lima. Gracias al apoyo de Pablo Neruda, Edwards trabajó, entre 1970 y 1973, en la embajada de la Habana. Las peripecias de su corta estancia en Cuba constituyen el argumento de uno de los libros testimoniales chilenos más apasionantes de este siglo: *Persona non grata*, que constituye una dura crítica de la revolución cubana. Tal es así que su publicación provocó que Fidel Castro expulsara a Edwards de la isla. Además, la venta se prohibió tanto en la Cuba castrista como en Chile bajo el régimen de Augusto Pinochet. Neruda, que ejercía entonces de embajador en París, convenció a Salvador Allende para que nombrara a Edwards como su consejero en la Delegación francesa. Esta nueva experiencia le sirvió de inspiración para su libro *Adiós, poeta* (1990), que narra sus memorias sobre las vivencias compartidas con Neruda.

Tras el golpe de Estado de Pinochet, Edwards se exilió en Barcelona y comenzó a criticar la acción militar con la misma imparcialidad que lo había caracterizado en la mayoría de sus escritos. En 1978, decidió abandonar su cómoda posición de intelectual exiliado en Europa y regresar a Chile.

A diferencia de la mayoría de sus colegas de izquierda militante, que criticaban desde la distancia la revolución cubana y la situación crítica del país, él volvió con el propósito de incorporarse a la lucha antidictatorial valiéndose de sus creaciones intelectuales.

> Para Edwards, la escritura cumple una función primera: realizar la crítica de la crítica; en otras palabras, desarmar lo sospechoso, revelar el tabú, defenderse –como afirma en "Manuscrito entregado en Cocepción"– de esa ciencia peligrosa que es la historia, rebelarse ante lo que denomina "el diccionario de ideas recibidas" (Reyes, 2006: 173).[1]

Así, con el apoyo de la Sociedad de Escritores de Chile (SECH)[2] estableció la "Comisión Permanente de Defensa de la Libertad de Expresión", cuya tarea central fue luchar contra la censura oficial de libros. Más tarde, en 1982, se incorporó al Comité de Elecciones Libres para ofrecer su contribución intelectual al país. En 1994, el primer gobierno democrático chileno lo volvió a nombrar embajador ante la UNESCO[3], en París.

---

[1]   Lo que opina Edwards coincide con los rasgos de la escritura de la G50. Vid. infra, apéndice 2.

[2]   La Sociedad de Escritores de Chile se fundó en 1931. A ella pertenecen escritores de distintos géneros: poesía, cuento, novela, ensayo y dramática.

[3]   La UNESCO es la Organización de las Naciones Unidas para la Educación, la Ciencia y la Cultura. Es un organismo especializado de las Naciones Unidas, Se fundó en 1946 con el objetivo de contribuir a la paz y la seguridad en el mundo mediante la educación, la ciencia, la cultura y las comunicaiones. Tiene su sede en París, Francia.

1.2 Contexto literario

1.2.1 La generación del 38 y del 50

La literatura chilena no se puede considerar sencillamente como el realismo o el surrealismo, es que tiene mucha variedad y no debería ponerla límite en un género concreto. Merece la pena recordar las palabras de Fernando Alegría (1967: 11) cuando comenta la literatura chilena: "El realismo de Neruda, por ejemplo, se refiere a numerosas capas de la realidad: conscientes y subconscientes, mediatas e inmediatas, formadas o en proceso de formación: es un realismo hecho de realidades y superrealidades". Los escritores tratan de crear un estilo entre una constante de movimiento artístico.

En el siglo XX, hay dos corrientes importantes en la literatura chilena: la generación del 38 y la del 50. En realidad, las dos se asocian con los movimientos sociales y políticos, pero se distinguen según las diferentes circunstancias diferentes.

La generación del 38, también conocida como la generación del 42, se caracteriza por los temas relacionados con la política, la sociedad y la historia. En cuanto al entorno histórico de este período, hay que considerar aspectos nacionales e internacionales. Por un lado, el estallido de la Segunda Guerra Mundial (1939) y el de la Guerra Civil española (1936) son dos eventos claves que afectan a todo el mundo, incluido los escritores chilenos. Por el otro, en 1938 el Frente Popular asume el poder y trata de llevar a cabo una serie de reformas que encuentran un eco de simpatía entre los intelectuales chilenos (BND).

Bajo este entorno histórico, se ponen de relieve los escritores locales y si interesan por los problemas sociales. Sin embargo, no podríamos negar la angustia y el dolor que quieren mostrar a través de su escritura.

> Todas estas circunstancias, en que se mezclan la angustia ante la inminencia de una nueva conflagración mundial, la rebeldía y el espíritu de lucha de una generación, dispuesta a conquistar el bienestar económico, la libertad política y la justicia social para el pueblo chileno, y, desde el punto de vista literario, un afán de superar la expresión localista por medio de un realismo de base popular y de proyecciones universales, dejan su sello inconfundible en la obra de los prosistas de la Generación del 38 (Alegría, 1967: 80-81).

El estilo de los miembros de esta generación se puede dividir en dos grupos. El primero está apegado al realismo y escribe con un lenguaje más directo y un acento regionalista. El segundo, inclinado al surrealismo y el creacionismo y escribe de manera esteticista y subjetiva.

Los escritores más destacados de esta generación son Nicomedes Guzmán (1914-1964), Gonzalo Drago (1906-1994), Andrés Sabella (1912-1989), Francisco Coloane (1910-2002), Volodia Teitelboim (1916-2008), Eduardo Anguita (1914-1992), Teófilo Cid (1914-1964), etc.[1] A continuación, llevamos a cabo una breve introducción a los escritores mencionados. Nicomedes Guzmán, seguidor de las creencias marxistas, revisa el mundo narrado de un halo de esperanza y redención histórica que descubre las causas y consecuencias de las desigualdades en la sociedad capitalista. Gonzalo Drago se dedica a escribir a los personajes que luchan por la vida. Su primera obra *Cobre* (1941) nos ofrece un buen ejemplo. Andrés Sabella, poeta, narrador y periodista, tiene una novela conocida y comentada *Norte Grande*, epopeya de las salitreras, cuyo personaje central es la pampa, tratada con gran sentido social y poético. Francisco Coloane es el ganador del Premio de la Sociedad de Escritores en 1957, y del Premio Nacional de Literatura en 1964. Su obra ha sido objeto de múltiples comentarios y artículos de prensa. Volodia Teitelboim ha desarrollado distintas labores: escritor, biógrafo, crítico literario, periodista, etc.. Eduardo Anguita fue galardonado en distintos concursos: Premio Municipalidad de Santiago en dos ocasiones, por *El poliedro y el mar* (1963) y *Poesía entera* (1972); Premio María Luisa Bombal de la Municipalidad de Viña del Mar; y, en 1988, el Premio Nacional de Literatura. Teófilo Cid se dedica a la escritura de novela, cuento, teatro, poesía y crítica. Es el ganador del Premio Nacional del Pueblo por el conjunto de su obra poética.

Algunos de ellos forman en el grupo de la G50, que siguen desempeñando caracteres de obsesión para luchar por la emancipación política y económica con su escritura.

A partir de los años 50, unos cuentistas y novelistas suelen reunirse en la Escuela de Derecho de la Universidad de Chile, el Pedagógico, el Parque Forestal y los ya míticos cafés Bosco y Sao Paulo para compartir cuentos de su lectura. En 1954 Enrique Lafourcade (1927-) editó *Antología del nuevo cuento chileno*, que

---

① Vid. infra, apéndice 2.

colecciona 30 cuentos de 24 autores. Así, aparece otra nueva corriente literaria, llamada la G50. Los integrantes más destacados son Guillermo Blanco (1926-2010), José Donoso (1924-1996), María Elena Gertner (1927-2013), Claudio Giaconi (1927-2007), Enrique Lafourcade (1927-) y Jorge Edwards (1931-). Este último, gracias al Premio Cervantes obtenido en 1999, tiene mucha fama en todo el mundo.

A continuación, tratamos de hacer una breve introducción a los escritores anteriores. Guillermo Blanco es galardonado con el Premio Nacional de Periodismo por sus valiosos aportes a la cultura. José Donoso muestra inclinación por la literatura desde muy temprana edad y sus incursiones iniciales en la escritura son como cuentista. Hasta nuestra fecha se considera como uno de los escritores más famosos mundiales por su denominado "*boom*" de la literatura latinoamericana. María Elena Gertner es la primera escritora femenina de los integrantes de la G50. Escribe los conflictos emocionales y las experiencias sexuales de sus protagonistas con una exposición directa pero desenfadada. Claudio Giaconi publica su primer cuento "El sueño de Amadeo" en 1959, pero debido a un largo autoexilio, tiene un prolongado silencio literario. Enrique Lafourcade empieza a escribir a partir de los años cincuenta y tiene numerosas obras conocidas. Durante la dictadura militar, mantiene una postura independiente, dando a conocer su opinión directa y sagaz. En la actualidad, es un escritor de tiempo completo que, además, ha sido panelista televisivo; invitado de toda feria literaria; ilustrado crítico gourmet y excepcional y polémico cronista.

A diferencia de los miembros de la generación del 38, los de ésta está formado por la alta burguesía y los élites de los colegios santiaguinos. Los jóvenes que entran en el escenario de las letras nacionales no solo están influidos por el existencialismo[1], sino también que rechazan el criollismo.[2] *Memoria chilena* explica este movimiento literario de esta manera:

---

[1] El existencialismo es una doctrina filosófica que se desarrolla a partir de una crisis o crítica social y moral a raíz de los estragos y dramas socio-filosóficos ocasionadas por las grandes guerras europeas del siglo XX, especialmente, la Segunda Guerra Mundial. Hay varios filósofos que investigan este tema, a saber, Federico Nietzsche, Martin Heidegger, Sören Kerkegaard (considerado el padre del existencialismo), Jean Paul Sartre, Gabriel Marcel, Karl Jaspers, Miguel de Unamuno, quienes se preguntan por "el ser del hombre, el significado de su presencia en el universo como protagonista de los cambios y sobre todo, como integrante de la naturaleza que se piensa a sí misma" (Vélez Correa, 2005: 16).

[2] El criollismo en Latinoamérica, como movimiento asociado a las letras nacionales, surgió a fines del siglo XIX, en medio de un menosprecio generalizado por el mundo campesino y una tendencia a privilegiar la ciudad como centro de desarrollo de las nacientes repúblicas de la región (BND).

La Generación literaria de 1950, hizo su entrada al escenario de las letras nacionales, con un escepticismo radical frente a la vida y a la literatura chilena anterior (buscando ante todo la superación del criollismo). Por esta razón fueron estigmatizados como escritores despreocupados frente los problemas sociales. Una de las razones de este escepticismo fue el momento de cambios profundos en la sociedad, tanto a nivel nacional, como internacional, teniendo en cuenta, el escenario mundial de la época. Todo esto provocó que en los escritores de esta generación surgiera la idea de la realidad concebida como una máscara, y que se subjetivizara absolutamente la noción de conciencia humana (BND).

La G50 quiere superar la intencionalidad localista, determinista y realista tradicional de la literatura criollista. Los autores cambian el escenario del campo y el puerto a la gran ciudad. También usan muchos espacios públicos, como cafeterías, bares, universidades, calles, cines, etc. Además, crea el protagonista como un pequeñoburgués o un burgués en decadencia, en vez del obrero o el campesino. Hallamos los rasgos mencionados en *El sueño de la historia*.

Por su parte, los de la G50 tienden a darse cuenta tanto a su nación misma como al mundo internacional, por lo tanto, sienten ilusionados con las ciudades exóticas. Marcy Schwarz indican que París es una ciudad tan atraída que puede inspirar los intelectuales latinoamericanos.[1]

Claudio Giaconi tuvo ganas de definir esquemáticamente el programa de la G50

---

[1] Marcy Schwartz nos ofrece la siguiente explicación: "Latin American construct of Paris that contemporary narrative refutes and amends. The city figures as an erotic force, a sign of social prestige, and a hegemonic center for cultural production [...]. Paris's significance as a geographical referent diminishes in Latin American writing because of its reemergence as a cluster of cultural and political assumption. In Latin America's urban semiotics, Paris that embody aesthetic, sociopolitical, and sexual projections" (Schwarz, 1999: 8). En *El sueño de la historia*, también está presente una descripción de París, pero trata de sus escenas más sucias: "En París, que conocía por libros y por estampas, nos imaginamos que percibió una atmósfera encrespada, rara, como si el chisporroteo de su máquina flotara en el aire, y no sólo en el aire, ¡adentro de las cabezas de la gente! Porque muchas de las personas que encontró en esa enorme ciudad le parecieron alteradas, enloquecidas, razonantes hasta un punto enfermizo, a diferencia de los flemáticos ingleses y de los bovinos holandeses. Entre el gentío del Palais Royal en un atardecer de comienzos de verano, en los jardines, bajo las arcadas mujeres descocadas, jóvenes petimetres, tenderos y tinterillos panzudos, divisó a un grupo heterogéneo, un par de obreros, un muchachón boquiabierto, una verdulera, una señora de sociedad, opinante, enfática, parecida a señoras que el Narrador conoció en Chile de los años cincuenta, pendientes todos de los labios de un personaje vestido de carpintero, de artesano, con una especie de turbante en la cabeza, y que hablaba en voz baja, cubriéndose la cara, como si la emisión de cada frase le costara un esfuerzo extraordinario, o como si tuviera mucho miedo de los oídos indiscretos [...]" (Edwards, 2000a: 77).

en su obra *Una experiencia literaria*.

> Nuestro programa, a grandes rasgos, es el siguiente:
> 1. Superación definitiva del criollismo.
> 2. Apertura hacia los grandes problemas contemporáneos: mayores universalidad en concepciones y realizaciones.
> 3. Superación de los métodos narrativos tradicionales.
> 4. Audacias formales y técnicas.
> 5. Mayor riqueza y realismo en el buceo sicológico.
> 6. Eliminación de la anécdota (Citado por Promis Ojeda, 1995: 278).

En la década del 50, Chile ya ha cosechado los frutos de la industrialización impulsada por gobiernos dirigidos por el partido radical. Éste, según Sofía Correa Sutil (2005: 39), "se definía como positivista y se caracterizaba por su includicable anticlericalismo". En cambio, los radicales perdían la influencia debido a su corrupción política. Esta experiencia afecta mucho a los de la G50. Por ejemplo, Edwardos toma, con frecuencia, una actitud de escepticismo frente a la clase política en sus obras.

Godoy Gallardo (1991: 369) indica que para el crítico la realidad en la G50 "es un ente cabalmente inasible, no condicionado fatalmente por leyes sicofísicas inmutables. De allí la frecuencia con que se discurre por espacios individuales, concienciales, naturalmente laberínticos y ajenos a las limitaciones del empirismo o el racionalismo tradicionales". Los escritores de la G50 rechazan el realismo fotográfico y criollismo, que se basan en la convicción de que la realidad puede ser reflejada totalmente. Pues no acceden que la historia es una visión única de lo ocurrido. Es decir, los autores de la G50 podrían ver la historia como conjetura, como multiplicidad de discursos posibles. Esta característica se muestra bien en la novela de Edwards *El sueño de la historia*.

1.2.2 El arte de escribir de Jorge Edwards

Aunque Edwards dedicó gran parte de su vida al estudio del Derecho, la literatura ha constituido su gran foco de atención. En *La generación del 50 en Chile*, editado por Godoy Fallardo, podemos apreciar el pensamiento de Edwards acerca de esta arte.

Estaba la idea del compromiso, de hacer una literatura que no fuera indiferente a los problemas de la sociedad. Mi actitud y mi mirada sobre la sociedad chilena era una mirada crítica, yo me crié en una casa burguesa y el hacerme escritor había significado una verdadera ruptura familiar, yo tendría que haber sido abogado, hombre de negocios, sin tomar la literatura en serio, mi padre me decía: "¿por qué no escribes los fines de semana?", lo que a mí me parecía intolerable (Godoy Gallardo, 1991: 351).

No solo es un narrador, sino también un colaborador habitual en el diario español *El País* y el vespertino chileno *La Segunda*, que pertenece a la cadena periodística de derechas *El Mercurio*. Es interesante que este grupo editorial le permita a Edwards escribir en una de sus columnas.

Hasta el día de hoy, Edwards ha publicado numerosas obras de renombre. La más conocida, *Persona non grata*, fue publicada en 1973. Dicha novela concitó gran interés a nivel mundial y, curiosamente, padeció una censura doble: fue prohibida tanto por la izquierda como por la derecha. Refiriéndose a ella, Octavio Paz comentó:

Este libro es uno de los clásicos verdaderamente vibrantes de la literatura latinoamericana moderna [...] Puede ser leído como testimonio y también como obra de ficción [...] Su lenguaje es una amalgama de las virtudes más difíciles: la transparencia con la inteligencia, la penetración más incisiva con una sonrisa [...] (Edwards, 2015b).

En 1977, Edwards gana el premio de Ensayo Mundo con el libro *Desde la cola del dragón*. Otras novelas destacadas son *El peso de la noche* (1965), *Los convidados de piedra* (1978), *El museo de cera* (1981), *La mujer imaginaria* (1985) y *El anfitrión* (1987), *El origen del mundo* (1996), *El sueño de la historia* (2000), *El inútil de la familia* (2004), *La casa de Dostoievsky* (2008), *La muerte de Montaigne* (2011), *El descubrimiento de la pintura* (2013), *La última hermana* (2016), etc.

A continuación, realizamos una breve introducción a las obras de Edwards. La primera novela de Edwards, *El peso de la noche*, trata de una familia poderosa, presidida por la señora Cristina, donde un adolescente Francisco se rebela contra los valores familiares y tradicionales "el orden social en Chile". La segunda novela suya, *Los convidados de piedra* trata de una investigación estricta en la historia de una sociedad chilena agónica, donde se pone de relieve la ruptura del orden de las familias que alude una revolución no asumida. Más adelante, *El museo de cera* tiene un protagonista, el supuesto marqués de Villa-Rica, símbolo del sector más tradicional de la sociedad chilena, vive anclado en el pasado. La obra entrelaza tres mundos en un conjunto delirante y de gran comicidad. Más tarde, *La mujer imaginaria*, es una de las obras que han sido analizada hasta la fecha. Se trata de la historia de Inés Vargas Elizalde, hija de buena familia chilena, el día de la celebración de sus 60 años se rebelará de la opresión familiar proveniente de sus padres, sus abuelos, sus familiares, sus allegados, sus hermanos, su marido, sus hijos, etc. *El anfitrión* trata de un misterioso compatriota que reside en el sector occidental de Berlín y que lo arrastra a una insólita aventura humana y política. Partiendo de las novelas mencionadas, tenemos en cuenta de que Edwards se propone girar en torno a la reflexión sobre el orden social y familiar.

Más adelante, las obras tratan de temas diversos. *El origen del mundo* trata de un asesinato de Felipe Díaz, un intelectual chileno cincuentón, brillante, culto, políticamente comprometido, pero también vividor, mujeriego y bebedor. *El inútil de la familia* narra la vida de Joaquín Edwards Bello, que había obtenido el Premio Nacional de Literatura en 1943, pero su vida accidentada, aventurera, de jugador empedernido, su inconformismo, su abierta y en aquellos años escandalosa rebeldía social, ya lo habían convertido en una leyenda viviente. *La casa de Dostoievsky* relata un joven escritor, el Poeta, quien viaja con su novia Teresa. *La muerte de Montaigne*, sin duda, es un magistral juego literario entre el pasado aparentemente remoto de Montaigne y el presente, entre la investigación y la narración. *El descubrimiento de la pintura* es un relato relacionado con el arte de Chile. El descubrimiento de la pintura retrata la vida de un personaje sensible al arte en un Chile cargado de prejuicios. Una novela inteligente, de dulce ironía y hasta catártica cuando el destino de Rengifo da una sorpresiva vuelta de tuerca. La última novela, *La última hermana*, trata de la vida de María, una chilena que trabaja en París. El argumento se basa en una historia real, que transmite la fuerza transformadora de la compasión y que nos habla de una forma de valentía discreta.

Edwards también ha publicado varios libros de cuentos. El primero se titula *El patio* (1952), *Gente de la ciudad* (1961), *Las máscaras* (1967), *Temas y variaciones* (1969), *Cuentos completos* (1990), mientras que el último, *Fantasmas de carne y hueso* (1992). *El patio* cuenta con "El regalo", "Una nueva experiencia", "El señor", "La virgen de cera", "Los pescados", "La salida", "La señora Rosa" y "La desgracia". *Fantasmas de carne y hueso* relata fantasmas de carne y hueso que viven en la memoria del autor. *Las máscaras* destaca la imagen de individuos, por ejemplo los adolescentes en crisis o adultos fracasados o exitosos en una sociedad chilena con el orden autoritario. Federeico Schopf concluye la mayoría de las obras de Edwards de esta manera:

> Los escenarios de estos textos oponían abrupta o ambiguamente la casa familiar y el colegio religioso, espacios de opresión, a la calle y los lugares de vacaciones, en que los personajes se abría a la libertad, a la experiencia de lo prohibido, a sus peligros casi mortales. Pero sobre todo —desde la perspectiva de un narrador altamente sensible, aunque sobrio— desplegaban la crisis de una sociedad en que el desarrollo desigual, contradictorio, zigzagueante, resultaba incompatible con las formas heredadas de la moral pública y privada (Schopf, 2004).

El autor obtuvo en 1990 el Premio Comillas de biografía por su libro *Adiós, poeta,* donde retrata la vida de Pablo Neruda. En 1994, recibió el Premio Nacional de Literatura de Chile. Ese mismo año, editó un libro que recogía algunas de sus columnas publicadas en *El País*, y que llevó por título *El whisky de los poetas* (1997). En 1996, se publicó su novela *El origen del mundo* y, en el 2000, *El sueño de la historia*, donde repasa en clave autobiográfica los años más difíciles de la dictadura de Augusto Pinochet (1973-1990) a través del personaje el Narrador.

A pesar del reconocimiento de la crítica, una parte de la sociedad chilena se mostró en desacuerdo con los escritos vertidos por Edwards. En una entrevista concedido a la periodista Sanjuana Martínez (2000), confesó: "Soy un escritor muy censurado, fui censurado con *Persona non grata*, con *Los convidados de piedra*, una novela que irritó mucho a los chilenos y hubo censura más disimulada. [...] Yo vivo censurado".

A pesar de su literatura de crítica social, insistió en que los chilenos debían ser más prudentes con respecto a los fracasos sociales, y señaló que, ante las dificultades impuestas por la dictadura, él intentaba recuperar la función política del intelectual y la tradición latinoamericana.

Por su trayectoria literaria, recibió el Premio Cervantes en 1999, siendo el único chileno que lo ha recibido desde su institución en 1976. Esto demuestra la relevancia de uno de los autores chilenos de mayor prestigio a nivel internacional.

CAPÍTULO II
NUEVA NOVELA HISTÓRICA

Es importante subrayar la idea relacionada con la Historia y la sociedad: "History is better defined as the study of human societies in the plural, placing the emphasis on the differences between them and also on the changes which have taken place in each one over time" (Burke, 1992: 2). La novela propone como "un instrumento de indagación, un modo de conocimiento de hombres y épocas" (Carpentier, 1993: 6). De esta manera, una novela histórica se puede comprender como una obra que trata de las sociedades humanas, de los cambios que han tenido lugar en cada una a lo largo del tiempo.

Siguiendo este rastro, nos preguntamos cómo se define "la nueva novela histórica", el género al que pertenece *El sueño de la historia* (Sebástian Figueroa, 2006). Por ello, en los siguientes apartados, nos centraremos en el desarrollo y la definición de este género literario. En lo cual vamos a diferenciar dos períodos según su desarrollo: 2.1 Nacimiento de la nueva novela histórica (NNH) en Latinoamérica y 2.2 La NNH en Chile

2.1 Nacimiento de la nueva novela histórica (NNH) en Latinoamérica

Antes de indagar el tema de la NNH, es necesario conocer la novela histórica, que en mayor o menor grado, capta el ambiente social de sus personajes, hasta de los más introspectivos (Menton, 1993: 32). En el sentido más amplio, cada novela es histórica ya que, en diversos grados, retrata o captura el entorno social de sus personajes, incluso los más introspectivos. Seymour Menton[1] no está de acuerdo con la sencilla definición postulada por Léon-François Hoffmann.

---

[1] Seymour Menton es un crítico literario y latinoamericanista de origen estadounidense.

Léon-François Hoffmann's observation that "history is an obsession with Haitian novelists" (143) would certainly be true of all of Latin America, but Hoffmann's definition is too broad and his percentage estimate is too low: "If we define the historical novel as a novel in which the precise events taken from history determine or influence the development of the plot and provide it to a great extent with the referential background, about 20% of Haitian novels can be considered historical novels" (151-152) (Menton, 1993: 15).

En cambio, el teórico estadounidense tampoco satisface completamente las ideas que ha formado George Lukás en *The Historical Novel* acerca de la definición, es que opina que sus ideas sirve para las novelas del pasado, pero ya no funciona en la actualidad, que se caracteriza por la proliferación de la novela histórica latinoamericana.

En cuanto a la definición del género literario, Avrom Fleishman mantiene la opinión más arbitraria en *The English Historical Novel*, excluyendo aquellas novelas que se remontan a menos de dos generaciones en el tiempo. Por su parte, David Cowart presenta en *History and the Contemporary Novel* un estudio sobre la ficción histórica internacional desde la Segunda Guerra Mundial, con reflexiones sobre las afinidades entre la narrativa histórica y la ficción, el análisis de los modos básicos de la ficción histórica y las lecturas de varias novelas históricas. Trata de mostrar la relación entre futuro, presente y pasado en la escritura.

Raymond Souza, en *La historia en la novela hispanoamericana moderna* (1988), comparte la visión más amplia de Cowart y enfatiza las diferencias filosóficas y estilísticas entre historia y ficción sin distinguir la novela histórica como un género especial. Además, Joseph W. Turner prefiere discutir tres tipos diferentes de novelas históricas: documentadas, disfrazadas e inventadas. A parte de estos, sugiere el cuarto tipo: la novela cómica histórica. En este sentido, la NNH latinoamericana puede ser una combinación de la novela histórica cómica, documentada e inventada. Pero según Menton, la definición de la NNH debe ir más allá.

Por su parte, la definición de Enrique Anderson Imbert será la más apropiada: la historia de la novela histórica ocurre en un período anterior al del autor. Conforme con las referencias anteriores, la novela histórica latinoamericana, en concreto, narra una historia de grandes figuras y grandes hazañas, una épica histórica, etc., generalmente en la Conquista, la Colonia y la Independencia.

Una historia de grandes figuras y grandes hazañas, una épica histórica, despierta sospechas no sólo por sus grandes cuadros generalizantes y neutralizadores de la diversidad histórica, sino por el murmullo, por el susurro silenciado que parece resonar en cada una de sus explicaciones. La nueva novela histórica, haciendo uso de las fuentes propiamente históricas, recupera el cotidiano, la figura de hueso y carne, las voces silenciadas de los subalternos, de las minorías étnicas, de las mujeres (Morales Piña, 2001: 180).

La irrupción de la NNH en América Latina ocurre, fundamentalmente, en las dos últimas décadas del siglo XX. Los escritores latinoamericanos ya no puede satisfacerse de la escritura sencilla sobre los tiempos y los personajes lejanos, sino también que se aficiona a imaginar la Historia con el fin de conjeturar el discurso oficial a través de un discurso alternativo, transgresor y deconstructivo (el murmullo o el susurro silenciado que parece resonar en cada una de sus explicaciones). En este sentido, estamos de acuerdo con lo que define Morales Piña (2001: 180): "La nueva novela histórica, haciendo uso de las fuentes propiamente históricas, recupera el cotidiano, la figura de hueso y carne, las voces silenciadas de los subalternos, de las minorías étnicas, de las mujeres".

De acuerdo con lo expresado por Seymour Menton en su libro *La nueva novela histórica de América Latina, 1979-1992* y la definición de *Memoria chilena* de la Biblioteca Nacional de Chile, la NNH presenta las siguientes características:

1. La imposibilidad de conocer la "verdad histórica" o la realidad. También se pone el acento en el carácter cíclico de la historia y lo imprevisible de ésta: lo más inverosímil puede suceder.
2. La distorsión consciente de la historia mediante omisiones, exageraciones y anacronismos.
3. La ficcionalización de protagonistas (personajes) ficticios en lugar de personajes históricos (no respeto a la fórmula de Walter Scott). Aunque no se puede negar que en las últimas décadas estos novelistas tiene como protagonistas a auténticos personajes históricos.
4. La metaficción o los comentarios del narrador sobre el proceso de creación o la aparición del mismo autor como personaje de su novela. Este rasgo de género autoconsciente ya se puede ver en *Don Quijote*, de Cervantes (catalogada como la primera novela moderna) y *Tristam Shandy*, de Sterne. Borges, en sus cuentos introduce un narrador que se apoya en su "quizás" o fórmulas sinónimas como

"suponemos", aparte de frases parentéticas y las notas apócrifas al pie de la página.

5. La intertextualidad. La historia siempre será un hipertexto que funciona como base para este tipo de novelas. Pero también puede ser intertextual en la medida que se introducen personajes de otras novelas, como en *Cien años de soledad* que introduce personajes de Carpentier y Cortázar. La intertextualidad puede llegar a un grado sumo y aparecer como un palimpsesto, o la re-escritura parcial de otro texto, como *La guerra del fin del mundo*, re-escritura de *Os sertões* de Euclides da Cunha.

6. Lo carnavalesco, lo paródico y la heteroglosia: estos conceptos los desarrolla Mijaíl Bajtin. Lo carnavalesco lo saca Bajtin de sus estudios sobre Rabelais y este rasgo está en varias de las novelas históricas contemporáneas: lo hiperbólico y el acento en las funciones del cuerpo, las partes pudendas y sus funciones: sexuales y de evacuación. Esto se refleja a menudo con un lenguaje "coprolálico" (Menton, 1993: 42; BND).

Si bien no es requisito que en cada texto aparezcan todos los rasgos mencionados, la clave de la NNH es la escritura paródica, que "permite recuperar la olvidada condición humana y re-humanizar a los personajes históricos, transformados por el discurso oficial en hombres de mármol" (Alcayaga Toro, 2006). Es decir, la NNH no solo muestra una historia de grandes figuras y hazañas, sino también expresa la recuperación de lo cotidiano y la figura de carne y hueso. Aunque los protagonistas de algunas de la NNH de la última década son personajes conocidos, como Cristóbal Colón, Fernando de Magallanes, Felipe II, Francisco de Goya o Francisco de Miranda, los novelistas de fines del siglo XX empezaron a fijarse en grupos sociales aparentemente insignificantes para ampliar la comprensión del pasado.

Así, se fomenta la NNH en Latinoamérica, que aborda diálogos intertextuales que tienen objeto como repensar o revisar la historia del continente.

> [...] los distintos tipos de novelas que abordan este diálogo intertextual con el discurso ofrezcan distintas estrategias narrativas para programar los textos literarios, lo que da una polifonía en la aprehensión de la realidad americana; porque de esto se trata, evidentemente, de coger nuestra realidad histórica y de releerla, revelando lo que la historia oficial ha silenciado, censurado, ocultado (Morales Piña, 2001: 182).

El primer representante de este subgénero fue el escritor cubano Alejo Carpentier, quien en *El reino de este mundo* (1949) recreó la revolución haitiana y la figura del tirano del siglo XIX Henri Christophe.[1] La obra ahonda en los orígenes y las tradiciones del Haiti dedimonónico en la búsqueda de la identidad americana, tejiendo un tapiz mágico y alegórico que transciende el mero acontecimiento local para convertirse en un relato universal. Los personajes son hombres y de carne y hueso pero están inmersos en ese juego literario del autor en el que la realidad y el sueño se confunden (Carpentier, 2014). El escritor mexicano también publicó otras dos NNH. La primera es *El siglo de las luces* (1962), en los que se establecen ciertos paralelismos entre la Revolución Francesa de 1789 y la Revolución Cubana de 1959. La otra, *Concierto barroco* (1974), trata de un criollo, un rico mexicano, decide hacer un viaje a Europa en la primera mitad del siglo XVIII.

A finales de los años 70 hay un florecimiento de la NNH. Más concretamente, a partir del 1979. Hay otras novelas pertenecientes a esta corriente. *El mar de las lentejas* (1979), escrito por Antonio Benítez Rojo, que consigue involucrar de lleno en la vida cotidiana de los tiempos de la Conquista y el Descubrimiento de América, en vez de en la Gran Historia. Más adelante, *La guerra del fin del mundo* (1981) de Mario Vargas Llosa nos cuenta una historia a finales del siglo XIX. En las tierras paupérrimas del noreste del Brasil, el chispazo de las arengas del Consejero, personaje mesiánico y enigmático, prenderá la insurrección de los desheredados. En circunstancias extremas como aquéllas, la consecución de la dignidad vital solo podrá venir de la exaltación religiosa y del quebranto radical de las reglas que rigen el mundo de los poderosos (Vargas Llosa, 2005). Luego, *Los perros del paraíso* (1983) de Abel Parentini Posse (2017) indaga en los recovecos del alma americana y en las raíces profundas de su identidad mediante una reinterpretación de la historia oficial del colonialismo europeo y de la figura de Cristóbal Colón. Está estructuralmente dividido en cuatro partes (aire, fuego, agua y tierra), conforme a los elementos míticos de la cosmovisión indígena. Además, otro ejemplo *Noticias del Imperio* (1989) de Fernando del Paso Morante (2016), que describe no solo la vida de la emperatriz Carlota, sino la de México durante el Segundo Imperio. Frente al florecimiento de la NNH, Menton nos ofrece unas estadísticas relacionadas:

In fact, although Carpentier's 1949 *El reino de este mundo* has been identified as the

[1] Seymour Menton indica que entre 1949 y 1992 hay más de 56 nuevas novelas históricas publicadas y considera que *El reino de este mundo* como el primer fogonazo que inauguraría en la nueva línea del género literario (Menton, 1993: 39; Santini, 2011: 210).

first New Historical Novel, the number of historical novels in general published in the past thirteen years (1979-1992) was 194, which outstrips the 173 historical novels published in the preceding twenty-nine years (1949-1978). Furthermore, with the exception of Carpentier's *El reino de este mundo, El siglo de las luces,* and *Concierto barroco,* only nine other novels published in the 1949-1978 period can be considered New Historical Novel, seven of which were publishd in 1975-1978. Therefore, the only pre-1974 New Historical Novel, aside from those of Carpentier, are Reinaldo Arena's *El mundo alucinante* (1969) and *Angelina Muñiz's Morada interior* (1972).

Another indication of the predominance of the New Historical Novel since 1979 is that it has been cultivated by the major novelists from four distinct literary generations, who represent most of the Latin American countries: first, Cuban Alejo Carpentier; second, Mexican Carlos Fuentes, Peruvian Mario Vargas Llosa, and Brazilian Silviano Santiago; third, Nicaragua Sergio Ramírez, Cuban Reinaldo Arenas, Puerto Rican Edgardo Rodríguez Juliá, Mexican Herminio Martínez, and Guatemalan Arturo Arias; and, most recently, Argentinean Martín Caparrós (Menton, 1993: 26).

La excepción más notable a esta tendencia parece ser Chile, donde *Martes tristes* (1985) de Francisco Simón es quizás el único ejemplo de la Nueva Novela Histórica en ese momento. O es mejor decir que la NNH chilena se desarrolla más tarde, ya que a finales de los años 70 la mayoría de los escritores se preocupan más por el pasado inmediato: el golpe militar, la dictadura de Pinochet y el exilio que sufren. En la siguiente parte presentamos el fenómeno de la NNH en Chile.

2.2 La NNH en Chile

Según Santini (2011: 211), varios escritores ingleses y franceses, tales como Walter Scott, Tolstoi, Balzac, Stendhal, Víctor Hugo, Galdós, ejercen una gran influencia en la nueva novela chilena histórica. Por su parte, nunca se puede eliminar el matiz político que conlleva la NNH en Chile, donde la mayoría de los escritores mostraron una fuerte preocupación por el pasado inmediato: el golpe militar contra el gobierno de Allende en 1973, la dictadura de Pinochet y las consecuencias que trajo consigo dicho régimen (Aldunate del Solar, 1996: 47; Morales Piña, 2001: 183).

[...] la recuperación de la historia inmediata, constituye también un eje metadiscursivo de indudable interés para los autores hispanoamericanos, por cuanto muchas veces estos han sido protagonistas de primera línea de los procesos histórico-sociales del continente [...]. Lo que la memoria colectiva conserva como experiencia vitalista; en este eje temático, ciertamente, los golpes militares y las dictaduras ocupan un lugar preferente (Morales Piña, 2001: 183).

Según la referencia anterior, comprendemos que los golpes militares y las dictaduras son entornos destacados en la NNH; es decir que la NNH de Chile se va a instalar en los contextos del golpe militar contra el gobierno Allende o la dictadura de Pinochet. Por su parte, recordamos que la NNH suele tener un narrador que participa en la historia.

Entre las características discursivas del relato de la nueva novela histórica, los teóricos señalan que los conceptos bajtinianos de la parodia y de lo carnavalesco se encuentran presentes en más de una constitución textual, ya sean como elementos anexos a la trama, ya sean como elementos aglutinadores e integradores de los eventos narradores (Morales Piña, 2001: 189).

Morales Piñas nos ilustra este género literario chileno con varias novelas. Por ejemplo, *Camisa limpia* (1989), escrito por Guillermo Blanco, trata de la vida prisionera de Francisco Maldonado de Silva, médico judío. En primer lugar, mantuvo 13 años prisionero en las cárceles de la Inquisición en Lima y luego fue condenado otra vez a la hoguera en 1639. Tal novela establece un diálogo con el discurso histórico de José Toribio Medina, que narra los procesos inquisitoriales. En el año 1997 se publicaron varias obras que pertenecen a la NNH. Eduardo Labarca también nos ofrece un ejemplo con *Butamalón* (1997), que cuenta con un episodio más sangriento de la Guerra de Arauco. El título del libro significa gran malón en mapudungun.[①] La novela empieza con una de las rebeliones más violentas, en él los indígenas derrotan y decapitan al gobernador Martín García Oñez de Loyola en la batalla de Curalava y toman prioneros a más de mil españoles. Además, *El corazón a contraluz* (1997), escrito por Patricio Manns, tiene como personaje a Julius Popper, cruento perseguidor de los aborígenes del territorio fueguino. El narrador, el otro protagonista del relato, participa en la historia, la magia y los mitos americanos y europeos. Guido Eytel escribe una novela *Casas en el agua* (1997), que narra la

① El mapudungun, también conocido como mapuche o araucano, es el idioma de los mapuches, un pueblo amerindio que habita en Chile y Argentina.

fundación de San Estanislao de Rumaco sobre la base de la doble escritura entre el discurso fundacional y los comentarios paralelos del periodista. En el mismo año, otro escritor Pedro Staiger escribe *La corona de Araucanía* (1997), que retoma una figura mítica Oriéle Antoine de Tounens con el fin de despreciarla. *El sueño de la historia* también es una novela perteneciente a la NNH, y vamos a realizar una breve introducción a la obra en el siguiente capítulo.

En general, la novela latinoamericana se ha caracterizado, desde sus orígenes, por una obsesión con los problemas sociohistóricos, inquietud que desarrolla extensamente el escritor, poeta o ensayista (Alcayaga Toro, 2006). A través de la narración de su libro, Jorge Edwards expresa lo que muy pocos historiadores son capaces de afirmar: da voz a las voces marginadas con el propósito de desafiar el discurso oficial. Según Eddie Morales Piña (2001: 178) en su libro *Brevísima relación de la nueva novela histórica* en Chile, la NNH trata de un nuevo modo de enfrentar la relación historia/literatura que se diferencia, claramente, de su antecesora más tradicional. Es esta nueva visión la que explica por qué, en la novela de Edwards, el Narrador cuenta la historia de Toesca a partir de unos documentos abandonados que encuentra en su viejo departamento. Al contrario que la historia oficial, la NNH manifiesta que la naturaleza humana es una realidad variada, donde hombres y mujeres crean su propia historia.

CAPÍTULO III

BREVE INTRODUCCIÓN
A *EL SUEÑO DE LA HISTORIA*

Noche, nieve y arena hacen la forma
de mi delgada patria.
Todo el silencio está en su larga línea,
Toda la espuma sale de su barba marina,
Todo el carbón en llena de misteriosos besos.

Neruda, "Descubridores de Chile"

Cuando la espada descansó y los hijos
de España dura, como espectros,
desde reinos y selvas, hacia el trono,
montañas de papel con aullidos
enviaron al monarca ensimismado [...]

Pablo Neruda, "La colonia cubre nuestras tierras"

En este capítulo, tratamos de estudiar la novela, para lo cual, en primer lugar, analizamos dos escenarios históricos; a continuación, la trama; luego, los personajes y finalizamos con la repercusión de la obra.

3.1 Escenarios históricos de la obra

Toda la obra de Edwards escrita durante y tras la dictadura militar de Augusto Pinochet alude, de una forma u otra, al contexto político-social de Chile bajo este régimen. Para comprender la historia y la sociedad chilenas tan complicadas, los textos literarios pueden ser las herramientas necesarias.

La comprensión de la sociedad como entidad compleja, variable, multifacética, conformada por elementos heterogéneos, en parte interculturales e interétnicos a pesar de su singularidad, permite explicar con más precisión las conexiones entre la amplia diversidad de los textos literarios y las distintas identidades de la sociedad chilena (Carrasco, 2005).

Un ejemplo es *El sueño de la historia*, narración que comprende dos episodios: el primero, ambientado a finales del siglo XVIII; el segundo, a finales del XX. Por ello, antes de analizar esta novela, es necesario profundizar en la realidad de estos dos momentos históricos: entre el siglo XVIII y la dictadura de Pinochet. Los siguientes apartados se basan principalmente en los estudios realizados por Carlos Aldunate del Solar y Alfredo Sepúlveda.

3.1.1 La dictadura militar: un período de fuertes tensiones

A comienzos de la década de 1960, Chile se sume en una crisis que afecta a las estructuras políticas, económicas y socioculturales. Buena parte de la población se quejaba de que el capitalismo no había logrado resolver los desafíos de la justicia social. Abogaban por introducir cambios que permitieran superar las desigualdades sociales. Al albor de estas protestas, emergieron numerosos movimientos estudiantiles izquierdistas, la mayoría dirigidos por hijos de familias adineradas.

Después del gobierno de Eduardo Frei Montalva (1964-1970), Salvador Allende (1970-1973), líder de la Unidad Popular[1], apoyado por disidentes de la Democracia Cristiana (llamado luego Izquierda Cristiana), asumió el cargo de presidente y dirigió un proceso conocido como la "vía chilena al socialismo". Los tres años de la Unidad Popular (1970-1973) constituyeron tal vez la experiencia política más compleja de la historia latinoamericana (Pozo, 2002: 206). Debido a que Allende solo ganó por mayoría relativa, de 36,5% de los votos (Pozo, 2002: 207), tuvo que enfrentarse a una gran presión ejercida por dos grupos diferentes: la derecha y los radicales. Fue el primer marxista que logró el poder político de la nación democráticamente, y estableció el primer régimen socialista del hemisferio

---

[1]   La Unidad Popular está organizada por una alianza de diversos partidos de izquierda (socialistas, comunistas, radicales, y disidentes de la Democracia Cristiana, llamado luego Izquierda Cristiana).

occidental. Las políticas del gobierno de Allende crearon enormes expectativas de cambio, pero también generaron gran desconfianza y temor entre los grupos altos y medios. Al tomar posesión del cargo, Allende desarrolló una política de multipartido, aprobó la celebración de elecciones y admitió la libertad sindical, de reunión, de publicación, etc. En lo económico, puso en práctica políticas socialistas tales como la nacionalización del cobre y de la industria textil, la reforma agraria, o la redistribución de los ingresos a través del aumento del salario. Trazó un plan de transformaciones económicas que buscaban iniciar el camino hacia el socialismo. Sin embargo, el boicot de las clases medias y altas, la presión de la deuda externa, la dificultad de lograr ayuda financiera exterior y las escasas inversiones, favorecieron que el país cayera en una fuerte crisis económica institucional. Desde principios de 1973, las tres ramas de las Fuerzas Armadas junto con los Carabineros intentaron poner término al gobierno de la Unidad Popular, algo que lograron el 11 de septiembre de ese mismo año.

Muchos pensaron, incluidos quienes habían apoyado el golpe, que los militares gobernarían por un corto tiempo y, luego, entregarían el poder a los civiles; pero no fue así. Muy al contrario, tras el golpe de estado, se instauró un Régimen Militar liderado por el General Augusto Pinochet y una junta de generales de distintas ramas del ejército. Contrario al pluralismo político y al marxismo, al que consideraba responsable del desorden y el caos del país, Pinochet reivindicó los principios de seguridad nacional, autoridad, disciplina y obediencia. Con la finalidad de centralizar las tareas de control ciudadano e inteligencia militar, el gobierno creó un organismo de grandes poderes, bajo del nombre de Dirección de Inteligencia Nacional (DINA). Dicho organismo estuvo compuesto por oficiales de la Central Nacional de Informaciones (CNI), un servicio de policía encargado de vigilar a políticos o miembros de partidos de izquierda. Ambos organismos aparecen como los principales responsables de las graves violaciones de derechos humanos ocurridas en Chile durante el gobierno militar. Muchos intelectuales, como el propio Edwards, fueron arrestados, conducidos a campos de concentración y, posteriormente, expulsados del país. Otros fueron asesinados o bien, tras ser detenidos, desaparecieron sin dejar rastro, en circunstancias extrañas.

En el plano económico, Pinochet aplicó los principios de la teoría de los "Chicago

Boys".[①] La liberalización del comercio propulsó un fuerte crecimiento económico, conocido como el "milagro de Chile". Mientras la crisis internacional del petróleo de 1975 significó un duro golpe para la economía mundial, Chile no se vio seriamente afectada. Sin embargo, esta situación se revirtió ante el nuevo escenario de crisis económica que se forjó a partir de 1979. Se convocaron huelgas de trabajadores y protestas estudiantiles, que sumieron al país en un caos. Carabineros y militares copaban calles, recintos universitarios y poblaciones marginales. Las revueltas se saldaron con un número importante de fallecidos, la mayoría de ellos manifestantes.

La oposición aprovechó el escenario de crisis para imponerse en el plebiscito, celebrado en 1988, que debía decidir si Pinochet continuaba o no en el poder. El triunfo del "No", con un 55,9 por ciento de los votos, implicó la convocatoria, un año más tarde, de elecciones democráticas. Patricio Aylwin, en representación de la Concertación de Partidos por la Democracia, se impuso con un 55,2 por ciento de los votos, y fue investido Presidente de la República de Chile en 1990.

Durante los años sesenta y setenta, debido a la influencia de la Revolución cubana y a la tensa situación provocada por los golpes de Estado que se estaban produciendo en distintos países de América Latina, emergió la "teoría de la dependencia". Dicha teoría utiliza la dualidad centro-periferia para sostener que la economía mundial posee un diseño desigual y perjudicial para los países no desarrollados. Para sus defensores, el subdesarrollo es el resultado de un proceso histórico-estructural. Es decir, América Latina habría estado influida por las decisiones de las economías hegemónicas, como Estados Unidos o Europa. En opinión de algunos analistas, además, los países económicamente más fuertes no permitían que las políticas revolucionarias o socialistas propiciaran el desarrollo de Latinoamérica. Todo esto condujo a un escenario de malestar profundo e inestabilidad en Chile. Los chilenos se mostraban insatisfechos con la situación que vivían abogaban por una sociedad más justa. Por ello, en la década de los 70, el régimen chileno promovió el mercado liberal, la iniciativa privada y la apertura económica, tal y como se ha señalado anteriormente.

A pesar de la tensión política, la cultura siguió desarrollándose en varios campos. Los escritores criticaron fuertemente los problemas sociales del país. En particular,

---

① Los Chicago boys es un grupo de economistas de la Universidad Católica convertidos al credo neoliberal durante su paso como estudiantes de posgrado por la Universidad de Chicago. Esta alianza se ha descrito entre el régimen militar y los economistas neoliberales como circunstancial (Matamala, Daniel, 2013).

el teatro se erigió como un medio para retratar la insatisfacción de la sociedad chilena, especialmente de los más pobres. Por ejemplo, Egon Wolff describió las tensiones sociales y políticas de los años sesenta en *Los invasores* (1963). Después del golpe de Estado, un autor hasta entonces desconocido, Juan Radrigán, denunció en su teatro la opresión y los cambios culturales impuestos por la dictadura.

En la década de los setenta, destacan los cantantes y grupos que hacían música "comprometida". Por ejemplo, Víctor Jara, los grupos Inti-Illimani y Quilapayún. Estos dos últimos, después de la caída de Allende, se exiliaron en Europa, donde continuaron sus carreras artísticas.

A pesar de ser una época turbulenta, escritores, directores y artistas expresaban su oposición al régimen a través de sus creaciones. Más tarde, la censura férrea de Pinochet los obligó a buscar formas más sutiles de criticar la dictadura.

3.1.2 La historia chilena del siglo XVIII

El siglo XVIII en Chile fue un período de mucha prosperidad, caracterizado por la expansión del comercio interno y externo, el desarrollo del transporte y la mejora de las edificaciones y de la arquitectura urbana.

La Guerra de Sucesión española, que entregó el poder monárquico a la casa de Borbón en detrimento de la casa de Austria, conllevó una transformación de las actividades administrativas.[1] Se crearon las intendencias, las nuevas subdivisiones administrativas de las antiguas capitanías generales. Además, la fundación de nuevas ciudades a lo largo del siglo significó un resurgimiento de los cabildos en los centros urbanos. La clase dirigente se mostró abierta a la penetración de las ideas de la Ilustración. En concreto, Chile alcanzó un gran desarrollo a nivel educativo con la fundación de la Universidad de San Felipe. La evolución cultural del país se vio acompañada de la recepción de un nuevo estilo artístico, el Neoclásico. Este se aplicó a los principales edificios de la ciudad de Santiago, como la Casa de Moneda, una de las construcciones más importantes del siglo XVIII.

En el primer tercio del mismo siglo, el país padeció una fuerte escasez de monedas debido a la compra de esclavos y a que el virrey del Perú había prohibido que los barcos llevaran a Chile esta preciosa carga con el fin de evitar robos. El

---

[1] *Vid*. infra, apéndice 1(2).

Cabildo de Santiago, preocupado por esta situación, pidió al Monarca la creación de una Casa de Moneda. Aunque la idea no tuvo mucha acogida, un particular, el castellano Franciso García-Huidobro, decidió costear la construcción, a cargo del arquitecto Joaquín Toesca.

Durante este siglo, la economía chilena se caracterizó la exportación de minerales y cereales, y la importación de productos elaborados. Gracias al comercio con el Perú, el cultivo de los cereales experimentó un extraordinario incremento. Con respecto a la ganadería, la principal fuente de exportación provino del ganado vacuno, que alcanzó un gran desarrollo. La actividad comercial chilena se concentró principalmente en el intercambio con el Perú, el Río de la Plata y España. En 1778, el gobierno de Carlos III publicó el llamado Reglamento de Libre Comercio, que permitió la utilización de numerosos puertos en la Península Ibérica para comerciar con América. No obstante, esta decisión no tuvo un impacto en el mercado chileno, que ya había establecido vías comerciales con otros puertos extranjeros. Esto provocó una ola de creciente contrabandismo, que supuso la entrada de mercancías procedentes de China y Filipinas. En suma, puede describirse el siglo de XVIII en Chile como un período de prosperidad.

Gracias a la apertura comercial, llegaron nuevos contingentes de españoles dispuestos a establecerse en Chile. Esto produjo la consolidación de la élite o clase dirigente, que buscó, asimismo, apoyar su poder y prestigio en otras instituciones, como los mayorazgos[1], y en la compra de títulos de Castilla.[2] En general, la élite o clase dirigente suponían una pequeña parte de la población, en tanto que los mestizos continuaban siendo la principal fuerza de trabajo en ciudades y campo. En relación con los mulatos, estos se dedicaron especialmente a la artesanía y otras actividades menores, que tuvieron poca repercusión tributaria. En la primera mitad

---

[1] Según *Memoria chilena de la Biblioteca Nacional*, "desde 1684 a 1810 se fundaron catorce mayorazgos en Chile, cifra a la cual hay que agregar siete vinculaciones que producían efectos muy similares. De entre los más importantes, destacaron por su riqueza los Larraín, Irarrázaval, Lecaros, García-Huidobro, Valdés, Balmaceda, Ruiz-Tagle y Toro Zambrano, apellidos que hasta hoy forman parte de la elite dirigente chilena"(BND).

[2] Según *Nueva Historia de Chile*, la clase dirigente debía comprar títulos de nobleza para mantener su distinción nobiliaria. Catorce títulos fueron otorgados en Chile, entre ellos, los correspondientes a los marquesados de Cañada Hermosa, Villapalma de Encalada, Montepío, Larraín y Casa Real; y a los condados de la Conquista y de Quinta Alegre, todos radicados en familias de Santiago. Debe agregarse a esta lista el marquesado de Piedra Blanca de Huana en La Serena, y el ducado de San Carlos en Concepción (Aldunate del Solar, 1996).

del siglo XVIII, destaca la llegada de numerosos extranjeros a Chile, provenientes de Inglaterra, Francia o Portugal, quienes se establecieron, preferentemente, en la zona de Concepción. Desde allí se extendieron por el país apellidos como Letelier, Morandé, Labbé, Droguett, Pinochet y Subercaseux, entre otros. La clase dirigente experimentó una importante renovación de sangre en este siglo. Si tomamos los cuatrocientos apellidos, más o menos, que forman esta clase, casi la mitad corresponde a inmigrantes que llegaron en el siglo XVIII, y una cuarta parte a los de sus cincuenta últimos años (Cembrano Perasso, 2004: 107).

En resumen, en el siglo XVIII, los inmigrantes que aterrizaron en Chile aprovecharon la liberalización producida bajo el mandato de Carlos III y se enriquecieron gracias al comercio. Los mestizos, los mulatos, los negros y los indígenas trabajaron muy duro y pocos de ellos recibieron educación. Se inició un proceso de marcada segregación racial entre los distintos sectores de la población chilena.

3.2 Estructura y temática

El sueño de la historia está ambientada en dos etapas: la República y la dictadura. Jorge Edwards no solo se centra en la vida del famoso arquitecto Joaquín Toesca, sino también en otros personajes que ayudan al lector a formarse una concepción general del contexto histórico. Todo texto se arma como un mosaico de citas; todo texto es la absorción y la transformación de otro. El concepto de la intertextualidad reemplaza a aquel de la intersubjetividad, y el lenguaje poético tiene por lo menos dos maneras de leerse (Menton, 1993: 44).

La literatura está vinculada con la vida verdadera (Amorós, 1979: 33). Tzvetan Todorov (1939-), en su obra *La literatura en peligro*, hace un somero repaso histórico de las relaciones entre literatura y comprensión del mundo, escribe:

> Como la filosofía, como las ciencias humanas, la literatura es pensamiento y conocimiento del mundo psicológico y social en el que vivimos. La realidad que la literatura aspira a entender es sencillamente (aunque al mismo tiempo nada hay más complejo) la experiencia humana (Todorov, 2009: 83-84).

El sueño de la historia se centra en la vida del Narrador, que, tras regresar a

Chile, debe enfrentarse a la realidad de una dictadura y a la verdad de una historia ambientada en el siglo XVIII. La atmósfera que se respiraba en Chile durante el régimen de Pinochet se refleja en la novela a través del clima de miedo y de desconfianza de la vida. La segunda historia está repleta de perversidad y amoríos pararelatar las aventuras del arquitecto italiano Joaquín Toesca, y su joven mujer, Manuelita Fernández de Rebolledo. Se caracterizan por ser un matrimonio lleno de odio y desconfianza. Según los documentos hallados por el Narrador, el arquitecto viajó a Santiago para terminar unos trabajos en la Catedral. Allí conoció a la Manuelita, de la que se enamoró. Pero ella, al mismo tiempo, se encandiló de otro hombre, ayudante de su marido. Toesca, celoso, encerró a su mujer en varios conventos, de los que ella siempre lograba escapar.

La figura 1 presenta la estructura de la escritura de la obra. Generalmente, está dividida en dos períodos que narran respectivamente su historia del período correspondiente.

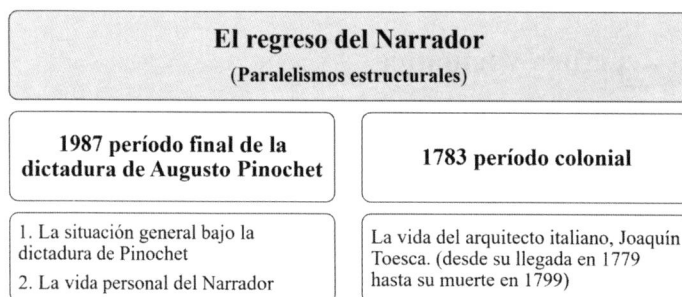

El regreso del Narrador
(Paralelismos estructurales)

1987 período final de la dictadura de Augusto Pinochet	**1783 período colonial**
1. La situación general bajo la dictadura de Pinochet 2. La vida personal del Narrador	La vida del arquitecto italiano, Joaquín Toesca. (desde su llegada en 1779 hasta su muerte en 1799)

FIGURA 1   ESTRUCTURA DE LA OBRA

La motivación que lleva al autor a escribir esta novela es una casualidad. Cuando Edwards regresó a Chile a finales de 1978, descubrió esta historia, que le fascinó y le llevó escribir una primera versión con Toesca, la Manuelita y otros personajes de la época como personas principales. Sin embargo, como había muchos vacíos en esa historia y también mucha ficción en su texto, decidió darle un giro. Introdujo la figura del Narrador, que sería al mismo tiempo testigo activo del momento presente de Chile, y pasivo con respecto a la historia de Toesca. De este modo, consigue unir pasado y presente de un modo que resulta fundamental para comprender la obra.

Esta novela tiene que ver con el dolor por los hechos que sucedieron, pero también con el placer, la alegría, la fiesta, y el amor, con sus luces y sombras.[1] El autor termina con una cita de un verso portugués de *Las Luisiadas*, de Luís Vaz de Camões[2]: "El dolor de las cosas que pasaron" (Edwards, 2000b: 445), que emerge como un verso fantástico, que a mi entender, está íntimamente relacionada con la propia historia de la novela.

3.3 Trama

Esta novela trata de la historia de un innominado Narrador que regresa de un largo exilio a vivir en Chile y que al mismo tiempo, realiza la investigación histórica sobre el personaje del siglo XVIII Joaquín Toesca, el arquitecto del Palacio de la Moneda y de su mujer Manuelita Fernández de Rebolledo. Uno de los episodios más interesantes es la historia sentimental de Toesca y su mujer adúltera. Gracias a la desconstrucción del personaje histórico, la polifonía discursiva, los rasgos paródicos, se crea una nueva novela histórica chilena.

En definitiva, *El sueño de la historia* representa la idea de la nueva novela histórica: la imposibilidad de conocer la verdad histórica, la distorsión consciente de la historia, la ficcionalización de protagonistas, la metaficción o los comentarios del narrador sobre los acontecimientos, la intertextualidad, lo carnavalesco, lo paródico y la heteroglosia.[3]

3.4 Personajes

La trama de *El sueño de la historia* está centrada en la familia del Narrador y la de Toesca, pero es importante señalar el papel de contrapunto que los personajes tanto masculinos y femeninos desarrollan a lo largo de toda la novela. Así, mostramos el esquema simplificado de las dos familias.

---

[1] Estos rasgos nos recuerda las palabras de Ricœur (1995: 185): "El arte de la ficción consiste así en tejer juntos el mundo de la acción y el de la introspección, en entremezclar el sentido de la cotidianeidad y el de la interioridad".

[2] Luís Vaz de Camões o Camoes, escritor y poeta portugués (1524-1580), es considerado, generalmente, como el mayor poeta de la lengua portuguesa.

[3] *Vid.* supra, 2.1.

		Familia 1	Familia 2
Tiempo		La dictadura militar (S. XX)	La historia colonial (S. XVIII)
Personajes	Marido	El Narrador	Joaquín Toesca Ricci
	Mujer	Cristina	Manuelita Fernández de Rebolledo
	Hijo	Ignacio Chico	No
	Otros miembros familiares	Nina (hermana del Narrador) Ignacio Grande (padre del Narrador)	Misiá Clara (madre de la Manuelita)

FIGURA 2 DOS FAMILIAS DE *EL SUEÑO DE LA HISTORIA*

3.5 Repercusión

El sueño de la historia se publicó un año más tarde que Jorge Edwards recibió el Premio Cervantes. La obra dota del sentido político y estético gracias a la narrativa compleja y también ha despertado el interés en teóricos e investigadores de todo el mundo, por ejemplo, Roberto Ampuero, Cruz, B., Nicolás, Miriam Balboa Echeverría, Roberto Hozven, Blas Matamoro, Sanjuana Martínez, Francisca Petrovich, Federico Schopf, Adrián Santini, Bernard Schulz Cruz, Julio Sebastián Figueroa, etc.

CAPÍTULO IV

LA NARRATIVA DE *EL SUEÑO DE LA HISTORIA*

Alguien dijo: "El cuerpo está en el río o en el mar,
pero el corazón permanece a la puerta de palacios".
A esto se le llama pansamiento espiritual.
En literatura el pensamiento espiritual va mucho más lejos.
Tranquilo, en contemplación, el pensamiento siente mil años;
sereno, con el menor movimiento del rostro,
la vista alcanza diez mil *li* [millares].
Al entonar versos se produce un sonido de perlas y jade,
y ante los ojos se enroscan nubes y viento.
Hasta ahí puede llegar el pensamiento espiritual.

Liu Xie, *El corazón de la literatura y el cincelado de dragones*

Cuanto más una historia está contada de una manera decorosa,
Sin dobles sentidos, sin malicia, edulcorada,
es mucho más fácil revertida, ennegrecerla, leerla invertida.

Barthes, *El placer del texto*

Ricœur (1995), al hablar de la comprensión del texto, destaca la importancia del significado a la referencia del texto, así que este análisis estructural constituye la justificación de la aproximación objetiva y la rectificación de la aproximación subjetiva en el texto. Según Santini (2011: 211), Edwards sigue una línea ya inaugurada en Chile por Lastarria y Alberto Blest Gana, donde el discurso de la sociología y la historia desplazan con ventaja las insustanciales descripciones del costumbrismo decimonónico en boga.

El sueño de la historia demuestra un gran potencial expresivo y claridad argumental, y denota la experiencia literaria de Edwards. Llena de pasión, humor y sabiduría, es, sin duda, una de las obras cumbre de la literatura latinoamericana del siglo XX. El autor se aleja de la realidad y se sumerge de lleno en los principios de la NNH. Coloca al sujeto histórico en un escenario de crisis, de manera que el mundo narrado se presenta como un espacio escéptico con respecto a las formas literarias.

La obra inicia con las siguientes palabras, pronunciadas por el Narrador:

> Había vuelto después de más de nueve años, alrededor de diez, ahora no quería sacar la cuenta, y la impresión, aunque se había preparado bien (eso creía, por lo menos), era mucho más fuerte de lo que se había imaginado, más difícil de tragar. Y más enredada (Edwards, 2000a: 13).

Se emplea el verbo del pretérito pluscuamperfecto como si la experiencia pasada del Narrador no fuera tan lejana en el tiempo. En realidad, esta novela se desarrolla en dos momentos claves de la historia de Chile: en el Santiago de 1987, etapa final de la dictadura de Augusto Pinochet, y en el Santiago de 1783, en pleno periodo colonial bajo el Imperio español. Ambas historias son narradas en paralelo, de modo asimétrico, ya que se intercalan los narradores y se superponen las perspectivas de una y otra historia. La novela "niega la posibilidad de cualquier ordenación cósmica, cualquiera sean las interpretaciones de sus fundamentos" (Promis, 1977: 167). Esta posición metahistórica de la novela se debe a su inmersión en el subgénero de la NNH que hemos mencionado en el capítulo anterior. Edwards sostiene que "el factor más importante para su proliferación es la conmemoración" (Alcayata Toro, 2006).

Ambas historias se relacionan a través de una bisagra común: un narrador que vuelve del exilio en 1987 y se establece en un apartamento céntrico de Santiago, frente a la Plaza de Armas. Su relato une ambos mundos. En uno, se describe la situación general bajo la dictadura de Pinochet y la vida familiar del Narrador. En el otro, encontramos la vida triste del arquitecto italiano, Joaquín Toesca Ricci, quien residió en Chile desde 1779 hasta a su muerte, en 1799, año en que se construye la Casa de la Moneda, sede de los gobiernos chilenos desde 1840. Se observa un paralelismo estructural: la novela empieza cuando el Narrador regresa a su patria a fines del siglo XX, momento en que comienza a investigar la vida de Toesca gracias a los documentos que se encuentra en su apartamento casualmente.

A la luz de las referencias anteriores, en este capítulo proponemos los siguientes apartados, cuyo objetivo es analizar la narrativa de Jorge Edwards en *El sueño de la historia*:

4.1. Narración de la historia por los narradores extradiegético e intradiegético

4.2. El Narrador: un exiliado que busca su identidad

4.3. Espacio: La ciudad de Santiago en el sentir de Jorge Edwards

4.4. El escepticismo de los personajes

4.5. El desorden familiar

4.1 Narración de la historia por los narradores extradiegético e intradiegético[1]

En primer lugar, se repasa el sentido del narrador en la nueva novela histórica:

> Es un lente histórico y poético el que acompaña al narrador o a la narradora de estas nuevas novelas históricas. Su utilización de la primera persona, narrador/a testigo –uso evitado en el discurso de historia– recupera el hablar cotidiano susurrante y libre de grandes gestos, a través del cual se nos entrega una imagen más vívida y mediata del hecho. Ya no son los grandes escenarios sino una escena de la rutina del devenir histórico (Morales Piña, 2001: 181).

En general, las novelas de Edwards se caracterizan por tener un narrador extradiegético, que "hace hablar en su propio discurso, sin comprometerlo del todo ni absorberlo del todo, ese idioma a la vez repugnante y fascinante que es el lenguaje del otro" (Genette, 1980: 229). En cambio, *El sueño de la historia* ofrece más diversidad, en comparación con las anteriores, al proponer tres tipos de narradores, con variedad de enfoques, que tergiversan las situaciones de enunciación: el narrador extradiegético, el narrador intradiegético y el historiador. La figura 3 presenta un esquema de cómo funcionan los dos narradores y el historiador en la nobela.

---

[1] En "Narrative discourse", Gérard Genette distingue entre el narrador extradiegético, que se sitúa fuera de la diégesis o mundo ficcional, y que se corresponde con el narrador omnisciente; y el narrador intradiegético, que participa de la historia como uno de los personajes (Genette, 1980).

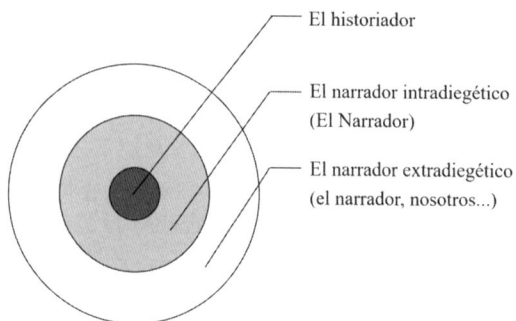

FIGURA 3 ESQUEMA DE LOS NARRADORES Y EL HISTORIADOR

En la novela de Edwards, el narrador (con minúscula) es un narrador omnisciente, que sabe todo lo que pasa. Su intervención no sigue un orden, sino que su discurso se intercala de modo caótico con el relato principal. El narrador extradiegético y el narrador intradiegético aparecen juntos: "Él, el historiador aficionado, el narrador en proyecto, ya había debido tres whiskies dobles. Terminó de beber el cuarto, doble, o triple, y se puso de pie con algo de vacilación" (Edwards, 2000a: 31).

El Narrador (con mayúscula) es el narrador intradiegético, hijo de Ignacio Grande, padre de Ignacio chico. Vuelve al Chile dictatorial después de un tiempo de exilio. Él se enfrenta ahora con una realidad sombría, de opresión y caos, y trata de escapar de ella a través de los documentos que el historiador, un académico ya fallecido, ha dejado en su apartamento. El discurso del historiador enmarca la narración del Narrador. Este narrador-historiador es silenciado constantemente, A través de sus documentos, el Narrador no solo reconstruye la biografía de Toesca, sino también la situación general del período colonial en Chile. Se trata de un relato que engloba historia, memoria y ficción al mismo tiempo. El Narrador, a la vez historiador, nos cuenta en las noches de toque de queda cómo Toesca, marido engañado pero entregado a su arte, proyecta la Casa de Moneda, que despierta un triste recuerdo en la memoria reciente de Chile. Schuluz Cruz Bernard (1994: 124), en su obra *Las Inquisiciones de Jorge Edwards*, sostiene lo siguiente:

> Su narrador, como en todas sus novelas, adopta primordialmente el punto de vista y la voz de un cronista, se supone que de un hombre, que se inmiscuye con su visión sardónica y valorativa, pero hay que reconocer que es un narrador inconsistente. Además,

la modulación de su voz es muchas veces injustificable (Schulz Cruz, 1994: 124).

Por ello, podemos ver dos subjetividades principales: el Narrador habla de su momento presente y, al mismo tiempo, narra la vida de Toesca. Edwards intenta establecer una relación estrecha entre el autor realista y memorialista. Esto se debe a que el autor coloca a personajes y narradores, estos últimos siempre de tono intimista, dentro de un marco histórico bastante reconocible. Esta novela emplea precisamente el narrador ambiguo para establecer distancia con respecto a la biografía, la historia o la novela histórica. Este puede entenderse, además, como un heredero del narrador que todo lo sabe.

A primera vista, parece que en la documentación se incluye el sujeto histórico y un relato realista de su vida, pero muy pronto queda patente que en el discurso narrativo interfieren otras dimensiones de la subjetividad del protagonista, como un inseguro y vacilante súper ego. Para ilustrar, presentamos un ejemplo cuando el protagonista charla con un grupo de amigos en casa.

> Se entabla una conversación larga, más bien evasiva, en vista, sin duda, de la presencia del hijo de don Ignacio, más sospechoso de rojo que de pródigo, en especial en los tiempo que corren, y el hijo, vale decir, el Narrador, en un momento determinado, y ya no sabe muy bien por qué, a causa, quizás, de aquella pasada por Madrid para tomar el avión a Chile, menciona los nuevos reyes españoles, monarcas constitucionales y que facilitan, al parecer, el paso a una situación, a una palabra que no se atreve, cobarde, a pronunciar (Edwards, 2000a: 68).

No se trata de una estrategia consistente para legitimar diversos puntos de vista y diversos narradores, porque se basa en la concepción de que la historia no es única, sino que está compuesta por relatos contradictorios, narrada por multiplicidad de actores en lucha, que nunca terminan de ser narrados ni interpretados.

En esta novela, la historia es narrada de modo cambiante. Se intercalan narradores y sus perspectivas, por lo que se pierde la linealidad del texto. Como dice Juan Manuel Díaz de Guereñu (2000), "En *El sueño de la historia*, en cambio, interpone una distancia, un filtro reflexivo: recuerda constantemente al lector que lo esencial no es lo que vive el personaje, sino el hecho de que vaya a contarlo; lo significativo es su función narrativa, no su experiencia".

Por ejemplo, el Narrador puede no solo contarnos la vida del arquitecto italiano, sino también que invitar a los lectores participar en la elaboración de su historia.

> A estas alturas, podemos concluir que Joaquín Toesca y Ricci, ingeniero militar y arquitecto, Alférez de los ejércitos reales, era hombre de orden: al menos en apariencia. O sobre todo en apariencia, puesto que se escapaba del orden por algunos resquicios, por algunas fallas secretas [...], había tenido modelos cercanos, que había estudiado con pasión, que lo habían deslumbrado, que se habían entrometido, suponemos, supone el Narrador desvelado, hasta en sus sueños [...] ¿Es posible morir así, o vivir, más bien, así, para provocar una muerte como ésa? (Edwards, 2000a: 247-248).

El sueño de la historia plantea dos temporalidades históricas y narrativas a la vez: una situada en la dictadura de Pinochet, desde la cual el Narrador relata otra historia situada temporalmente en el Chile colonial, de finales del siglo XVIII. Ambos relatos transcurren en la ciudad de Santiago de Chile, es decir, comparten el mismo espacio y, también, una cierta inquietud por lo humano.

El Narrador construye un relato con las peripecias de Toesca y su insólita esposa, la Manuelita. En lo relativo a la infidelidad de esta, es posible diferenciar dos niveles de interpretación. El primero como realidad histórica, documentada por textos de la época. Tales documentos son los que halla "el Narrador entre los libros del desván" del departamento alquilado y que eran "las hojas originales de un proceso de nulidad de matrimonio llevado ante Su Señoría Ilustrísimo, el Señor Obispo de la ciudad de Santiago de Nueva Extremadura, hacia fines del mil setecientos" (Edwards, 2000a: 20). Y el segundo como ficción, que tiene lugar dentro de la novela, pero que se alimenta de la documentación histórica. El relato del Narrador se basa en los documentos que halla en el apartamento del historiador difunto, pero también en una fogosa imaginación, por la que cumple una función compensatoria de las frustraciones que sufre en su desolador presente.

La pluralidad de narradores construye el esquema de esta novela. El narrador extradiegético, que podemos denominar narrador global, domina al narrador intradiegético, que comienza a investigar y escribir la historia de Toesca. El narrador intradiegético que está descrito por el narrador extradiegético no es, por tanto, dueño de la historia; de este modo, el lector toma conciencia del carácter ficticio y de la arquitectura narrativa del relato.

En *El sueño de la historia*, el narrador extradiegético pone en jaque al propio Narrador intradiegético en los capítulos referentes a Toesca: "El Narrador cree, como ya hemos visto, que estuvo en el banquete del mazapán. Que contribuyó con su espíritu bromista, a inventarlo. Pero nosotros, por razones de cronología, tenemos dudas" (Edwards, 2000a: 36). El Narrador construye una realidad a través de historias conformadas por hechos insignificantes e invisibles que desconocen la historia oficial. La NNH elimina, por tanto, la "distancia épica"[1] de la novela tradicional, gracias al uso discursos literarios como el monólogo interior. Así, lo que parece el mero relato de una historia sentimental (la del arquitecto del Palacio de la Moneda, Joaquín Toesca, y su mujer, Manuelita Fernández de Rebolledo) rota por un adulterio, le sirve a Edwards para recrear el Chile de los inicios de la República. Se destaca de este modo una tensión permanente dentro de la novela, una tensión que apunta a la desestabilización del papel de los dos narradores. Por su parte, como dice Díaz de Guereñu (2000), "En tales momentos, la narración se aviene a penetrar en conciencias y experiencias, olvida precauciones distanciadoras y asomos de teoría; en suma, se presta a ser sólo novela".

4.2 El Narrador: un exiliado que busca su identidad

El narrador intradiegético, que cuenta la historia de Toesca, es, al mismo tiempo, el hombre moderno del exilio:

> El Narrador sabe algunas cosas, más bien pocas, y se imagina otras. Conoce, por ejemplo, de vista y hasta de presentación, de saludo, de vagos recuerdos de patios de la Escuela de Leyes, al Ministerio en Visita que fue designado a la mañana siguiente en la causa de su hijo (Edwards, 2000a: 109).

El exiliado descubre la importancia de los documentos ocultos en el

---

[1] La "distancia épica" es un concepto acuñado por Mijail Bajtín en su obra Épica y estética de la novela: El universo épico está separado de la contemporaneidad, es decir, de la época del rapsoda (del autor y de sus oyentes), por una distancia épica absoluta que excluye toda posibilidad de cambio y de reinterpretación y "todo posible contacto con el presente en proceso de formación, imperfecto, inestable, y propicio, por lo tanto, a reinterpretaciones y revaluaciones". El mismo teórico señala que "El pasado absoluto, la tradición, la distancia jerárquica no jugaron ningún papel en el proceso de constitución de la misma [la novela] como género [...]; la novela se formó precisamente en el proceso de destrucción de la distancia épica, en el proceso de familiarización cómica del mundo y del hombre, de rebajamiento del objeto de representación artística hasta el nivel de la realidad contemporánea, imperfecta y cambiante". (Bajtín, 1991: 463, 483).

apartamento. Percibe que aquellos "legajos de la Real Audiencia, y los de Varios, y los de algunos personajes del siglo XIX, estaban llenos de ricos filones inexplorados. ¡Llenos!" (Edwards, 2000a: 34-35). Por lo que hace una serie de preguntas: "¿Qué serán los Decretales? ¿Hombre de la Ilustración, a su personal y particular manera? ¿Pero el Narrador, aquí, ¿o nosotros en el lugar suyo?"[1] Finalmente, comenzar a investigar. "Su tema, en este momento, todavía no sabe bien por qué motivo, es Toesca , Joaquín, probablemente Gioacchino, Toesca y Ticci, no Alday, y de repente se pregunta si no será la Manuelita Fernández Rebolledo. ¡O él mismo!" (Edwards, 2000a: 36). Merece la pena recordar los comentarios postulados de Schopf acerca de la investigación de la historia:

> De hecho, la reiterada, obsesiva indagación del narrador de Edwards en el presente, lo ha conducido a una penetración fragmentarizada, no programática, de su superficie, alumbrando subsuelos en que este presente se entrelaza con momentos anteriores de la historia de Chile, los prolonga en parte o los recubre o trata de rechazar en una confusa relación de rupturas y continuidades (Schopf, 2004).

Aquella narración del pasado le permite al exiliado encontrar una justificación para su retorno al Chile, donde perdura la dictadura, donde viven su ex mujer, Cristina, su hijo, Ignacio chico, y su padre, Ignacio Viejo:

> Despertó de su siesta como a las cinco de la mañana, con la boca pastosa, con el cuerpo cortado. Se había dormido con la palabra "amasios" y ahora la recordó y vio que tenía el grueso libraco encima de la cama. ¿Para esto se había venido a meter a Chile, para estas cosas, para estas rarezas? Quizás, y se dijo que la explicación, después de todo, no era tan desdeñable. Había regresado para recoger un hilo, para reanudar un diálogo. Para no vivir desconectado, como pieza suelta o, para hablar en chileno, como bola huacha. Llegó a la conclusión, por otro lado, de que los papeles del historiador decían bastante, pero no lo suficiente, y que había que salir (Edwards, 2000a: 34).

Es posible que el exiliado regrese a Chile para "recoger un hilo", "reanudar un

---

[1] Schopf (2004) menciona la estrategia narrativa de "nosotros" en la obra: "En el relato de la tormentosa vida de Toesca muy pronto hace su aparición la figura del Narrador, casi un personaje fuera del relato, que lo preside, aprueba la narración, a veces la cuestiona con una autoridad que el narrador con minúscula, más modesto –el que se identifica con parte del escritor derrotado–, puede convencionalmente arriba, como una especie de autoridad desgastada, pero no exenta de experiencia y sabiduría, esta última bastante cuestionable".

diálogo", "no vivir desconectado". Como señala la novela, "El Narrador se fasició" (Edwards, 2000a: 36) con los afanes de Toesca y la Manuelita, cuyo relato fue encontrado en los papeles que tenía el viejo historiador. En cambio, el problema es que

> los papeles del historiador decían bastante, pero no lo suficiente [...] Partió, pues, el lunes siguiente al Edificio del Archivo Nacional, donde le recomendaron que hablara con una señora de mediana edad, de anteojos gruesos, de uñas barnizadas, que entendía de esos asuntos [...] (Edwards, 2000a: 34).

El retorno está marcado por la búsqueda de una identidad y de una narrativa, por la necesidad de reconstruir la identidad y de posibilitar una lógica narrativa.[1] El exiliado de *El sueño de la historia* busca no solo un espacio físico, sino también iniciar un diálogo, analizar el presente del país y volver la mirada al pasado. Todo lo que podemos observar en la reflexión del Narrador después de conocer la vida exiliada de Toesca:

> La lengua colonial tenía un sabor y una consistencia extraños: mezcla de blandura, dulzura, calor, intención. Una ambigüedad, destinada, quizás, a engañar a los poderes represivos, y más bien que engañarlos, esquivarlos, sacarles la vuelta. En las primeras décadas del siglo siguiente, alguien, un exiliado español ilustre, al escuchar hablar en París al joven chileno Vicente Pérez Rosales, diría que sus palabras tenían olor a piña. Las de los tiempos de la Manuelita tenían olor a tortillas al rescoldo, a sábanas tibias, a cenizas en el fondo de los braseros (Edwards, 2000a: 33).

Al Narrador, la falta de adaptación en el presente y las situaciones graves de su alrededor le empujan hacia el pasado.

> Llegó hasta allí, de todos modos, antes de la hora, a esperar en compañía de ella, como un condenado más a pesar de que el estado de ánimo de ella le infundía ganas de escapar, de volver a enfrascarse en sus papeles, de poner un abismo de distancia en el espacio y en el tiempo. A veces pensaba que el pasado era un cajón de sastre o un

---

[1]   Según *Memoria chilena de la Biblioteca Nacional*, comprendemos el sentido de la búsqueda de la identidad para los escritores expatriados: "A partir de entonces en Chile, la reflexión sobre el exilio ha estado centrada sobre todo en la experiencia del retorno, en el sentimiento de desarraigo profundo de la identidad individual y colectiva que ha hecho del exilio una experiencia traumática. De ello hablan por sí mismos los numerosos testimonios que nos ha heredado la historia" (BND).

basurero, y otras veces lo imaginaba como un limbo, y hasta como una droga (Edwards, 2000a: 307).

La justificación de su retorno necesita ser reajustado de forma permanente, en función de las siempre cambiantes circunstancias históricas.

4.3 Espacio: la ciudad de Santiago en el sentir de Jorge Edwards

El sueño de la historia se desarrolla en dos momentos clave de la historia de Chile: en el Santiago de 1987, etapa final de la dictadura de Augusto Pinochet, y en el Santiago de 1783, dos siglos antes, etapa colonial de España. Ambas historias, por tanto, suceden en el mismo espacio físico, aunque difieren en el espacio temporal.

4.3.1 Historia de la ciudad de Santiago

Viacheslav Ivanov (2003: 2) destaca la importancia de la historia de la ciudad: "La historia de las ciudades permite investigar qué factores semióticos pueden contribuir a la conservación de las comunidades estables o a su transformación". Según se recoge en *La fundación de Santiago*, Pedro de Valdivia proclamó la fundación de la ciudad el 12 de febrero en 1541. Valdivia enconmendó el trazado de la nueva urbe al arquitecto Pedro de Gamboa, que realizó un diseño en forma de damero. A lo largo del siglo XVI y la primera parte del XVII, la ciudad fue destruida en varias ocasiones, debido a la invasión de los indígenas y a una serie de desastres naturales, como terremotos e inudaciones.

A pesar de estos trágicos sucesos, la ciudad recuperó gradualmente su crecimiento. La Plaza de Armas se erigió como el lugar más importante, donde se concentraba todo el poder de la Capitanía General de Chile: allí se encontraba la Gobernación, el Cabildo, la Real Audiencia y la Catedral. En el siglo XVII, mucha población emigró a Santiago, con lo que aumentaron los crímenes, los bandidos y la prostitución. En 1767, el corregidor del gobierno, Luis Manuel de Zañartu, logró controlar la criminalidad en la ciudad y, además, inició las dos construcciones más grandes de la Colonia: el Puente de Calicanto, que permitió unir eficientemente a la ciudad con La Chimba, y los tajamares, para evitar los desbordes del río Mapocho.

Aunque el puente logró ser construido, los tajamares fueron destruidos por una nueva inundación. El gobernador Agustín de Jáuregui pidió en 1780 al arquitecto italiano Joaquín Toesca que realizara la construcción de la nueva fachada de la catedral y otros edificios gubernamentales. El más destacado fue el Palacio de la Moneda. Posteriormente, Toesca participó en los planos del canal San Carlos y en la construcción de los tajamares definitivos durante el gobierno de Ambrosio O´Higgins. Ambas construcciones hidráulicas son consideradas como las de mayor envergadura de toda la América colonial. El gobierno de O´Higgins también construyó un camino que permitió la conexión entre Santiago y Valparaíso en 1791.

Santiago se convertió en capital de Chile tras la proclamación de la Primera Junta Nacional de Gobierno, que tuvo lugar el 18 de septiembre de 1810. En 1820, Don Bernardo O´Higgins creó la Alameda de las Delicias sobre el antiguo cauce del río, y fundó el Cementerio General. En este siglo, la riqueza en salitre y otros materiales permitió nuevos y numerosos adelantos. Se fundaron los primeros diarios, se desarrolló el tranvía electrónico y se construyeron grandes casas y edificios. En 1910, se inauguró el Museo de Bellas Artes y, tres años más tarde, comenzó la construcción de la Biblioteca Nacional.

Ya en el siglo XX, Santiago continuó la senda de crecimiento, también en el aspecto cultural. Así, en 1910, se inauguró el Museo de Bellas Artes y, tres años más tarde, comenzó la construcción de la Biblioteca Nacional. Sin embargo, el golpe militar y la subsecuente dictadura dieron paso a una atmósfera de agitación y nerviosismo. Soldados armados inundaban las calles en busca de opositores al régimen. Esta situación se refleja de forma irónica en *El Sueño de la Historia*, cuando Ignacio chico es encarcelado por participar en el desfile del Primero de Mayo. Mientras que sus familiares utilizan todos los medios a su alcance para liberarlo cuanto antes, Ignacio se congratula de su estancia en prisión.

> Yo estaba soñando sueños estupendos. Con la salida de los otros, me había conseguido la mejor almohada, las frazadas más nuevas y los terroristas de la galería de al lado, para consolarme, me habían pasado unos palmitos brasileños, unos jamoncitos serranos, un vaso escondido, que había costado una fortuna en coimas, de Don Matías Tinto (Edwards, 2000a: 152).

Ambas historias ocurren en Santiago, pero se encuentra que los acontecimientos históticos debilitan los rasgos de la misma ciudad. "La ampliación del tiempo en el espacio instala los acontecimientos políticos de Chile en horizontes que les hacen perder su aparente carácter o motivación puramente local, su linealidad o unidimensionalidad, iluminándolos fugazmente en el oscuro espesor de la historia" (Schopf, 2004). El ejemplo de lo ocurrido en la ciudad de Santiago puede hacerse extensivo al resto del país con el fin de reconstruir su historia. Su historia política, social, urbana, su historia particular permiten interpretar el sentir general de la ciudad.

4.3.2 La interpretación de la ciudad de Santiago

La ciudad ocupa un lugar simbólico en la literatura. Lotman afirma que "la ciudad como espacio cerrado puede hallarse en doble relación con la tierra que la rodea" (Lotman, 2004: 1). Ésta también generalmente ocupa un puesto especial en los textos, como "un generador de cultura".

> Complejo mecanismo semiótico generador de cultura, la ciudad puede cumplir su función sólo si en ella se mezclan un sinfín de textos y códigos heterogéneos, pertenecientes a diferentes lenguas y niveles. Precisamente el poliglotismo semiótico de cualquier ciudad la convierte en campo de diferentes colisiones semióticas, imposibles en otras circunstancias (Lotman, 2004: 5).

Cuando unimos códigos y textos diferentes en cuanto a estilo y significación nacional y social, observamos que la ciudad realiza "hibridaciones, recodificaciones y traducciones semióticas que la transforman en un poderoso generador de nueva información" (Lotman, 2004: 6). Si la ciudad es el reflejo de los sentimientos que sus habitantes proyectan en ella, entonces, es posible que el escritor realice una descripción e interpretación de la ciudad para mostrar sus sentimientos a través de los personajes de la obra. Por ello, es necesario entender el sentido que adquiere la ciudad de Santiago en esta novela.

En el primer capítulo de la novela, tanto Chile como la ciudad de Santiago dan una imagen pesimista.

> Porque el país, ¡por suerte!, no tenía nada que ver con lo que él había conocido

antes. ¡Con el de antes de su desaparición! Ahora, sin comunistas, sin los chascones y los espantajos de antes, estaba lleno, comentó, haciendo figuras con las manos, de oportunidades fabulosas (Edwards, 2000a: 16).

No sabía bien de qué se escapaba, pero quería escaparse cuanto antes. Y el centro de la ciudad, tal como él lo recordaba, con su mugre, su chimuchina, sus adoquines viejos, incluso con los jubilados y los mendigos de la Plaza de Armas, con los lustrabotas que golpeaban sus escobillas como si fueran timbales y con las vendedoras de boletos de lotería, con los quiltros quillotanos que correteaban y escarbaban por todas partes, y hasta con sus lisiados, sus lloronas, y el loco que daba saltos anunciando la venida del Mesías, con todo eso, y con lo que se escondía detrás de todo eso, lo fascinaba, le encantaba (Edwards, 2000a: 18).

De manera evidente, el conjunto de sensaciones que tiene el Narrador nos propende a ver y juzgar la ciudad de Santiago por el lado más desfavorable, pero Roberto Hozven nos lleva a profundizar en esta cuestión. A través de su estudio, conseguimos formalizar el conocimiento sobre la ciudad de Santiago (Hozven, 2006: 5-24).

De acuerdo al sentido etimológico de *civitas*, una ciudad es el espacio donde se produce la interacción amistosa del conjunto de sus ciudadanos (los *civis*). Es decir, la mayor parte de las relaciones que se establecen entre los conciudadanos se produce en la *civitas*, la ciudad. Y tal relación funda el sentimiento de comunidad que define una ciudad. La ciudad, la *civitas*, es un derivado abstracto que denota y connota el estatus colectivo que asume la responsabilidad y los goces de la conciudadanía. Ahora bien, ¿qué sentimiento de ciudadanía caracteriza a la comunidad de la ciudad de Santiago de Chile en esta novela?

En lo concerniente al sentido de la ciudad, Ivanov (2003: 11) indica que "una de las particularidades semióticas más esenciales de la gran ciudad es, por lo visto, desde el principio mismo de su historia, el multilingüismo o, en un sentido más general, la presencia de varios sistemas semióticos utilizados al mismo tiempo". De modo que estamos de acuerdo con que Hozven postula que pueden distinguirse dos.

El primero muestra de un orden familiar hacendal, centrado alrededor de figuras fuertes y poderosas, representantes de la autoridad en el seno de la familia: las "abuelas bigotudas", que siempre tratan de controlar a personajes subordinados. Este sentimiento jerarquizado que emerge del orden de la familia hacendal configura una ciudad polarizada, en la que el poder se concentra en el centro y en torno al hogar turbulento, que constituyen los elementos de "la cultura tradicional".[1]

En *El sueño de la historia*, la figura femenina asume un papel fundamental en la familia tanto en el siglo XVIII como en la dictadura de Pinochet. En la familia de la Manuelita, su padre "andaba mal, perseguido por deudas, y que había preferido esconderse" (Edwards, 2000a: 43). Al contrario, su madre ejerce gran control e interfiere en el matrimonio de la hija. Cuando la Manuelita le reconoce que ya está enamorada de otro, su madre misiá Clara intenta que deje el amor irreal. Entonces, el fracaso y la debilidad de su padre les da una lección brutal.

> – Pero yo no lo quiero, mamita –dijo la Manuela, y bajó la cabeza-: Quiero a otro.
>
> –Ya se te pasará –replicó misiá Clara.
>
> –¡No se me va a pasar!
>
> Misiá Clara le preguntó, entonces, si quería ver a su padre, a don José, en las celdas del segundo piso de la Real Audiencia, las que destinaban a los caballeros extraviados. ¿Quería que la familia mendigara, o cayera todavía más bajo? Manuelita no pudo contestar. Sólo pudo llorar a mares, moviendo la cabeza. Al italiano, dijo misiá Clara, aparte de los trabajos de la Catedral, que le daban dos pesos fuertes al día, ¡cada día!, le habían encargado, ahora que construyera una Casa de Moneda [...]
>
> – Vas a ser una de las señoras principales de todo el Reino.
>
> – ¡Yo no quiero, mamita!
>
> – ¡Chiquilla lesa! ¡Tenís que querer, no más! La calentura por ese Negro se te va a pasar, ¿y después qué? [...]
>
> Y no pedía un centavo de dote. Y le daba su aval a José, a don José, que andaba en apuros porque era de pata en quincha y se gastaba todo en las ramadas, escuchando a las de Petorca, bailando, empinando el codo.
>
> – Sí, mamita. Pero...
>
> – ¡No hay pero que valga! –vociferó misiá Clara, con los brazos en jarra, con relámpagos que partían de las nubes de sus ojos (Edwards, 2000a: 46).

Volvemos a la familia del Narrador, que a lo largo de la novela casi no tiene voz entre sus miembros familiares. De igual modo, en la relación entre el protagonista y su ex mujer, Cristina, que es "una mujer más bien belicosa, con una pasión política

---

[1] Según José Joaquín Brunner (1988: 34), se trata de la memoria larga propia de la tradición cultural chilena. Aquella que anudó la hacienda con el progreso, la mujer con el hogar patriarcal, la iglesia con el poder de incidir sobre las costumbres, la ciencia con las verdades dogmáticas, la política con el discurso ritual y la militancia con el sacrificio.

de izquierda o de extrema izquierda [...] pasión que nada ni nadie ha conseguido quitarle" (Edwards, 2000a: 304) proporciona una posición superior a su marido.

> Él se sobó las manos con gran entusiasmo. Pensó, en su euforia llamar a Mariana o al Cachalote, pero comprendió que sería un llamado absurdo. En cuanto a Cristina, su ex mujer, la madre de Ignacio chico, ni hablar. Habría querido llamarla, tenía que reconocer, desde el minuto mismo de su llegada, pero el estado actual de sus relaciones con ella imponía una espera, una reserva. Lo que ella más odiaba en él, lo que la había llevado al divorcio, como ella misma decía más que su amor por otro, eran estos caprichos, estas "pajas" (Edwards, 2000a: 22).

E incluso cuando reúne tras su exilio con su hijo por primera vez, el chico se muestra indiferente ante su representación.

> Su padre estaba al fondo, en su asiento de siempre, frente a un jardín que se había puesto mucho más frondoso, a las hojas secas, a la casucha del jardinero con sus tablones desfondados. Tenía las piernas envueltas en una manta escocesa y la cabeza, por las razones que le había alcanzado a explicar Nina en el trayecto, cubierta de vendajes. A pesar de eso se puso de pie, tirando lejos el chal, y él vio, entonces, que tenía la cara, debajo de las vendas, llena de hematomas profundos, como un espectro. ¡Te llamaré Hamlet, Rey, Padre!, murmuró él, pero no quiso reconocer que estaba emocionado, conmovido hasta el tuétano (Edwards, 2000a: 16).

A través de las descripciones anteriores, no nos extraña que el Narrador dude su existencia cuando visita a su hijo en la cárcel: "No sabemos si el Narrador pensó que todavía no había terminado de conocer a su hijo. O que era, su hijo, al menos para él, un perfecto desconocido. Y si no lo pensó, creemos que habría debido pensarlo" (Edwards, 2000a: 152). Al final de la historia, los tres forman una relación más armónica, pero la mujer sigue siendo una figura poderosa en este ámbito.

> Él, entonces, el Narrador, el Personaje, se hincó en la alfombra, frente a ella, como en las ilustraciones de antaño, y juntó las manos:
> — Prometo —declaró—, a partir de hoy, ser un marido discreto, atento, cariñoso. Y, sobre todo, *last but not least,* responsable.
> Con los ojos redondos, las cejas enarcadas, la boca plegada, sin reírse, pero sin dar señales de estar convencida, con un rictus que no era habitual, Cristina no dijo una palabra.

– ¿Aceptas?

– Voy a pensarlo.

– Piensa todo lo que quieras, pero contesta que sí.

– Tengo mis dudas –insistió ella– : mis dudas más o menos fundadas (Edwards, 2000a: 433).

Con respecto al segundo sentimiento de conciudadanía que postula Hozven, surge de la rememoración del pasado en su punto de quiebra. El punto de quiebra es ese momento exacto del pasado en el que uno de los miembros de la familia reconoce, con asombro, sus anhelos y deseos más profundos. Los dos sentimientos se reflejan en la ciudad a través de dos procesos: primero, una víctima que explora y analiza su vida pesimista; segundo, un rebelde que se esfuerza por alcanzar libertad a través de una lucha por sus ideas. Una emoción caracterizada por una intensa sensación desagradable provocada por la percepción del peligro se dispersa por toda la obra. Al principio, el protagonista se siente incómodo cuando sus amigos le pregunta sobre su exilio.

> Le preguntaron después, con cierta insistencia, con un tono que podía ser de ansiedad disimulada, y ya que llegaba de Europa, por la opinión de los europeos con respecto al Chile militar, pregunta no muy fácil de responder en aquel sitio, en aquella mesa redonda y rodeada de cortinaje solemnes, aunque bastante desteñidos. Él contestó como pudo, y quedó con la impresión de que no había dejado contento a nadie (Edwards, 2000a: 28-29).

A medida que transcurre el tiempo, el Narrador se siente cada vez más angustiado por la ansiedad. Y manifiesta intensamente un sentimiento repentino en los días anteriores al primero de mayo donde todo el mundo prepara una manifestación:

> ¿Qué más hago aquí?, se dijo él, con angustia y con rabia, convencido de que se habían confabulado entre todos para crear el peor de los mundos posibles. ¡El peor!, le dijo al Cachalote, cuando lo recibió en el escritorio de su casa, en mangas de camisa, lo pero de la izquierda, con su sectarismo, su lloriqueo, sus ojos iluminados, su vocación de martirio, y lo peor de la derecha, con su crueldad, su insensibilidad, su ceguera, su integrismo (Edwards, 2000a: 99).

Más adelante, debido al arresto de Ignacio chico, la visita del inspector jefe de la sección de Santiago Centro de la CNI.

> Descolgó, tiritando, pensando en todos los fríos que le había tocado sufrir desde que había llegado a Chile, ¡el horroroso Chile!, como decía un verso de Enrique Lihn, y escuchó una voz de secretaria que preguntaba por él.
> – ¿Es usted?
> – Soy yo.
> – El señor Pedro Jorquera quiere hablar con usted.
> – ¿Quién es el señor Pedro Jorquera?
> – Inspector jefe de la sección Santiago Centro de la CNI.
> El señor Jorquera le dijo que deseaba visitarlo esa misma mañana.
> ¿A mí?
> Sí, señor, A usted (Edwards, 2000a: 261-262).

Frente a una presencia de los de la CNI, el Narrador se pone tan nervioso que empieza a preocuparse por su seguridad personal:

> El Narrador se preguntó si el señor Jorquera también llevaría un arma de fuego, pero no pudo llegar a ninguna conclusión con respeco a este punto. Su vestimenta, en cualquier caso, era menos bolsuda, mejor cortada, casi elegante.
> Estaba consciente, por otro lado, de que el Narrador, en su condición de intelectual y de hombre de tendencias de izquierda (así, por lo menos, con la misma relativa imprecisión, lo habían calificado sus servicios), podía tener modos de vida un tanto estrafalarios. Para decir lo menos, atípicos:
> – Desde que volví a Chile – respondió él, puesto que no podía negar que había estado en el exilio y había vuelto –, hace ya algunos años. –Y como el inspector Jorquera continuaba con cara de interrogación, impasible, quizás burlón, pero con la burla muy escondida, añadió– : El vecindario es un poco raro, si usted quiere, pero no molesta y yo estoy acostumbrado a vivir en el centro de las ciudades. Nací en el centro... –Y tuvo el pálpito de que su explicación era idiota, además de cobarde, y de que más valía cortarla en forma brusca.
> –Usted –dijo el inspector Jorquera, dominando la situación con indudable experiencia, con indiscutible maestría–, tiene perfecto derecho a vivir donde le dé la real gana, señor... ¡No faltaba más! Su casa es muy espaciosa, ¡y qué linda vista! (Edwards, 2000a: 262).

El episodio se narra de manera muy detallada, lo que la ciudad de Santiago le da al Narrador la sensación tan miedosa que no puede olvidarse aún tras un largo exilio. Observamos la escena que ve cuando el Narrador baja a la calle:

> En un boliche del Portal, el primero que encontró a mano, devoró dos *hot dogs* seguidos untados con todas las salsas, todas las mostazas, todas las mayonesas de este mundo, acompañados de una jarra de cerveza monumental. En las meses de los lados la gente hablaba en voces bajas, que contrastaban con el griterío de sus años de estudiante, y había parejas de hombres de pelo corto en los rincones (Edwards, 2000a: 22).

Además, conviene recordar una explicación de Hozven ante este fenómeno. Si el centro de la ciudad solo ofrece sufrimientos, el entorno es un espacio de oportunidades para los rebeldes. En *El sueño de la historia*, Edwards llama "imbunchamiento"[1] al sufrimiento que padecen los personajes debido a las circunstancias sociales (Hozven, 2006: 19-20):

> La ceremonia del Sibillone no es demasiado diferente, guardando las distancias, de la del imbunchismo araucano. El imbunche es el niño más dotado de la tribu, convertido en monstruo a fin de que adquiera poderes de adivinación. Al Sibillone lo transformaban en monstruo durante el espacio de una tarde, pero el episodio quedaba en su memoria marcado a fuego (Edwards, 2000a: 131).

El imbunchamiento y su decostrucción configuran una ciudad irónica y planetaria. Los personajes imbunchados sufren el fracaso y sobreviven a sus escasos en la ciudad irónica. En cambio, la ciudad es planetaria desde el momento en que los personajes cuestionan su compromiso con el pasado y promueven una ruptura con respecto de sus creencias. Desde este punto de vista, es posible diferenciar dos sentimientos distintos de conciudadanía en esta novela. Según los episodios anteriores, nos hallamos varios personajes, sobre todo, la Manuelita y el Narrador, son representantes claras del imbunche y que viven entre estos dos sentimientos.

---

[1] 'Imbunche' es de voz mapuche: "ser maléfico, deforme y contrahecho al que se le descoyuntan los huesos de los hombros, caderas y rodillas" (RAE, 2014). Por extensión: "cualquier cosa enredada, inextricable, pleito enredado". "José Donoso ha resignificado la imagen del Imbunche y lo ha propuesto como un modo de comprender ciertas características nacionales del encierro, lo contrahecho, lo monstruoso y la manipulación del poder" (Montecino, 2004: 244-247).

4.3.3 La dualidad de la Moneda

El Palacio de la Moneda es el edificio de mayores dimensiones de su época. "Su costo, muy elevado, se consideró excesivo para el objeto a que estaba destinado; pero una vez concluido, el edificio fue el orgullo de los santiaguinos" (Villalobos R., Silva G., Silva V. & Estellé M., 2004: 235). Según *Historia de Chile*, conseguimos formalizar el conocimiento general sobre este edificio histórico.

La Moneda tiene un sentido esencial en la historia de Chile. Decenios más tarde, este palacio se convierte en símbolo de la independencia colonial y del triunfo de la democracia. También de su caída, ya que el 11 de septiembre de 1973, las Fuerzas Armadas, comandadas por Augusto Pinochet, asediaron la Casa de Moneda, en cuyo interior se hallaba el Presidente Salvador Allende, quien, a la postre, se suicidaría.

La construcción de la Moneda se erigió como emblema de la ciudad colonial, que buscaba un orden, un nuevo comienzo de la colonia. Debido a los terremotos, inundaciones y otros desastres naturales comunes en Chile, la Capitanía del Reino necesitaba un experto arquitecto que diseñara la Catedral y el Palacio de la Moneda, trabajo para el cual se contrató a Toesca.

> Toesca trabajó pacientemente en ambas obras hasta su muerte en 1799, sin verlas concluidas. El edificio de la Casa de Moneda, una de las construcciones más importantes de la época, fue terminado por uno de sus discípulos y entregado en 1802, pero la catedral esperaría más de tres décadas para terminarse, sin las torres que actualmente posee (BND).

La Moneda es un código simbólico en esta novela. Las dos historias de la novela se sitúan en el contexto del palacio, un edificio neoclásico, que estuvo destinado a la acuñación de monedas que circulaban por el país. En la novela, la madre de Manuelita, Misía Clara, le pide a su hija que se case con Toesca, destacando que el arquitecto italiano va a construir una Casa de Moneda, "un palacio de varios pisos, de piedra pura, con halconería de lujo, con un escudo real que iba a ser esculpido por Ignacio Varela" (Edwards, 2000a: 46).

En Chile, el arquitecto italiano se enamoró de la Manuelita, una mujer idealizada, en una ciudad sucia y con calles de tierra y fango. Para Toesca, la Moneda no es solo una construcción de magnífica envergadura, sino también un nuevo punto de partida en su vida. Cuando el arquitecto discute con el amante de su mujer, Goycoolea, le explica que la Casa de Moneda que construye Toesca busca crear una sensación de infinidad mediante el juego de sus espacios internos:

> Se me ha ocurrido –dijo– construir en el patio del fondo una Moneda más chica, que sirva de resguardo, de bóveda para guardar los materiales más valiosos, y que mirada desde la calle, con los portones abiertos, produzca una impresión de lo infinito, de vértigo, de huida de las líneas hacia el sur, ¡hacia el fin del mundo!, ya que desde la puerta de la segunda Moneda uno podría imaginar una tercera, una cuarta, una quinta. Un juego de espejos, ¿me comprende usted? Y una entrada en el otro lado del espejo (Edwards, 2000a: 164-165).

El Palacio tiene su fachada principal situada en la calle Moneda, con vista a la Plaza de la Constitución. Detrás de esta fachada se encuentran dos pequeños patios, uno de ellos techado. El principal se denomina Patio de los Cañones, puesto que ahí se encuentran dos antiguos cañones coloniales. En el interior, hacia el sur, se encuentra el renovado Patio de los Naranjos, cuyo nombre proviene de los árboles que fueron plantados allí a comienzos de la década de 1980. Es un lugar donde se llevan a cabo las grandes ceremonias de la residencia, como las cenas en honor a visitantes distinguidos, discursos y ceremonias de distintas naturaleza. Cuando uno se coloca frente a la puerta principal de la Moneda y mira hacia dentro, tiene la sensación, a través de sus patios, de que se trata de una construcción mucho más grande. Aquí puede hallarse un paralelismo entre esta proyección arquitectónica del espacio y la historia de Toesca. El palacio neoclásico es un intento por imponer un orden fundacional a la ciudad, además de otorgar nitidez, estabilidad y una suerte de orientación clara para la población, que habitaba en una ciudad sucia y desordenada.

Por otro lado, la visión del espacio hacia la infinidad, hacia el futuro, también desempeña un papel importante en la historia del narrador intradiegético. Este espacio amplio le otorga al Narrador un anhelo de democracia. El futuro de la Moneda es, metafóricamente, un acceso de los sectores democráticos al poder, al palacio de los presidentes. Desde entonces, su figura aparece en todos los episodios del relato.

En el penúltimo párrafo de la obra *El sueño de la historia*, se trata del fracaso de la construcción de la segunda Moneda para crear un atmósfera abierta hacia el sur del mundo.

En cuanto a la idea de levantar otra Moneda más chica en el segundo patio, a fin de prolongar la primera en un juego de espejos, proponiendo así a los santiaguinos la noción de un espacio abierto hacia el sur del mundo, en cierto modo infinito, o capaz de transmitir, al menos, una vaga noción de lo infinito, sería desechada de una plumada, por absurda, por inútil, puesto que los administradores de la República no serían menos mezquinos y obtusos que sus antecesores coloniales, y en las primeras décadas del siglo veinte se añadiría un cuerpo de edificio que no tendría nada que ver con las líneas, con el estilo, con el equilibrio del original (Edwards, 2000a: 444).

La Moneda, como obra relevante de Toesca, y como elemento fundamental en la historia de Chile, también forma parte de la estructura del relato. El fracaso de la segunda construcción implica la dispensación del escepticismo de la obra. Sostiene la dualidad del narrador extradiegético de la novela y el narrador intradiegético de la historia de Toesca. Así, se cumple la máxima de Borges: "La ficción vive en la ficción".

4.4 El escepticismo[1] de los personajes

El sueño de la historia se presenta como una obra novedosa en términos narrativos, pero que mantiene una visión escéptica de la vida y la sociedad. El carácter profundamente político de la novela se manifiesta en una crítica hacia el triunfalismo de la burguesía chilena después del golpe de Estado de 1973, y reproduce esta crítica hacia la moral de la sociedad chilena colonial a partir de la historia de Joaquín Toesca.

De ambas historias se desprende una idea de Chile como un país fracasado, tanto a nivel privado como público. La frustración de las relaciones amorosas de Joaquín y la Manuelita, por un lado, y la del Narrador" con Cristina, es atribuida al fracaso político e ideológico de las revoluciones. Por ejemplo, el Narrador y Cristina mantienen opiniones contrarias en cuanto a la ideología política. Cuando el Narrador le expresa a su ex mujer su opinión con respecto a la guerra de Praga, ella, aun en silencio, muchas veces "se mantiene cerrando los puños, dándose golpetazos en la frente, venciéndose a sí misma" (Edwards, 2000a: 90).

---

[1] Según *Diccionario de filosofía*, el escepticismo se refiere a "la tendencia de mirar cuidadosamente - se entiende, antes de pronunciarse sobre nada o antes de tomar ninguna decisión el fundamento de la actitud escéptica que es la cautela, la circunspección" (Ferrater Mora, 2009: 544).

Comprendió que a él le quedaba la cultura de la izquierda, sólo la cultura, y que la militancia, en cambio, el verdadero compromiso, le pertenecían a ella. [...] Eran una pareja dividida por la ideología, por la guerra interna que ya se manifestaba de diferentes maneras en el país, y las trizaduras empezaron a penetrar como humedades, como colonias de hongos, en el edificio matrimonial, que no era, en verdad, un fortaleza, pero que tenía su estructura: sus pertas sus ventanas sus paredes. Cada vez que discutían, la angustia de la disensión, de la creciente incomunicación, del odio, se reflejaba en los ojos verdosos, inquisitivos, infantiles, de Ignacio chico [...] (Edwards, 2000a: 89-90).

En cuanto a la historia entre Toesca y la Manuelita, tienen necesidades diferentes en el amor. Él prefiere un amor tranquilo y expresado de una manera tradicional. Al contrario de Toesca, la Manuelita es una mujer tan romántica que necesita pasión y palabras dulces. Ello la conduce a enamorarse de Juna Joseph Goycoolea tras su coqueteo.

Tres o cuatro meses más tarde se encontró al lado suyo en unas fiestas de la Plaza, frente a un grupo de indios que tocaban quenas, trutrucas, tambores, y a unas indias que parecía que lloriqueaban cuando cantaban, como si alguien se les hubiera muerto.
– Ya sé cómo te llamas –le dijo él.
– Y yo también sé cómo te llamas tú –le dijo ella.
Él, mientras los indios se desgañitaban y mientras pasaban por delante unos jinetes en pelo, le tomó una mano, la miró con tremenda intensidad, con ojos que relampagueaban, y le dijo que la quería. A ella se le nubló la vista. Sintió pánico y corrió hasta su casa sin parar. En el fondo del huerto abrazó a la Palmira, la tonta, sin decirle por qué, lanzando suspiros profundos.
– ¿Qué le pasa, Manuelita?– preguntaba la Palmira, y ella contestaba que nada.
Después de eso se encontraban en la iglesia, en las procesiones, en los juegos, y no se quitaban los ojos. A veces él conseguía acercarse y preguntarle que cómo estaba.
– ¿Me has echado de menos?– preguntaba.
– Sí– respondía ella–. ¿Y tú? (Edwards, 2000a: 43-44).

El amor y la pasión de la pareja se desarrolla gradualmente un adulterio después de que la Manuelita se casó con Toesca. Sin embargo, la madre de Manuelita asume un papel clave en la relación adúltera, es que le permite a la pareja seguir el amor clandestino.

Mientras se interna por el corredor, en camino a las habitaciones del fondo de la casa, iluminada por la vela que temblequea, el Narrador se soba las manos, como si el frío de la noche de lluvia se le hubiera contagiado. Por su lado, metido adentro de la cama, sudando de calor, Juan Josef, el Negrito, está en espera.

– Vine a ver si te faltaba algo –dice ella.

El le quita la palmatoria con suavidad, la pone encima del velador, apaga la vela de un golpe y la hace sentarse al lado suyo. La habitación sólo queda iluminada por el resplandor rojizo del brasero. Él, entonces, le toma una mano y se la besa con intensidad. Después lleva esa mano y la pone en su pecho desnudo, en el sitio del corazón. La Manuelita se inclina con lentitud, mirando un reflejo cambiante en la pared gruesa, encalada, y Juan Joseph la besa en la boca. Después aprieta un poco su mano y la arrastra hacia abajo. Deja la mano suelta, y la Manuelita no la retira. Juan Josef le desabrocha entonces la blusa negra. El tamborileo de la lluvia en el techo, acompañado de rayos ocasionales y de truenos lejanos, es de una monotonía incesante. En medio del diluvio universal, misiá Clara, encerrada en su dormitorio, reza, y sabe que la Manuelita ha pasado para el fondo de la casa, y está segura de que es el diluvio del fin, y de que los grandes amores serán perdonados por el Cristo de la Misericordia. La habitación rojiza, con sus resplandores cambiantes reflejados en las paredes, cálida, es una isla, una cápsula extraviada en el espacio (Edwards, 2000a: 59).

Toesca no tarta mucho en enterarse del adulterio de su mujer. Un día cuando vuelve a casa más temprano, se da cuenta que la Manuelita se muestra nerviosa e inquieta.

– ¿Dónde estabas?

– Y usté, ¿cómo llegó tan temprano?

– Sí, pero tú...

– Había salido a caminar por los huertos vecinos. Me había baja'o un sofoco.

Suponemos que Toesca no había escuchado nunca la palabra sofoco, y que la descartó, y que le preguntó, enseguida, con voz incierta, como si estuviera asomando a no se sabe qué, ¿a una sima?, si no era ella la que estaba encerrada hacía poco rato en la pieza del fondo, y con quién.

– ¿En la pieza del fondo?

– Sí, –insistió él–, en la del fondo –pero ella, en lugar de contestarle, salió al corredor y se puso a llamar a gritos:

– ¡Mamita, ven a comer! (Edwards, 2000a: 65).

A partir de entonces, Toesca empieza a echar para atrás todo lo que había pasado entre ellos y llega a una conclusión:

> La Manuelita, su mujer, extraviada, y la otra, su suegra, la bruja, enferma de rabia, soñando con clavarle un alfiler y vaciarle los ojos. A pesar de que era ella la que los había casado. Para salvar a don José, para rescatar a toda la familia, por lo que fuera. Pero así es el mundo, se diría a sí mismo, con lucidez, con no poca tristeza, así son las cosas" (Edwards, 2000a: 66).

Así, resulta interesante que en el capítulo anterior, la Manuelita es presa del pánico a causa de un diluvio; Goycoolea se acerca a ella e intenta tranquilizarla: "No tienes miedo de nada. Yo estoy aquí, ¡pa´cuidarte!" (Edwards, 2000a: 57). Esta atmósfera oscura, producida por las diferencias ideológicas, arremete no solo contra la vida particular de los personajes de la novela, sino también contra la propia Historia.

El absurdo de las relaciones humanas, la desafección ideológica, lo patético del deseo son variantes de un escepticismo respecto de la vida humana como posibilidad histórica. *El sueño de la historia* genera la crisis del sujeto al enfrentarlo con su historicidad, colocándolo al lado del absurdo y reduciéndolo al fracaso de la historia personal y social. Se produce una clara destrucción del sujeto trascendental de la historia, que aprovecha su razón y la voluntad para construir el progreso. Esta posición de resonstrucción no solo se manifiesta a través de su visión de la historia, sino también de una crítica hacia la historia latinoamericana o chilena. Es decir, la novela es una metanarrativa que pone en crisis al sujeto histórico, a la Historia misma y a la rehistorización latinoamericana o chilena desde el texto literario: los papeles de la historia son los de la nada (Moreiras, 1999: 395).

4.4.1 El Narrador: el retorno al archivo

Vargas Llosa (2012) señala que "la fuente histórica principal de Jorge Edwards es Michelet, prosista eximio". El escritor chileno considera a Michelet como un ejemplo perfecto de la escritura, por lo que su visión de la literatura influye enormemente en toda su obra.

> But it was Michelet who first sensed the scope of this problem and worked out

the consequences in his historiographic practice. Like Balzac, Michelet anticipated the transformations necessary in the category of the point of view when it was raised from the story of individual life to that of collectivity: "every history of the Revolution up to now," he says in his conclusión, "has been essentially monarchistic. [...] The present history is the first republican one, the first to break the idos and the gods. From first page to last, it has had but one hero: the people" (Citado por Ampuero, 2006: 202).

En el fondo, Michelet alude a un cambio de sujeto narrador en la escritura de la historia y a un cambio de protagonista de los cambios sociales, es decir, de los monarcas al pueblo. Esto también se percibe en la novela de Edwards. El autor no escoge como protagonistas a los nuevos héroes burgueses, que logran beneficios creados por las circunstancias sociales, sino escoge a sujetos marginales dentro de esa clase. *El sueño de la historia* cuenta con muchos personajes, pero la mayoría de ellos ocupan una posición marginal en la sociedad. Toesca y el Narrador, a pesar de haber ocupado una buena posición económica, no son sujetos burgueses propiamente dichos. En esta obra, se convierten en alegoría de su clase y aportan valores críticos al orden y al proyecto social.

El Narrador vuelve a Chile y reflexiona sobre las transformaciones que ha sufrido el país bajo la dictadura, sobre la atmósfera de terror reinante, el fracaso de su matrimonio, las tensas relaciones con su hijo Ignacio chico y la pérdida de sintonía con antiguas amistades. Cuando se reencuentra con sus viejos amigos en un Club, se percibe cómo su reubicación dentro de la clase dominante comienza a complicarse: "Él era, dedujo pronto, el invitado de honor, pero no sabía en qué calidad: Si como recuperado, como hijo pródigo, como enemigo de muestra" (Edwards, 2000a: 28). El Narrador supone que sus interlocutores de derechas, seguidores del régimen militar y enemigos del exilio, sospechan que "él todavía era, más que seguro, un comunista, un resentido de mierda, a pesar de ser hijo de don Fulano y de la difunta doña Fulana, hermano de la Nina tanto y tanto y cuñado de Manolo, uno de los capos de la Confederación de la Producción y el Comercio" (Edwards, 2000a: 28).

Tras regresar, el Narrador necesita su propio rincón donde poder contemplar la realidad. Se traslada al Barrio Alto, donde le corresponde vivir por historia y tradición, a un apartamento céntrico, cercano al escenario histórico de Toesca, su catedral y la Moneda. En este espacio de intimidad, el Narrador se aleja de la pesada carga de los lazos de amistad y del orden familiar, así como de la dictadura y de un pasado al que no quiere regresar.

Tras descubrir en un cuarto oscuro y húmedo un archivo olvidado, el albacea del dueño del apartamento le informa al Narrador de que puede arrojar o quemar todos esos papeles: "Lo llamaba para hablarle, precisamente, de aquel desván lleno de porquerías. Si él lo necesitaba para guardar sus objetos personales, no había ningún problema en que lo tirara todo a la basura" (Edwards, 2000a: 21). Se produce entonces una combinación entre la mirada del exiliado, a través del balcón, de la situación presente de Chile, y la exploración del país previo a la Independencia. Ambos planos acaban por fusionarse: el balcón y el archivo permiten entender mejor las realidades de aquellas dos épocas. Este personaje es un instrumento que permite al autor verse a sí mismo y reflexionar sobre su propia vida y su papel como intelectual. En este sentido, la experiencia del Narrador funciona como una copia de la propia vida del autor.

4.4.2 Joaquín Toesca: el arquitecto italiano [1]

Según *Nueva Historia de Chile*, nos informamos mucho sobre Joaquín Toesca (Aldunate del Solar, 1996). El arquitecto italiano llega a Chile para cumplir un cometido del poder político y religioso del régimen en la colonia. Es invitado por el obispo de Concepción, Manuel de Alday y Aspe, para "poner fin a los trabajos de la Catedral, que se habían arrastrado durante tantos años y que daba la impresión, debido a los terremotos, a las inundaciones, a los desastres de todo orden de que no se terminarían nunca" (Edwards, 2000a: 37).

El Narrador agrega una posible tarea adicional:

Es probable que Jáuregui, el anciano gobernador, haya dicho que también deseaba encargarle alguna obra. En consecuencia, podemos suponer que el arquitecto e ingeniero militar, hombre de cara fina, dentro de su palidez un tanto enigmática, de unos treinta y tantos años de edad, fue agasajado con un entusiasmo muy de provincia, llevado de una casa a otra, de un sarao y un picholeo a otro, en los primeros días de su llegad. Conoció en poco tiempo a la gente principal la que le llamó la atención, pensamos, por su acento cantarín, como quien diría deshuesado, por su humor medio disparatado, ruidoso, confianzudo, por su inagotable gula, por el buen declive con que tragaba mostos mistelas, aguardientes, y pronto consiguió una casa en el costado sur del edificio [...] (Edwards, 2000a: 37).

---

[1] *Vid*. infra, apéndice 1(4).

Antes de analizar esta figura, es necesario estudiarlo detalladamente. Según *Memoria chilena*, hemos realizado un resumen sobre su vida. No cabe duda de que Joaquín Toesca es una de las personalidades más destacadas del período colonial. Tiene una gran influencia en el estilo arquitectónico y en los sistemas de construcción que predominan hasta entonces. Además, sus discípulos siguen los legados y conceptos neoclásicos. El Palacio de la Moneda es una de sus obras más significativas y ocupa un papel esencial en la obra *El sueño de la historia*.

Nació en Roma en 1751, y aprendió con el arquitecto italiano Francisco Sabatini, seguidor de la corriente neoclásica. Se formó en distintas escuelas, tales como la Real Academia de Barcelona, la Academia de San Lucas de Roma, la Real Academia de Bellas Artes de San Fernando en Madrid. En 1799 el arquitecto italiano viajó a Chile con fin de proyectar y dirigir la construcción de varias obras públicas, debido a la petición del gobernador Agustín de Jáuregui y del arzobispo de Santiago Manuel de Alday y Aspée.

Un año más tarde, se encargó de la construcción de dos obras: la catedral de Santiago y la Casa de Moneda. La primera había sido construida varias veces por el terremoto y aún faltaba una reconstrucción. La segunda era una obra completamente nueva, así que Toesca empieza con el diseño del edificio. Además, no pasamos por alto obras emprendidas por él, por ejemplo el edificio del Cabildo de Santiago, la construcción de un nuevo edificio para el hospital San Juan de Dios, los tajamares del río Mapocho.

La obra de Toesca tiene un sentido de formar parte de la política reformista realizada por los monarcas españoles del siglo XVIII, que tratan de avanzar las colonias americanas a través de la construcción de obras públicas.

Toesca es una figura importante al final del período colonial. No solo terminará la Catedral, sino que también comenzará a construir la Casa de Moneda, "un palacio de varios pisos, de piedra pura, con halconería de lujo, con un escudo real que iba a ser esculpido por Ignacio Varela" (Edwards, 2000a: 46). Todo esto en una ciudad que carece de edificios sólidos y representativos, donde los vecinos de la sociedad son frívolos, primitivos y solo "se interesaban, parecía, en habladurías de portones adentro, en chismes y pelambres locales, en los signos del Apocalipsis [...]" (Edwards, 2000a: 39). Serán estos mismos chismosos quienes acabarán destruyendo su prestigio al comentar las infidelidades de su joven esposa, la Manuelita, con el maestro Goycoolea. La chica, de 16 años, es obligada por su madre, Misía Clara, a casarse con Toesca por razones de conveniencia.

Merece la pena recordar el episodio cuando éste se encuentra con ella por primera vez en una reunión y está seducido por esta mujer.

> No es imposible que Toesca haya conocido a Manuela Fernández de Rebolledo en aquellas reuniones, en las primeras semanas de su llegada, y que haya esperado alrededor de tres años para casarse con ella. Manuelita no tendría en aquellos días más de catorce, o quince recién cumplidos, pero era, se sabe, muy desarrollada para su edad, alta, de cuerpo perfecto, piel de color de leche, ojos llenos de chispa y que de repente se nublaban (Edwards, 2000a: 37).[1]

Igual de Goycoolea, el italiano pregunta voluntariamente el nombre de la chica, pero resulta una escena más seria que la de ése. Se da cuenta de que toma la relación con ella en tanto serio que pide un favor a su amigo Ignacio Andía Varela, quién también se había enamorado de esta mujer hermosa.

> — Es un verdadero demonio –diría–, un diablillo con faldas. Pero hay que reconocer que es preciosa.
> — ¿Sabe? He pensado lo siguiente. La voy a esperar un poco, y después me voy a casar con ella. Usted me podría ayudar.
> A Varela le sorprendería, desde luego, la decisión del italiano recién llegado, y la petición de ayuda, tan brusca, tan fuera de las costumbres. Él mismo se había enamorado de la Manuelita, creemos, cuando ella había cumplido los doce años, o los trece, pero después había preferido esperar a Josefa, la Pepita, su hermana menor, más reposada, menos peligrosa (Edwards, 2000a: 41).

Esta relación acabará con un fin trágico. En resumen, Toesca llega a Chile a finales del Siglo XVIII con una misión: ordenar la ciudad colonial y establecer un centro vistoso en Santiago. Después de trabajar en la Catedral, diseña y construye la Casa de la Moneda. Las arquitecturas de Toesca destacan por su estilo neoclásico. Toesca construye la obra neoclásica más valiosa, en la actualidad, de América Latina. Con ella, preanuncia la obsesión por el orden que caracteriza hasta hoy a la clase

---

[1] La hermosura de la Manuelita nos recuerda la fuerza de la apariencia que destaca Jean Baudrillard (2011: 16): "Fuerza inmanente de la seducción de sustraerle todo a su verdad y de hacerla entrar en el juego, en el juego puro de las apariencias, y de desbaratar con ello en un abrir y cerrar de ojos todos los sistemas de sentido y de poder: hacer girar las apariencias sobre ellas mismas, hacer actuar al cuerpo como apariencia, y no como profundidad de deseo".

dominante chilena. Sin embargo, podemos considerarlo como uno de los personajes melancólicos de la novela.

4.4.3 Dos personajes melancólicos

Los dos personajes centrales, El Narrador y Joaquín Toesca, pueden concebirse como extranjeros en Chile. El primero, aunque de origen chileno, ha vivido en el exilio, en Madrid, durante muchos años; el otro viene desde Roma para construir la Casa de Moneda. Ambos representan dos formas de sentirse ajeno a la realidad chilena: se desprende de ellos un sentimiento de amenidad respecto del mundo en el cual se sitúan los individuos, que funcionan como analogías reflexivas de la realidad. El Narrador, al llegar al aeropuerto de Santiago, se siente extraordinariamente incómodo:

> Su regreso es muy arriesgado, le había dicho una persona en Madrid, alguien a quien acababa de conocer y que había pasado, decía, por la experiencia de la guerra y de los primeros años de la posguerra. Él, ahora, mirando los diversos letreros, escritos en un idioma reconocible, aunque algo extraño, y las caras agolpadas al otro lado de la salida, que daban la impresión de estar ahí desde hacía semanas, desde hacía meses entero, se acordaba. Y se preguntaba quién le había mandado venir a meterse aquí. Porque el país, al fin y al cabo, no tenía nada que ver con el de su memoria, era otro, y él también. ¿Entonces? (Edwards, 2000a: 14).

Esta emoción también le ocurre al arquitecto italiano. Tras llegar a Santiago, más de una vez se pregunta:

> Extraño, se dijo Toesca (y se dijo, o se diría, de paso, el Narrador), y se preguntó, Toesca, más de una vez, suponemos, en qué lugar se había metido, en qué hoyo de este mundo, por escapar de las molestias y las humillaciones del mundo de allá, y a veces tuvo miedo, más que seguro, y con más que justificadas razones, de no volver a salir nunca (Edwards, 2000a: 38).

Los dos confunden, y tienden a mezclar sus posiciones en la historia y sus diferentes cosmovisiones, produciendo un enfoque múltiple de los acontecimientos. Así, estamos de acuerdo con loa que dice Schopf.

> Varias son las preocupaciones del narrador respecto a la historia de Chile y a la

existencia misma de la historicidad de las sociedades. Una de ellas, vinculada a las razones del viaje de Toesca a esta apartada y modesta colonia, es su reiterada indagación acerca de las características diferenciales del Nuevo Mundo y sus habitantes, que parecerían tener un contacto diverso con la naturaleza y su naturaleza interior (Schopf, 2004).

El narrador intradiegético, desde un principio, se siente agobiado por las experiencias familiares. Al llegar a Santiago, quiere salir cuanto antes de la casa de su padre, situada en el barrio alto, para ir a vivir a un apartamento sucio cerca de la Plaza de Armas, donde se encuentran los jubilados, los mendigos, los lustrabotas. Tampoco se comunica mucho con su hermana, Mariana. Por otro lado, su matrimonio y la relación con su hijo, Ignacio chico, es un caos. Así, el hallazgo de los documentos sobre la vida de Joaquín Toesca le permite refugiarse en la narración de la vida privada de este arquitecto italiano, toda una suerte de fuga de su presente. Sin embargo, el paralelismo entre la historia de Toesca y su propia historia le permite buscar una explicación, mezcla de ironía y amargura, a su propio matrimonial.

> ¿Pueden existir sentimientos similares o por lo menos comparables, a dos siglos de distancia? El hombre es historia, es memoria, y es, a la vez, como se sabe, desmemoria. Hay una dosis saludable de olvido, ya que la memoria perfecta, la de Funes el Memoriaoso, nos agobiaría y al fin nos destruiría. Si hubieran tomado confianza, entrado en intimidades, hipotéticas, desde luego, puramente ficticias, ¿qué comentarios habrían podido hacer sobre sus respectivas vidas de pareja, sobre sus frustraciones y sus dolores respectivos, sobre sus cuernos y secretas perversiones, Joaquín Toesca, el romano del siglo XVIII emigrado a la remota provincia de Chile y nuestro Narrador, mal casado con una Pasionaria de menor cuantía, de clase media, y activo y descasado, aparte de desclasado, en los años oscuros de la segunda mitad de los setenta y en los movidos y tormentosos ochenta de la centuria que termina? (Edward, 2000a: 89-90).

En cuanto al matrimonio, el Narrador y Toesca coinciden con ser víctimas de la infidelidad. La reflexión sobre su pasado que realiza el Narrador nos muestra cómo Cristina, su ex esposa, le confesaba años atrás que estaba enamorada de otro hombre. También Toesca es conocedor del adulterio de Manolita: "Nosotros, desde nuestro limbo, nos preguntamos si los sentimientos de Toesca al besar a la Manuelita después de saber que había pasado horas encerrada con Juan Josef Goycoolea en la habitación del fondo, no eran similares. ¿Pueden existir sentimientos similares, o por lo menos comparables, a dos siglos de distancia?" (Edwards, 2000a: 93).

La novela también deja entrever cómo el Narrador, a causa de su exilio, tiene un problema de pérdida de identidad. También Toesca es, en cierto sentido, un exiliado: ha dejado Italia para viajar a uno de los confines del imperio español. No sabe por qué aceptó ese cargo, y lo abruma una sensación profunda de desarraigo. El narrador intradiegético, asimismo, sufre de la misma sensación, por lo que Toesca se erige en una suerte de espejo en el que se refleja su propio sentimiento de desarraigo. Ninguno de los dos encuentra en Chile su patria; al revés, están hartos de la represión (colonial y dictatorial), y de unas costumbres sociales que les resultan extrañas e incompresibles. Para ambos, Chile es "su purgatorio, su infierno. Y a veces, algunas veces, su paraíso" (Edwards, 2000a: 193). En un momento de desesperación, Toesca se pregunta: "¿Viajar a Chile, entonces, había sido viajar a la muerte, al fin de la tierra, pero no solo de la tierra, de la vida?" (Edwards, 2000a: 192).

El Narrador y Joaquín Toesca son dos individuos que cuestionan la conciencia de la historicidad. No solo hay analogías entre ellos, sino que de ellos se desprende una visión particular de la historia de la cual la literatura tampoco escapa. Ambos son constructores fracasados. El Narrador, un intelectual de izquierda que apuesta por la revolución socialista, ve transformada dicha apuesta en un fracaso, en una frustración constante. El otro, Toesca, ve cómo el devenir de su matrimonio es similar a la desafección de las costumbres y de la moral chilena. Condena esta actitud, pero también le imposibilita para que termine su gran obra, la Casa de Moneda, sin hacer honor a la fama que lo precedía como constructor italiano en el Reino de Chile. Aun separados en el tiempo, los dos personajes centrales sufren de una misma desafección, ironía y dolor.

4.4.4 Manuelita Fernández de Rebolledo: la mujer como transgresora del orden

Manuelita Fernández de Rebolledo también ocupa un papel fundamental y trágico en esta novela.[1] En realidad, su tragedia comienza con un matrimonio de

---

[1] Manuelita Fernández no es el único caso en el que la figura femenina ocupa un papel esencial. La novela histórica de Chile suele estar ambientada en los siguientes momentos fundamentales de su historia: la Conquista, la Colonia y la Independencia. Por su parte, hay tres figuras femeninas como protagonistas en este género literario, por ejemplo, Qintrala, que nos representa en *Maldita yo entre las mujeres* (1993) de Mercedes Valdivieso, Inés de Suárez, que aparece en *Ay Mamá Inés* (1993) de Jorge Guzmán, y Rosario Puga, que es protagonista en *Déjame que te cuente* (1997) de Juanita Gallardo (Morales Piña, 2001: 179).

conveniencia. Su madre le advierte que deba casarse con un hombre privilegiado para mantener el honor de la familia.

> Misiá Clara contó, después, que ellas, por lo Fernández de Rebolledo, eran descendientes de condes y marqueses de las Españas, ¡qué se habían creído!, y no podían andar botadas por ahí, de pordioseras, con el papá mirando la Plaza del Rey desde atrás de las rejas, ¡y todo por un pellejo!, cuando el italiano, además, con sus trajes negros, con su facha, era un príncipe (Edwards, 2000a: 47).

Su madre, Misía Clara, la obliga casarse con Toesca, un arquitecto muy rico que puede ayudar a pagar la deuda de su familia.

> Misía Clara le preguntó, entonces, si quería ver a su padre, a don José, en las celdas del segundo piso de la Real Audiencia, las que destinaban a los caballeros extraviados. ¿Quería que la familia mendigara, o cayera todavía más bajo? Manuelita no pudo contestar. Sólo pudo llorar a mares, moviendo la cabeza. Al italiano, dijo Misía Clara, aparte de los trabajos de la Catedral, ¡que le daban dos pesos fuertes al día!, le habían encargado, ahora, que construyera una Casa de Moneda, un palacio de varios pisos, de piedra pura, con balkconería de lujo, con un escudo real que iba a ser esculpido por Ignacio Varela (Edwards, 2000a: 46).

Sin embargo, después de casarse, comienza una relación adúltera con su amante, Juan Joseph Goycoolea. Más adelante, Toesca envía a su mujer al convento para evitar que se entregue a sus excesos libidinosos. Tras su salida del convento, vuelve a las andadas. Sin embargo, la locura la embarga al saberse desdeñaba por Goycoolea.

> Dos o tres semanas más tarde supo que Juan Joseph Goycoolea se había casado, con toda la pompa, el boato, la circunstancia de este mundo, con la niña ricachona que pretendía desde hacía un tiempo. Le explicaron que era una Echazarreta de las Heras, Antonia de nombre, y que tenía la nariz excesivamente chica, y la frente manchada de pecas, pero que compensaba estos detalles, sin duda menores, con su juventud, con su buena salud, y con una de las haciendas más fértiles de la provincia de Colchagua, centenares y hasta miles de hectáreas de migajón puro. [...] Ella, por su lado, estaba pálida, el labio inferior se le caía un poco, y los que llegaban a verla, que no eran muchos, tenían la sensación de que había perdido la locuacidad, la gracia, la chispa de sus épocas mejores (Edwards, 2000a: 377).

La Manuelita, por tanto, aún está obligada por su madre y por la situación económica de la familia. Su relación con Goycoolea supone disfrutar de la libertad y la independencia fuera del núcleo que la oprime. Eso es lo que le hace alejarse hacia los márgenes sociales, convertirse gradualmente en un sujeto indeseable, lo cual modifica su identidad.

Mnuelita es es de origen español e indígena; Toesca es italiano, un europeo puro. Si bien Toesca logra imponer su voluntad sobre la Manuelita y después castiga la infidelidad de su esposa mediante la represión, ella resiste esta imposición, defiende su libertad y busca su realización personal a través del hombre al que ama y desea sexualmente.

Generalmente, en un matrimonio entre una criolla y un funcionario europeo del imperio del siglo XVIII, la mujer no desempañaba ningún rol. En cambio, la infidelidad cambia la posición de la Manuelita en esta historia. La convierte en una mujer adúltera, algo severamente condenado durante la época colonial por la iglesia católica, la justicia y la sociedad. Su infidelidad expresa la rebelión de una mujer marginal, una rebelión que la sitúa fuera de la posibilidad de ascender socialmente, y que termina convirtiéndose en un alegato a favor del amor, de la libre elección en el matrimonio. La Manuelita no quiere ir a un convento, ni a la casa de Toesca; lo único que quiere es la libertad y la unión con el hombre al que ama. De este modo, no nos sorprende que la mujer no tenga miedo cuando está encerrada en un monasterio.

> – Entra, niña –le dijo don Antonio–. No tengas susto. Aquí sólo vas a estar en la compañía del Señor, lejos de los hombres y de sus maldades.
> "Yo no lloré, a pesar del tremendo nudo que tenía en la garganta. No dije nada, tampoco, porque no podía hablar. Pensé que a lo mejor Juan Josef, mi Negrito, inventaba algo para salvarme, pero no se me ocurría qué podría inventar. Me llevaron a una sala donde había una figura de la Virgen y del Niño encima de una mesa tosca, unos paños arrumbados, unos fierros salidos de las paredes, y me ordenaron que me sentara en una silla. ¿Qué me irían a hacer? Se acercó la más robusta de las beatas, armada de unas tijeras enormes, y me cortó el pelo al ras de la cabeza. Después me restregaron la cara a toda juerza, con una bayeta áspera. ¿Por si conservara algún resto de colorete, algún afeite de la vida de afuera, de las fiestas de allá? ¡Toma, dijeron! ¡Las brujas!" (Edwards, 2000a: 255).

Ella se somete al orden racional y patriarcal de su esposo, lo que significa para ella un deseo sexual insatisfecho y la aceptación aparente de un orden social y moral de la Colonia que no comparte. Al enfrentarse a este mundo que rechaza e intentar ser libre, se encuentra con el desprecio de su antigua clase y la desconfianza de la nueva a la que intenta ingresar. La Manuelita representa a una mujer transgresora del orden, así como la imposibilidad del sometimiento de la colonia chilena a Europa y la incapacidad europea para controlar una rebeldía personal y nacional al mismo tiempo.

4.5 El desorden familiar

El sueño de la historia es un reflejo de la infidelidad de Manuelita. Ella proviene del marco asfixiante de una familia pobre donde la madre espera salvar la economía familiar mediante el casamiento por conveniencia de la hija. La Manuelita obedece la petición de su madre, pero cae en el adulterio, ya que en el fondo se siente atraída por Juna Joseph Goycoolea. La relación adúltera es sacrificada por la necesidad de la familia de recuperar el honor de su apellido. Se trata de dos factores de desequilibrio inconfesables: el del adulterio y el del matrimonio por conveniencia.

La Manuelita y Goycoolea se quieren mucho hasta que aparece Joaquín Toesca, el arquitecto italiano, que desea casarse con ella. La Manuelita no lo ama, ni se siente atraída por él, pero debido a la gran deuda de su padre, opta por casarse con Toesca ante la insistencia de su madre. Por tanto, la razón no es de carácter amoroso, sino económico: la familia está arruinada, y el pobre Juna Joseph Goycoolea no es capaz de mantener a la familia. También la hermana de Manuelita, Pepita es obligada a casarse por conveniencia. Así, cuando la madre le pide a Pepita vigilar a la Manuelita, esta le confiesa a su hermana la razón por la que se casó.

> Después le advirtió a la Pepita que iban a tener que turnarse para vigilarla. No dejarla ni de día ni de noche, ni a sol ni a sombra. Porque era tan bonita, ¡un sol!, pero tan porfía y no fuera a ser que fuera a desgraciarse.
>
> Pepita, conmovida, con los ojos húmedos, acariciaba el pelo de azabache de su hermana mayor.
>
> – Yo tampoco quiero mucho a Ignacio –le decía–. Lo encuentro demasiado grandote, y suda demasiado. Pero es güeña persona. Y me voy a casar, igual, con él (Edwards, 2000a: 46-47).

Para la Manuelita, Toesca representa una opción económica conveniente, un futuro seguro al amparo del poder colonial y religioso, y una posición destacada en Santiago. El orden de la familia y el miedo a la pobreza son dos realidades filosóficas de esta historia. La madre de Manuelita insiste en que "Fernández de Rebolledo es un apellido de descendientes de condes y marqueses de las Españas. ¡Qué se habían creído!, y no podían andar botadas por ahí, de pordioseras, con el papá mirando la Plaza del Rey desde atrás de las rejas" (Edwards, 2000a: 47). Si bien el padre de Manuelita está en la cárcel por deudas, él la ha favorecido con un apellido español y un físico español. De esta afirmación, deducimos que la búsqueda del orden y el miedo a la pérdida del orden constituyen pilares centrales de esta historia y del matrimonio. En consecuencia, la Manuelita, al igual que su hermana, acepta este matrimonio; sin embargo, el deseo del orden que se pretende perpetuar a través del casamiento con Toesca, produce, irónicamente, lo opuesto. Además, tal desorden tiene una repercusión enorme en la vida de todos los personajes.

Sin embargo, por su parte, Toesca suele ser discreto y presta atención al orden familiar. Por un lado, el adulterio de la Manuelita le da vergüenza e intenta cubrir este escándalo: "A lo largo de sus lecturas, el Narrador ha llegado a comprobar que Toesca, el sumergido, detestaba el escándalo, y que se había visto rodeado, para su desgracia por una aureola de escándalo permanente, difusa" (Edwards, 2000a: 249). Por el otro, muestra su cariño frente a su mujer. Una vez, después de descubrir una reunión entre la Manuelita y el Negrito, se pone extremadamente furiosa y echa a los dos afuera. Pero, muy pronto empieza a preocuparse por su mujer, que no está bien abrigada en una noche fría.

> Después, estuve mucho rato esperando, paseándome por la galería, porque si hubiera ido al huerto a buscarla, ella se habría escapado en la oscuridad, y pensé que ella estaba muy poco abrigada, podía resfriarse, la pobre, porque la noche, de repente, se había puesto helada, y me acordé, aunque aquí nadie lo entendería, de Borromini, de su sombra negra, extravagante, caminando por los vericuetos de Roma (Edwards, 2000a: 226).

Este cariño dura hasta el último resto de la vida de Toesca. Cuando la Manuelita visita al arquitecto moribundo, el arquitecto sigue amándola con toda la fuerza de su corazón.

> – Siéntate, Manuelita –murmuró, señalando la cama, en un susurro que sólo ella pudo entender, y después hizo un esfuerzo tremendo para incorporarse y colocó la mano derecha, que temblaba, pero que conservaba un resto de firmeza, en el hombro derecho de ella. Miró enseguida a toda la concurrencia, para lo cual tuvo que alzar la cabeza unos pocos centímetros (habían entrado unos niños del vecindario, y él hizo un gesto para que no los echaran, para que los dejaran escuchar: una niñita con cara de distraída, dos mocosos entierrados, sorprendidos), [...]
> – Manuelita – dijo él, en ese instante, con una voz que todos pudieron escuchar, una voz cuya energía, definitiva, salida de profundidades que no conocía ni él mismo, los asombró y los asustó a todos, como si ya no fuera él sino otro, un ser de ultratumba, un aparecido, el que hablaba–. Manuelita –repitió–: ¡Te amo y te perdono! (Edwards, 2000a: 361).

Las palabras "Te amo y te perdono" acaba la relación triangular de estos personajes melancólicos, que alcanzan lo más profundo del corazón de la mujer: "La humedad que se había acumulado en los ojos oscuros de la Manuelita se convirtió en gruesas, ardientes lágrimas" (Edwards, 2000a: 361). ¿Por qué Toesca puede perdonar a Manuelita con tanta tranquilidad? La respuesta ya está presente en el penúltimo capítulo:

> [...] las locuras de la Manuelita, porque no son más que locuras, enfermedades, y ella, si usted le quita su locura, es una niña encantadora, ¡una santa!, ¿sabía usted? Si o no la quisiera con todos sus defectos, con la enfermedad de la mente, que cada cierto tiempo la ataca y la convierte en otra, diferente de la Manuelita dulce, delicada, que yo conozco, ¿qué gracia tendría? (Edwards, 2000a: 345).

El desorden familiar parece en orden gracias al amor de Toesca en el fin de su vida. Todo esto también se puede atribuir a su actitud ante los obstáculos de la construcción de la Casa de la Moneda: "¡Cuántas veces se había ido! El problema, ahora, era que el tiempo había empezado a terminarse" (Edwards, 2000a: 344).

CAPÍTULO V
LA CONNOTACIÓN DE LA HISTORIA

Todo lo vi en el mundo
desde la otra orilla
como si lo estuviera viendo y recordando
como si lo hubiera visto
y olvidado muchas veces [...]

Efraín Barquero, "El viajero"

Pensaría en los muertos y en los vivos,
en las memorias recuperadas y en las perdidas para siempre.
En las cosas que habían pasado.
¡En el dolor de las cosas, que ya no tendría vuelta!
¡En su falta de redención!

Jorge Edwards, *El sueño de la historia*

Según el *Diccionario de filosofía*, la historia del griego ἱστορία, se define como "conocimiento adquirido mediante investigación", "información adquirida mediante busca". El mismo diccionario explica su sentido de esta manera:

> Como la investigación o busca aludidas suelen expresarse mediante narración o descripción de los datos obtenidos, 'historia' ha venido a significar "relato de hechos" en una forma ordenada, y específicamente en orden cronológico. Siendo la historia un conocimiento de hechos o de acontecimientos y, en cierta medida, un conocimiento de "cosas singulares", el vocablo 'historia' ha sido usado en diversos contextos (Ferrater Mora, 2005: 849).

El sueño de la historia cubre un arco temporal de 200 años que transcurren frente a los ojos del lector. La historia nos obliga a permanecer inmersos en el volumen significante de la obra. Como señala Barthes, "El texto de goce no será más que el desarrollo lógico orgánico, histórico, del texto de placer, la vanguardia es la forma progresiva, emancipada, de la cultura pasada: el hoy sale del ayer" (Barthes, 1996: 34).

En nuestra era postmoderna la frontera entre la realidad y la ficción ya se vuelve borrosa. Encontramos escritores que se interesan relacionar la historia y la ficción de maneras diferentes. Hay unos que se sienten atraídos por la idea de la "novela de no ficción", otros que incorporan documentos (decretos, recortes de periódicos, etc.) en el texto de su historia u otros que exploran pasados alternativos; o quienes construyen su narrativa sobre los obstáculos para el logro de la verdad histórica. Burke lo explica de manera concreta:

> The boundary between fact and fiction, which once looked firm, has been eroded in our so-called 'postmodern' era. (Alternatively, it is only now that we see that the boundary was always open.) In this border area we find writers who are attracted by the idea of the so-called 'non-fiction novel', such as Truman Capote's *In cold blood* (1965), which tells the story of the murder of the Clutter family, or Norman Mailer's *The armies of the night* (1968), about a protest march to the Pentagon, subtitled 'History as a Novel/ The Novel as History'. We also find novelists who incorporate documents (decrees, newspaper cuttings and so on) into the text of their story; or who explore alternative pasts, as in Carlos Fuentes's *Terra Nostra* (1975); or who build their narrative on the obstacles to the attainment of historical truth, as Mario Vargas Llosa does in *The Real Life of Alejandro Mayta* (1984), in which the narrator is trying to reconstruct the career of a Peruvian revolutionary – perhaps for a novel, perhaps for a 'very free history of the period', in the face of contradictory evidence (Burke, 1992: 127).

Por su parte, fue durante la Semana de Autor[1] celebrada en su honor cuando Jorge Edwards expresó su visión de la historia y la ficción, clave en la justificación de su labor como novelista y memorialista.

---

[1]　La Semana del Autor dedicada Jorge Edwards se celebró en la Casa de América de Madrid, del 27 al 31 de octubre de 1997. Numerosos escritores se reunieron para hablar de su obra y del presente de la literatura.

No creo que haya diferencias entre la escritura de la Historia y la escritura de la ficción. Es decir, yo creo que los grandes historiadores son grandes inventores. El ejemplo perfecto es Michelet. *La historia de la revolución francesa*, está escrita como si fuera una novela. Hay un texto muy inteligente de Roland Barthes, que se llama precisamente "El discurso de la historia", que es una explicación de cómo el lenguaje del historiador creativo, que es el que interesa, y el lenguaje del novelista, son lenguajes equivalentes. El historiador tiene un material caótico a su disposición, que es el pasado, esa realidad que dices tú, que es una realidad huidiza; y hasta que el historiador no organiza esa realidad, la realidad no existe. Lo que hace el historiador es introducir una coherencia estética, y si no lo hace así, no le funciona el libro como gran libro histórico. El gran ejemplo está en los historiadores antiguos, sobre todo en los griegos y en los latinos, donde se ve que la historia es pura creatividad (Matamoro, 1998: 93-94).

Para Edwards, la historia es caótica y carente de una narrativa; por lo tanto, es el historiador o el novelista quien la escribe. En este sentido, Edwards narra de forma simultánea dos historias basándose en datos y en la interpretación de los mismos, es decir, una historia y ficción.

El discurso narrativo ambientado en el siglo XVIII, parte de los documentos que el Narrador descubre en el viejo departamento, que son "las fojas originales de un proceso de nulidad de matrimonio llevado ante Su Señoría Ilustrísima, el señor Obispo de la ciudad de Santiago de Nueva Extremadura, hacia fines de mil novecientos" (Edwards, 2000a: 20). Se trata de la petición de nulidad del matrimonio entre Toesca y su esposa Manuelita. De algún modo, el Narrador se traslada en el tiempo dos siglos atrás, aunque sigue permaneciendo en la realidad presente. Edwards opinó en la entrevista con Diego Molina sobre la la relación entre la novela y la historia: "Yo creo que lo fascinante de la novela es que consiste en desarrollar en el tiempo una historia que abarca a veces una hora y otras veces doscientos años, y que se desarrollan en un lapso de tiempo completamente distinto" (Citado por Matamoro, 1998: 114).

En *El sueño de la historia* el eje humano de ambos relatos es el Narrador, el eje material es la Casa de Moneda, y el eje ambiental es Chile, en dos momentos históricos con profundas implicaciones políticas, económicas y sociales. Sin embargo, la obra no solo alude a unos marcos históricos, arquitectónicos o sociológicos determinados, sino que también narra la historia a través del drama amoroso de Joaquín Toesca en la colonia y del drama del Narrador cuando retorna al Chile de finales de la dictadura de Pinochet. Además, este último se introduce continuamente en la primera historia a través de su sensibilidad y reflexión personal.

A la luz de las referencias anteriores, en este capítulo proponemos los siguientes apartados, cuyo objetivo es profundizar en las connotaciones de la Historia en *El sueño de la historia*:

5.1 El exilio en la historia chilena
5.2 La historia como memoria
5.3 La historia como conjetura
5.4 La historia como reiteración

5.1 El exilio en la historia chilena

El exilio, en su definición es un extrañamiento o alejamiento temporal o por vida de una persona de su país de origen. Reyes lo explica de esta manera:

> El exilio, en su calidad de productor de cambios de percepción y de aprendizaje, bien podría ser parte del viaje que Joaquín Fermandois califica de "exploratorio" y que se opone al viaje "turístico", entendido como un producto más de la cadena consumista (Reyes, 2006: 176).

Este fenómeno supone el alejamiento temporal o vitalicio de una persona de su país de origen. Puede ser impuesto por decisión de las autoridades del Estado o puede ser una decisión libre, llevada a cabo por razones políticas o económicas. En ambos casos, el exilio implica la ruptura con el mundo de referencia.

En la literature del exilio hallamos poemas, cuentos, novelas y dramas escritos durante los períodos de la dictadura y postdictadura militar de Pinoche, en los que fuerzan a los intelectuales a abandonar su país. Carrasco Muñoz (2005) sostiene que los escritores exiliados se obligan a establecer un diálogo involuntario con otras lenguas y culturas, por lo que ponen de relieve una violencia descrita o implícita, una codificación plural de los textos, la aculturación, el desarraigo, la nostalgia, etc.

Los escritores en el exilio se inclinan a narrar su experiencia de dos culturas. Por un lado, es una cultura que dejan espacial y temporalmente en Chile pero permanece en su memoria, su formación y sus deseos de retornar. Por la otra, se trata de la cultura desconocida que deben asumir para sobrevivir. Hay varios escritores chilenos exiliados que poseen dicha experiencia dual o plural de culturas distinatas, tales como Efraín Barquero (1931-), Naín Nómez (1944-), Waldo Rojas (1944-), Federico Schopf (1940-), Armando Uribe (1933-), Tito Valenzuela (1945-), etc.[①]

El exilio chileno tiene particularidad. Hugo Cancino (2005), en "El exilio chileno e historia" comenta en relación con el exilio y la dictadura de Pinochet: "El exilio chileno pareciera ser una temática oficialmente olvidada y a la vez sólo un componente subalterno del discurso de la memoria colectiva de los chilenos que experimentaron la dictadura en el país y un tema traumático para aquellos que lo vivieron". Más adelante, Sepúlveda (2018) lo define de manera directa: "El exilio –una constante en la vida política del país– era una de las maneras usadas por la dictadura para deshacerse de opositores".

El exilio supone el alejamiento temporal o vitalicio de una persona de su país de origen. Puede ser impuesto por decisión de las autoridades del Estado o puede ser una decisión libre, llevada a cabo por razones políticas o económicas. Existen dos tipos de exilio: el voluntario y el involuntario, este último por razones políticas, principalmente. El exilio voluntario siempre se circunscribe al marco de la educación sentimental de la clase aristocrática nacional (Reyes, 2006: 173). Los viajeros tratan de ir a Europa para lograr un reconocimiento internacional y conseguir una experiencia social. Si bien estos viajeros han escogido *motu proprio* el exilio, los efectos del regreso son similares a los que advierte Jorge Edwards con respecto al regreso de los exiliados políticos: "distancia crítica con el imaginario nacional, sentido de no pertenencia, desarraigo" (Ashcroft, Griffiths & Tiffin, 2000: 92). Los exiliados, en ambos casos, sufren una alteración de la autoimagen y de la patria, debido al riesgo ante lo desconocido y al temor de la pérdida de su origen.

En ambos casos, el exilio implica la ruptura con el mundo de referencia. Las dictaduras militares o los regímenes autoritarios usaron el exilio como un castigo para los opositores a sus sistemas. En general, estos exilios nunca fueron de carácter colectivo, sino selectivo, es decir, la mayoría de sus víctimas fueron intelectuales o políticos disidentes.

En la historia chilena, el primer exilio masivo se produjo tras el "Desastre de

---

① *Vid.* infra, apéndice 2.

Rancagua"[1], en octubre de 1814, cuando el ejército patriota fue derrotado por las fuerzas que pretendían la restauración del régimen colonial (Aldunate del Solar, 1996: 603). La represión de las familias criollas y el temor a la venganza del poder hispánico llevaron a los del ejército patriota a escapar a otros territorios. Tras la independencia, Chile se convirtió en uno de los países que más intelectuales perseguidos por las dictaduras de sus países acogieron. Desde la fundación del Estado Nacional hasta 1973 (antes del golpe militar), Chile fue un espacio de protección y de libertad para los perseguidores por las dictaduras de América Latina e incluso para muchos republicanos españoles tras la proclamación de la dictadura franquista en 1939. Sin embargo, la situación se tornó contraria cuando Pinochet se alzó con el poder en Chile y muchos intelectuales chilenos, como Jorge Edwards, Pablo Neruda, Isabel Allende, entre ellos, sufrieron el destierro.

Como señala el propio autor en "Jorge Edwards, Premio Cervantes 1999":

> Muchos escritores han hecho una magnífica obra por la experiencia exilial. El exilio ha existido en la literatura. El exilio es creativo y es estimulante para un escritor: A veces, pienso que el escritor es siempre un exiliado, porque incluso cuando se queda en su ambiente o en su ciudad, tiende a aislarse, a marginarse, a convertirse en un ser un poco extravagante (Edwards, 1999).

Además, Neruda escribe algunos versos que transmiten un sentimiento similar: "[...] por una razón o por otra, yo soy un triste desterrado. De alguna manera o de otra, yo viajo con nuestro territorio y siguen viviendo conmigo, allá, lejos, las esencias longitudinales de mi patria" (citado por Allende, 2017: 7). Así, conforme las referencias anteriores, estamos de acuerdo con que el exilio ha sido un tema de reflexión, meditación y de investigación dentro de la ciencia social, de la psiquiatría y también un tópico dentro de la literatura ficcional[2] (Cancino, 2001). Jorge Edwards aprovecha su propia experiencia en el exilio, la distancia física y simbólica con respecto a la patria de uno, para abordar el problema de lo propio tras el regreso.

---

[1] Se conoce como Batalla de Rancagua o Desastre de Rancagua al enfrentamiento que puso fin al primer intento de independencia de Chile. El brigadier Bernardo O´Higgins se encerró en la plaza de la ciudad durante dos días para defenderla de las tropas españolas.

[2] Cancino (2001) cree que los historiadores acumulan fuentes, y luego las seleccionan, las clasifican, establecen un orden de relevancia en el cuadro del proyecto. Sin embargo, durante las dictaduras, la memoria de los exiliados puede ser una fuente importante para recordar la historia verdadera.

En este sentido, *El sueño de la historia* comienza con el regreso del Narrador a su patria tras varios años de exilio en Madrid. De hecho, el exilio al que se vieron forzados muchos chilenos tras la caída del gobierno de Allende (1970-1973) y el comienzo del régimen militar de Pinochet (1973-1989) ocupan una posición preeminente en la novela. El autor establece una estrecha relación entre su experiencia personal como exiliado y la vivencia del Narrador descrita en *El sueño de la historia*. De este modo, Edwards utiliza su sufrimiento como arma crítica en contra de la ciudad de Santiago, un lugar familiar donde lo condena al volver a su patria. La distancia física y la crítica social presentes en esta novela son el resultado de la relación entre viaje, crítica, historia y lenguaje.

Según este rastro, pretendemos formular la hipótesis de que si todos los personajes de *El sueño de la historia*, igual de Cachalote, que echa de menos al sabor chileno tras un viaje (o un exilio): "después de recorrer la mitad del mundo, incluyendo China y el Japón, y de probar casi todas las cosas, había optado por la cocina, la mejor de todas" (Edwards, 2000a: 100). ¿Para los que experimenta el exilio, ¿cómo la memoria se vincula a la historia? Reyes (2006: 175) señala que "la noción con la tradición contemporánea del exilio latinoamericano como viaje del desarraigo, cuyo regreso suele ser dolorosamente lúcido". En este sentido, vamos a profundizar en esta cuestión a lo largo del presente capítulo.

5.2 La historia como memoria

La Historia se puede construir por la memoria tanto individual como colectiva. Olga Yanet Acuña lleva a cabo una reflexión sobre la historia y la memoria partiendo del conjunto de las ideas del libro *La mémoire, l'histoire, l'oubli*, escrito por Paul Ricœur (2014: 57-87).

> La Historia y la Memoria tienen una relación dialéctica con la que se explica el pasado en relación con el presente; la Memoria es la capacidad de recorrer y de remontar los hechos en el pasado y establecer un vínculo con el presente, mientras que la Historia se sitúa en un espacio de confrontación de diversos testimonios y con diferentes grados de fiabilidad (Acuña Rodriguez, 2014: 62).

Así, observamos la relación íntima entre la Historia y la memoria. Los historiadores están preocupados por la memoria desde dos puntos de vista diferentes. Por un lado, hace falta estudiar la memoria como una fuente histórica para producir una crítica de la confiabilidad de la reminiscencia en la línea de la crítica tradicional de los documentos históricos. Por el otro, los historiadores se ocupan de la memoria como un fenómeno histórico; con lo que podríamos llamar la historia social del recuerdo.

> Historians are concerned, or at any rate need to be concerned, with memory from two different points of view. In the first place, they need to study memory as a historical source, to produce a critique of the reliability of reminiscence on the lines of the traditional critique of historical documents. In the second place, historians are concerned with memory as a historical phenomenon; with what might be called the social history of remembering (Burke, 1997: 57).

La historia tiene una importancia central en *El sueño de la historia*, tanto en el registro personal como colectivo. Edwards ilustra muy bien esta sensación en las reflexiones del Narrador en esta novela. El Narrador regresa a su patria, pero, de inmediato, experimenta una sensación de lejanía con respecto de las circunstancias que lo rodean. En efecto, los letreros están "escritos en un idioma reconocible, aunque extraño" (Edwards, 2000a: 14). Se trata de un país nuevo, cambiado, muy diferente de la imagen que conservaba en su memoria.[1]

Este enfrentamiento a circunstancias desconocidas resulta clave para el discurso que plantea Edwards. Sus recuerdos difieren de la Chile actual, lo que le permite escribir una memoria descarnada y crítica de la situación del país. Es decir, su memoria individual se aleja de la historia oficial, a la que añade un sentido propio y una carga de prejuicios, rumores, etc. Esto es visible desde las primeras páginas de esta obra.

> Su regreso es muy arriesgado, le había dicho una persona en Madrid, alguien a quien acababa de conocer y que había pasado, decía, por la experiencia de la guerra y de los primeros años de la posguerra. Él, ahora, mirando los diversos letreros, escritos en un idioma reconocible, aunque algo extraño, y las caras agolpadas al otro lado de la salida,

---

[1] Entendemos 'memoria' como el elemento conformador de la identidad individual, mezcla de la experiencia y la añoranza que despierta en el protagonista el regreso a su patria tras varios años en el exilio.

que daban la impresión de estar ahí desde hacía semanas, desde hacía meses entero, se acordaba. Y se preguntaba quién le había mandado venir a meterse aquí. Porque el país, al fin y al cabo, no tenía nada que ver con el de su memoria, era otro, y él también. ¿Entonces? (Edwards, 2000a: 14).

Ya sea la memoria colectiva o individual, tiene un poder que construye las comunidades sociales (Burke, 1992: 57).[1] Lo cual refleja en el ejemplo de Jorge Edwards que se enfrenta a "su país inventado"[2] tras un exilio. Los recuerdos son distintos a los de la mayoría de los chilenos, esta realidad se presenta útil para escribir la memoria descarnada y la memoria crítica de una comunidad. Precisamente conviene recordar las palabras de Isabel Allende cuando trata de extraer la memoria sobre su patria.

Como carecemos de raíces y de testigos del pasado, debemos confiar en la memoria para dar continuidad a nuestras vidas; pero la memoria es siempre borrosa, no podemos fiarnos en ella. Los acontecimientos de mi pasado no tienen contornos precisos, están esfumados, como si mi vida hubiera sido sólo una sucesión de ilusiones, de imágenes fugaces, de asuntos que no comprendo o que comprendo a medias. No tengo certezas de ninguna clase (Allende, 2017: 98-99).

Es decir, la memoria individual se podría alejas de la historia oficial, a la que añade un sentido propio y una carga de prejuicios, rumores, etc. Esto es visible desde las primeras páginas de *El sueño de la historia*.

Antes de apagar la lámpara amarilla de su velador, abrió uno de los libros del desván. Leyó que la Manuelita Fernández de Rebolledo, la joven mujer del arquitecto Joaquín Toesca, saltaba como una gata las murallas del convento de Las Agustinas, donde el arquitecto celoso la tenía encerrada, para correr a entregarse a sus excesos libidinosos. La historia como insidia, tartamudeó él: como forma de la chismografía (Edwards, 2000a: 33).

La investigación sobre la historia entre Toesca y la Manuelita no satisface su inquietud de buscar la verdad entre la historia y la memoria. Este hecho se ilustra cuando el Narrador, a pesar de tratar de abandonar el pasado, no deja de seguir

---

[1]   Burke (1992: 57) postula que "The power of memory, of imagination and of symbols –notably language– in the construction of communities is increasingly recognized".

[2]   Adaptamos el título del libro de Isabel Allende, que también se exilió durante la dictadura militar.

sacando los documentos históricos:

> [...] el Narrador, está obligado a salirse del pasado, su refugio, su abismo, su consuelo, a cada rato, para lidiar, a cada rato, con los asuntos del presente. A pesar de eso, no abandona la búsqueda de documentos, pergaminos, antiguallas de toda especie (Edwards, 2000a: 137).

> Estaba alterado, fuera de mí mismo, ya sentía que era víctima de contradicciones insuperables: las de la familia, por un lado, dividida hasta el hueso, y las del pasado y el presente, por el otro, porque el pasado, a veces, me impedía vivir en el presente, y a menudo me encontraba en la situación exactamente inversa (Edwards, 2000a: 282).

Ante la historia entrelazada entre pasado y presente, el Narrador se cae en una situación "esquizoide" (Edwards, 2000a: 282), que posiblemente está vinculado a la recepción de las escenas traumáticas anteriores.[1]

El Narrador intercala en el relato sus propias conjeturas, cargadas de prejuicios. Al leer el relato que trata de la despedida entre Toesca y su maestro Francesco Sabatini, el Narrador hace una serie de preguntas que implica una memoria lejana tanto del arquitecto como del él mismo.

> Después, en los andurriales santiaguinos, o en una galería de Quillota, junto a pilastras de madera enclavadas en un aro de piedra, o en el sur, a la orilla de un río de aguas tranquilas y profundas, o en la Plaza de San Felipe de los Andes, Toesca se preguntaría si Sabatini, su maestro, que lo había contratado como ayudante suyo y lo había hospedado en su casa de Madrid, que lo había tratado como a un hijo, estaba loco, y si él, al emprender el largo viaje que no tendría, tal como se veían las cosas, regreso, se había equivocado. ¿Y en qué consistía, después de todo, se preguntaría, equivocarse? Todo eran errores y triunfos parciales, alternativas inciertas. En cuanto al destino, a los hados, ¿qué parte habían tenido en toda la historia? Podrían habérselo preguntado al Sibillone, bajo los candelabros de una sala de juegos, y habría contestado con alguna palabra enigmática: paja, piedra, renacuajo. Pero, ¿quién, en estos páramos, habría sabido interpretarla? (Edwards, 2000a: 143).

Por otra parte, el narrador omnisciente (extradiegético) de la novela juega con la

---

[1] Mudrovcic (2005: 143) describe esto de esta manera: "El sujeto es performativamente atrapado en la repetición de las escenas traumáticas, escenas en las que el sujeto revive el pasado en el presente y se bloquea cualquier distinción temporal".

oposición memoria/desmemoria: "El hombre es historia, es memoria, y es, a la vez, como se sabe, desmemoria. Hay una dosis saludable de olvido, ya que la memoria perfecta, la de Funes el Memorioso, nos agobiaría y al fin nos destruiría" (Edwards, 2000a: 93). Así, podríamos deducir que el olvido, al revés de la memoria, es sano y necesario, porque el recuerdo permanente de ciertos hechos nos destruiría. Lo que la cita siguiente sugiere es que el pasado esconde muchos enigmas que nunca podrán resolverse, aunque la necesidad de conocerlo todo nos puede llevar a obsesionarnos con ello.

> De una sola cosa no nos cabe duda: la presencia de Gioacchino Toesca, el romano, en el horizonte de campanarios pobretones, de murallones de adobe y techos de teja del Santiago de fines del siglo XVIII, era un enigma denso entonces y lo sigue siendo ahora, a más de doscientos años de distancia. La vida chilena, la de toda esta parte del mundo, está formada, pensamos, por toda clase de aluviones enigmáticos. Existen las respuestas aproximadas, pero ninguna que nos convenza del todo. Por eso estamos aquí, y por eso, a la vez, sabemos poco, y vacilamos, y la inseguridad, de cuando en cuando, nos mata (Edwards, 2000a: 134).

Tales "aluviones enigmáticos" que forman el mundo son claves secreto solo pueden ser retratados mediante las conjeturas. Por lo cual, en el siguiente apartado, vamos a profundizar en esta cuestión.

5.3 La historia como conjetura

La referencia a conjetura proviene del conocimiento de las matemáticas, en el que una afirmación se puede suponer cierta aunque aún no ha sido probada ni refutada hasta la fecha. Pero las conjeturas no solo se utilizan en las ciencias exactas, sino también en las ciencias históricas y literarias, en las que a partir de "juicio que se forma de algo por indicios u observaciones" (RAE, 2014) se trata de llegar a una afirmación probada.

En este sentido, nos interesa "excavar" la obra en un intento de descubrir algo "más allá del texto" (Sontag, 1967) para conocer mejor el sentido de la historia. Cuando Riggenbach (2012) habla de la relación entre la historia y la conjetura, nos señala unas palabras de John Lewis Gaddis: "Resolver la diferencia entre cómo pasan y como pasaron las cosas implica más que solo cambiar el tiempo verbal. Es una parte importante de lo que implica alcanzar una mejor ajuste entre representación y realidad".

Por su parte, Edwards muestra su entusiasmo al poder conciliar historia y ficción en esta obra, según manifestaba el propio autor.

> Por cierto, ahora estoy trabajando en una novela histórica pero con una gran ventaja para un novelista, y es que se sabe muy poco de mi personaje. Se saben algunas cosas esenciales, pero no se sabe lo que pasó a medias, ni se sabe nada de su vida privada. Se conoce la vida privada de su señora, que tuvo una vida privada bastante intensa, pero nada de la suya. Esto, claro, permite hacer ficción con una cierta soltura. Así que estoy haciendo una cosa que creo que a mí me va muy bien, porque es algo que está a medio camino entre la Historia y la ficción, que es el terreno que a mí más me ha gustado (Matamoro, 1998: 94).

En esta obra, la historia se suele caer en el terreno de las suposiciones y las especulaciones, como se observa en los siguientes ejemplos:

> Un retrato contemporáneo, pintado en Lima, muestra al obispo con las comisuras de los labrios rebajadas, entre la sorpresa y la burla, y con la mano izquierda apoyada en un grueso volumen de Decretales. ¿Qué serán los Decretales? La mirada es incisiva y oblicua, como si mirara con la mayor atención, pero de costado, por encima de las cabezas de los demás, algo que los demás no ven. ¿Qué serán los Decretales? ¿Hombre de la Ilustración, a su personal y particular manera? Al Narrador le gusta mucho la idea. Hasta sospecha que don Manuel podría ser, a pesar de su odio al desorden populachero, o más bien por eso mismo, un obispo ateo, miembro secreto de la masonería (Edwards, 2000a: 36).

Otro ejemplo nos ofrece el episodio donde el Narrador supone el entorno de la ciudad de Santiago según algunos documentos.

> [...] Hubo fiestas en la Plaza, llamada en aquellos años Plaza Mayor o Plaza del Rey, dos o tres semanas después de su llegada, y el Narrador se imagina que vio a los indios montados a caballo y que corría toros con lanzas, como dicen las crónicas que se toreaba en Santiago en aquel entonces. Semidesnudos, con lienzos rojos o negros amarrados a la cabeza, los mapuches cabalgaban en pelo, y manejaban los caballos con unas riendas de cordel grueso que les pasaban por adentro del hocico (Edwards, 2000a: 38).

A partir de entonces, el Narrador no para de "suponer" o "imaginar" la historia colonial. Al leer el relato donde la Manuelita dice al negrito que tiene miedo de la inundación, el Narrador tiene una curiosidad por el desarrollo de la historia.

El Narrador supone, puesto que no hay muchos detalles, aun cuando la imagen del techo de tablones con las aves que lanzaban granidos cluecos, de pesadilla, figura en una de las crónicas recogidas por el historiador difunto. Supone, y se imagina, después, que Juan Joseph, de regreso en la casa de Toesca y la Manuelita, empapado hasta la médula de los huesos, tomó un baño de tina caliente, y que una de las negritas le frotó la espalda con una esponja [...] (Edwards, 2000a: 57).

E incluso a través de un conjunto de conjeturas, llega a encontrar una resonancia en la historia de Toesca.

¿En qué mundo me he venido a meter?, murmura para sí el Narrador, murmura para sí el Narrador, y se le ocurre que Toesca, en oportunidades muy diversas habrá mascullado algo bastante parecido. Él, ahora, lejos de Toesca, en la segunda mitad del siglo XX, en una parte de la ciudad que antes, no demasiado tiempo antes, era campo puro, pastizales incultos, espera un rato prudente (Edwards, 2000a: 68-69).

El Narrador se caracteriza por su intenso sentimiento interior de conjeturar las cosas por sí mismos y establecer un itinerario propio.

El narrador narra la historia sobre la base de los documentos que va descubriendo, pero también de conjeturas y una fogosa imaginación, de la cual uno tiene la sospecha de que cumple una función compensatoria de las frustraciones del protagonista en su desolado presente, a la vez que le permite resistirlo (Schopf, 2004).

Por ello, encontramos que la idea de la Historia del Narrador ya es totalmente diferente que la de la tradición humanista: "La Historia es una narración continua de cosas verdaderas y grandes y públicas, escritas con ingenio, con elocuencia y con juicio, para la instrucción de los particulares y de los príncipes y para el bien de la sociedad civil" (Citado por Mudrovcic, 2005: 7).

Por lo tanto, pone en evidencia su incapacidad para construir una historia exacta, ya que, en realidad, ha vivido la dictadura a través del relato de otros personajes, pero no la ha experimentado en primera persona. Del mismo modo, tampoco ha vivido en el siglo XVIII, por lo que su interpretación de la historia ha de realizarla a través de los documentos de que dispone. Esta situación aparece como una revisión traumática del pasado y un tránsito hacia la marginalidad que resultará de esta decisión. La noción de memoria traumática dificulta la organización retrospectiva de los acontecimientos en una narración con sentido obstruye la distinción entre pasado y presente. Lo ocurrido es lo mismo que dice Rodriguez Sancho:

> Su relación con la visualización del pasado es inevitable, a tal punto de convertirse en una opción o alternativa para apropiarse de éste sobre la base de un discurso novedoso que difiere del articulado por los poderosos durante décadas. Se convirtió en un medio para la denuncia político-social de proceso históricos continentales, regionales y locales. Es por esa razón que ha abierto espacio para operar replanteamientos ante versiones añejas con las que hemos visualizado a colectividades humanas (Rodriguez Sancho, 2003: 78).

Su relación con la visualización del pasado es inevitable, a tal punto de convertirse en una opción o alternativa para apropiarse de éste sobre la base de un discurso novedoso que difiere del articulado por los poderosos durante décadas.

Además, estos datos no son una fuente fidedigna y objetiva, sino una versión que el Narrador cuestiona de forma constante a lo largo de la novela. Las conjeturas, aunque no como un criterio científico, son un elemento al que el Narrador acude tanto para completar las lagunas de información histórica como para formular interpretaciones de los hechos.

En definitiva, la historia se concibe en esta novela como una conjetura, a la que se otorgan significados y posibilidades desde el presente. Paradójicamente, Edwards consigue que este discurso ficcional y aparentemente caótico revierta en una coherencia estética. Paul Ricœur sostiene que la relación entre ficción e historia es más compleja de lo que jamás pueda decirse. Menton (1993: 32) también nos recuerda la idea postulada por Murray Kreiger de que el historiador siempre es un intérprete, y por lo tanto la historia está cerca de la ficción. Desde estos puntos de vista, una historia narrada por un narrador quien asume el papel del historiador, junto a sus conjeturas, puede ser más complicada. En el caso del Narrador, uno que está viviendo en más de tres circunstancias distintas, la elaboración de su historia tendrá matices variados.

La historia del pasado está relacionada íntimamente con la del presente. Edwards no solo intenta analizar los documentos de la historia, sino que inyecta a esa historia significados y posibilidades desde el presente, a través de la ficción. El autor quiere organizar historias caóticas para expresar una coherencia estética. Así, la historia está constuida con un conjunto de conjeturas, que puede rellenar "los posibles agujeros que el archivo no ha logrado resolver" (Santini, 2011: 208). Merece la pena recordar las palabras de Santini cuando habla de la narrativa de Edwards:

> La novela de Edwards se inscribe como ficción histórica, por eso paralelamente se observarán pasajes aludidos a la historia oficial, para poder apreciar hasta qué grado llega la parodización, y ver con esto hasta qué punto la parodia altera o degrada mismo. No se puede olvidar, no obstante, que lo que la historia guarda en el archivo proporciona información fragmentaria y que la función del historiador es la de ordenar estos fragmentos dándoles una actividad semántica (Santini, 2011: 208).

La Historia de Edwards es, por tanto, subjetiva. El Narrador organiza "la historia", "los acontecimientos", y lo hace extrayéndoles un primer sentido, que los relacione y permita encontrarles la coherencia ya sea en el nivel superficial o en el profundo. Presenta una visión crítica de la realidad nacional y ofrece una oposición efectiva frente al discurso oficial imperante. El Narrador formula una serie de conjeturas sobre la *intentio operis*, donde aparecen conjeturas infinitas y hasta aventuradas. En resumen, la conjetura muestra la manera de interpretar la historia del Narrador (o el autor).

5.4 La historia como reiteración

La particular visión de la historia que ofrece Edwards no se concibe solo como conjetura, sino también como reiteración. A menudo, la historia no es más que una repetición de lo ya ocurrido, que se vuelve a decir y hacer.

En *El sueño de la historia*, se establece un paralelismo entre las dos épocas que se describen, en las que el poder político y el económico están dominados por miembros de la misma clase social. La historia es como una reiteración. Edwards realiza una fuerte crítica de la élite chilena, que oprime a las fuerzas populares emergentes, contra las que se mantiene en un estado de constante alerta.

5.4.1 La reiteración de los apellidos

De notable importancia es también el papel de los apellidos en la sociedad chilena. Cuando se conocieron, allá por 1952, Pablo Neruda dijo a Jorge Edwards: "Ser escritor en Chile y llamarse Edwards es una cosa muy difícil". A lo que el chileno respondió: "Llamarse Edwards en Chile implica un punto de satisfacción secreta y un símbolo de poder económico" (Matamoro, 1998: 25). Los apellidos relacionados con el poder político o el económico pueden ser causa tanto de agrado como de incomodidad para sus portadores. A este respecto, la antropóloga María Rosario Stabili escribe lo siguiente:

> El apellido, como elemento central dentro del proceso de diferenciación de los grupos sociales, al menos en Chile, constituye un código comunicacional de extraordinaria importancia, pues sintetiza y transmite, en una sola palabra, muchísimas cosas: el tipo de familia, su estructura, la parentela y los valores que la familia manifiesta a través del comportamiento político, económico y social de sus miembros. [...] Asimismo, es fundamental para comprender la historia del país. [...] En una sociedad tan restringida como la chilena, todos se conocen y todo se sabe de todos (Stabili, 2003: 106).

También Edwards alude, desde una visión crítica, a la cuestión de los apellidos. Por un lado, se ocurre en la familia del siglo XVIII. Recordamos el episodio cuando Misiá Clara se esfuerza a convencer a su hija casarse con Toesca:

> Misiá Clara contó, después, que ellas, por lo Fernández de Rebolledo, eran descendientes de condes y marqueses de las Españas, ¡qué se habían creído!, y no podían andar botadas por ahí, de pordioseras, con el papá mirando la Plaza del Rey desde atrás de las rejas, ¡y todo por un pellejo!, cuando el italiano, además, con sus trajes negros, con su facha, era un príncipe (Edwards, 2000a: 47).

Por otro lado, a lo largo de la novela, se evidencia que las familias que han dominado la economía y la política del siglo XX descienden de los mismos linajes que se establecieron durante la época colonial. Encontramos un ejemplo cuando el Narrador llega a la casa de la amiga de su padre:

Se llamaba Cecilia, Cecilia Martelli Echazarreta, y el Narrador, intrigado y hasta cierto punto divertido con esta amistad desconocida y al parecer antigua de don Ignacio, se dijo que ya se había topado en los papeles de su desván, con una Echazarreta de fines de la Colonia y de los primeros años de la República (Edwards, 2000a: 120).

También se refiere a ello Correa Sutil cuando señala que:

Hacia fines de los años 30, las derechas estaban constituidas fundamentalmente por los partidos Liberal y Conservador. En términos generales se puede afirmar que ambos representaban sobre todo a los grandes propietarios, especialmente a quienes provenían de la elite decimonónica, de donde, hasta la década de 1950, salieron todos sus dirigentes con muy escasas excepciones (Correa, 2005: 284).

El autor explica que no solo "se repiten los apellidos de la clase dirigente del siglo XIX", sino que "podemos notar también que miembros de una misma familia se diversificaban en los partidos" (Edwards, 2000b: 284) de la derecha chilena. Chile muestra una reiteración de la historia porque una misma clase, a través de partidos diferentes, ostenta el poder en el tiempo. Esta clase dirigente le recuerda al exiliado que retorna, como se refleja en el siguiente ejemplo. Debido a su participación en una protesta política contra la dictadura, Ignacio chico es detenido. El Narrador recuerda entonces que conoce al Ministro encargado de enjuiciar la causa de su hijo:

Es un hombre dos o tres años mayor que él, y que en los tiempos de la Escuela, si la memoria no le falla, si el personaje es el mismo, hablaba mucho en los rincones, se agitaba, se movía por los pasillos, por los patios, por las antesalas, más bien bajito, de pelo ensortijado, ojos azulinos, preguntones, vestimenta gris, la caricatura del leguleyo en estado puro, ya entonces. ¡Qué precocidad, se dijo él y qué equivocación, qué destino! En épocas anteriores, de toga y peluquín, el ministro se habría colocado los gruesos volúmenes de las Partidas, de las Leyes de Indias, encima de la cabeza, en señal de sumisión al imperio (Edwards, 2000a: 116).

El Narrador, bajo la dictadura, gracias a su pertenencia a la clase dominante, evita el peligro de la represión. Algo similar le ocurre a Ignacio chico. Cuando comienza su proceso judicial, el juez observa su aspecto, comprueba su apellido y lo deja en libertad.

Cuando llegó el turno a Ignacio chico, parece que el ministro le hizo algunas preguntas, no demasiadas, y llegó a la rápida conclusión, en su condición de perfecto siútico criollo, condición, como sabemos, inefable y determinante, de sólo mirarlo, de reconocer el timbre de voz, de observar con agrado indudable, ¿con turbación?, sus bonitos ojos verdosos y sus rasgos sin duda blancos, de que era un niño de buena familia y que se había visto envuelto en estos berenjenales, sin duda por engaño, por ingenuidad, presionado por compañeros irresponsables, quizás, incluso, por infiltrados, por peligrosos clandestinos (Edwards, 2000a: 117).

Este pasaje denota cómo, en la esfera social dominante, la identidad el individuo se construye a partir de la suma de sus relaciones con otros seres. Así, cuando un "cagatintas" adicto informa al magistrado de la identidad de Ignacio chico, el futuro judicial del chico cambia. El juicio ya no se gira en torno al supuesto delito cometido, sino que se basa en el marco social y familiar al que pertenece Ignacio:

No faltó después de aquel episodio, y no podía faltar, un alma celosa, un orejero convencido, un cagatintas adicto, para informarle al magistrado que había dejado libre a un hijo de Fulano, persona de pasado izquierdista, recién retornada del exilio, a pesar de su nombre y de su señor padre, y de Fulana, hija de Fulano de Tal, comunista furiosa, dinamitera, émula de las tejedoras de calceta que se colocaban debajo de la guillotina, ¡de bonete escarlata! (Edwards, 2000a: 117-118)

En esta sociedad altamente estratificada, es posible que uno abandone los principios de su clase social para aliarse con otra, como ocurre con el personaje de Cachalote. Cachalote, un viejo amigo de el Narrador, ha sufrido en el pasado la represión de la dictadura, pero ahora se dedica a los negocios. Un día, lleva a el Narrador al Club de la Unión de Santiago, un centro de la clase dominante, un centro "habitual y ritual de caballeros adictos al régimen, personas vestidas de gris o de azul marino, de cuello y corbata, en retiro e incluso en servicio activo, y de algún agregado de algo, algún embajador de América Latina" (Edwards, 2000a: 28). De este modo, Cachalote intenta ayudar su amigo a reintegrarse en la nueva Chile de Pinochet:

Hubo un período de inspección inicial, de miradas, de olfateo, de sonrisas, discretas o bromas un tanto bruscas, whisky en mano, aparte de cinco so seis encuentro con conocidos antiguos, incluso un par de compañeros de colegio, y pasaron enseguida a un comedor redondo, con una pesada lámpara de lágrimas encima del arreglo floral de centro de mesa y altos cortinajes de color azul oscuro [...] El Cachalote hizo una breve presentación suya [...] y algunos parecían comunicarse en voz baja, con caras hundidas en los platos, que todavía era, más que seguro, un comunista, un resentido de mierda, a pesar de ser hijo de don Fulano y de la difunta doña Fulana, hermano de la Nina tanto y tanto y cuñado de Manolo, uno de los capos de la Confederación de la producción y el Comercio (Edwards, 2000a: 28).

La visión sobre la clase dominante chilena en esta novela es crítica: la movilidad social es infrecuente y solo opera para actores conservadores y tradicionales, que protegen su pureza social, racial e ideológica. En el contexto del régimen militar, el Narrador distingue entre los que ejercen la represión brutal y los que prestan atención a la tradición, la imagen y la ideología de la sociedad. Los primeros trabajan a pie de calle, intimidan, portan armas y realizan los allanamientos; los segundos gastan el tiempo en comer y beber, en salones con cortinajes y grandes lámparas. Los actores de la clase dominante se muestran preocupados por la imagen de Chile en Europa, por lo que tratan de minimizar los estragos causados por la dictadura, o arropan la realidad con embustes, como cuando afirman que los soldados queman libros para calentarse del frío:

[...] era una noche de intenso frío, de cero grados, o de menos que cero, y por ese motivo, para calentarse, hicieron fuego en la calle con algunos libros de su biblioteca, de la biblioteca del allendista: ediciones baratas de Moscú, de La Habana, de Corea del Norte, traducciones macarrónicas de los discursos completos de Kim Il Sung, ¡ya saben ustedes! Libros que entonces se repartían a camionadas y que nadie leía. Pues bien, dio la mala pata de que pasaran en ese momento por la Alameda, dijo, dos periodistas del *New York Times*, y circuló por el mundo entero la noticia de que en Chile quemaban libros, como en la Alemania de Hitler (Edwards, 2000a: 29).

En los salones, la clase dominante se siente segura y poderosa, convencida de que el régimen militar es la única vía para restablecer el orden nacional. No percibe la dictadura, sin embargo, como un gobierno represivo, lo que se contrapone a la visión disidente de los opositores al régimen, a quienes considera "traidores". Ante la actitud agresiva que percibe en el club, el Narrador señala que "salió a la calle con la sensación absurda de que podrían detenerlo en la primera esquina" (Edwards, 2000a: 31).

– Veo que prefieres irte – murmuró el Cachalote.

– Prefiero –confirmó él.

Salió a la calle con la sensación absurda de que podrían detenerlo en la primera esquina. [...] Él no había adherido recién a la cultura del whisky, como tantos otros, en esta ciudad de arribistas y de chupamedias, de maricones, ¡cuando no de asesinos!, bramó, con voz de trueno, mientras sus tres o cuatro acompañantes miraban para otros lados, sino que ya lo bebía en los canales del sur, en los años treinta, y no de vulgares botellas, sino de unos maravillosos barrilitos de cinco galones, que habían llegado por la ruta del Cabo de Hornos y que llevaban la procedencia, el nombre de la casa destiladora, el año, escritos a mano en una etiqueta cualquiera, con tinta china (Edwards, 2000a: 31-32).

En *El sueño de la historia* se hace patente, tanto en el siglo XVIII como en el tiempo presente, la consolidación de la clase dominante chilena, que comienza con los descendientes de españoles y los criollos ricos, y se extiende hasta la actualidad con la reiteración de apellidos de familias tradicionales. Del mismo modo, también se perpetúa la vida marginal de las familias pertenecientes a las clases no dominantes.

La comunicación del estado político y social de ambos momentos de la sociedad chilena –separados por alrededor de dos siglos– no solo se logra en los episodios en que los protagonistas se ven directamente involucrados en conflictos con el régimen, sino también, y mucho más, porque afecta a la vida cotidiana, en la representación de la vida privada de los personajes, rodeada por un trasfondo político latentemente represivo y ominoso –más desdibujado en la época colonial que en la salvaje dictadura de Pinochet–, que deja sentir sus efectos de terror e inhibición de las libertades en todos los órdenes de la vida social (Schopf, 2004).

No podemos pasar la misma actitud escéptica que maneja el Narrador y Toesca ante la vida. Al final de la vida de ambos personajes melancólicos, se hallan las mismas exclamaciones ante la vida y el tiempo. El Narrador conjetura que "Toesca posiblemente pensaba que la arquitectura era una defensa contra el tiempo, un dique de contención o algo parecido. Una defensa precaria, en todo caso, y que al final se desmoronaba [...] En las ruinas, explicaba Toesca, el artista final y decisivo no ha sido el hombre, ha sido el tiempo" (Edwards, 2000a: 324). Del mismo modo, el Narrador se pregunta si el sujeto a cargo del relato, para legitimarse y sostener alguna tensión en el despliegue de los acontecimientos, para existir, no necesita de cierto optimismo, incluso escéptico, de "algún principio de esperanza" respecto al material histórico, para que éste no revele, en su fondo, una estructura inerte que se reitera en el curso de los siglos, desanimando toda lectura que no se resigne a comprender la historia como la exhibición indefinida de la misma e inmovilizada peripecia humana" (Schopf, 2004).

La novela defiende, en definitiva, la dificultad para modificar las estructuras de poder político y económico en Chile, ya que tenemos en cuenta de que lo que repite entre las historias distanciadas por más de dos siglos es un esquema en que siempre la revolución fracasa. Además, el orden social y familiar, el tema que se interesa Edwards a lo largo de su vida literaria, coexiste en la historia de ambos períodos. La infidelidad deconstruye la relación entre Toesca y Manuelita y el mismo factor fracasa la entre el Narrador y Cristina.

La reiteración del escepticismo de los dos protagonistas exiliados es notable. Ambos regresan o van a Santiago donde están considerados como tan extraños que jamás pueden encontrar un sentido de pertenencia. El presente se comunica con el pasado a través de los documentos históricos a los que se dedica el Narrador. Partiendo de esta comunicación, se observa la reiteración de ambos relatos, a distancia de dos siglos, que prueba la ampliación y la fuerza de la historia.

5.4.2 La reiteración de la expresión lingüística

Ya desde el inicio de *El sueño de la historia* se manifiesta la singularidad del español chileno, por ejemplo, en el uso de diminutivos. Según el *Diccionario de la Real Academia de la lengua española*, el diminutivo denota disminución de tamaño en el objeto designado. Se usa también en adjetivos y adverbios con el fin de enfatizar, por ejemplo, *ahorita*, *cerquita*, *pequeñín*. Es muy común en el español chileno. *Repase y escriba: Curso avanzado de gramática y composición* nos permite conocer mejor el uso gramático del diminutivo:

1. El sufijo diminutivo más común es –ito/ita: una bandecrita, mucha florecitas, dos perritos. En algunas regiones de España y en Colombia, Costa Rita, Cuba, la República Dominicana y Venezuela, se prefiere el sufijo -ico/ica cuando hay una t en la sílaba

anterior: gato→ gatico, libreta→ libretica, momento→ momentico. Otros sufijos diminutivos preferidos en algunas regiones son:

2. -illo/illa, ín/ina y -ete/eta: una chiquilla (niña), una vaquilla (vaca pequeña), un pequeñín (niño pequeño), un pillín (little rascal), una camiseta (undershirt, T-shirt).

3. Además de indicar que algo es pequeño, los diminutivos pueden expresar afecto, simpatía y otros sentimientos e intensificar el sentido de una palabras. Si digo: La casita donde crecí, el diminutivo no indica necesariamente que la casa era pequeña, sino que la recuerdo con cariño y nostalgia. Cuando Don Quijote se enfrenta a los leones, exclama: "Leoncitos a mí", indicando, no que los leones sean pequeños, sino que son un peligro insignificante para un caballero valiente como él.

4. El diminutivo puede también expresar ironía: ¡Qué viajecito! (What a lousy trip!). Muchos apodos (nicknames) se forman con sufijos diminutivos: Luis→ Luisito, Jorge→ Jorgito, Marta→ Martica, Miguel→ Miguelín (Canteli Dominicis & J. Reynolds, 2011: 18-19).

Por su parte, recordamos lo que expresa significativamente el siguiente texto de Allende (2017) cuando habla de los hábitos particulares chilenos: "Lo primero que ofrecemos al visitante es un 'tecito', un 'agüita' o 'un vinito'. En Chile hablamos en diminutivo, como corresponde a nuestro afán de pasar desapercibidos y nuestro horror de presumir, aunque sea de palabra". En este sentido observamos varios ejemplos del diminutivo en la obra. Lo primero es el nombre de la figura femenina de la historia colonica, la Manuelita. En el texto los personajes se la llaman para expresar su intimidad y cariño.

Por su parte, es necesario notar la escena que ve Toesca cuando está en el camino a una reunión con un comerciante.

Más tarde, en la casa de un comerciante rico, escuchó, escucharía, a dos señoras que habían visto la corrida desde un blacón, tomando aloja y comiendo dulcecitos. Una sería partidaria de darle los sacramentos al pobre mapuche. La otra no, para qué, si recién había llegado del sur, de las tolderías, y ni siquiera lo habían alcanzado a baudizar. Habría negritas atareadas, con faldas rojas y turbantes de todos colores, que repartirían bandejas con cuadraditos y con yemitas de dulce, pedazos de charqui, vasos de mistela o de aloja de Culén; señoronas gruesas y bigotudas, de papada triple, sentadas en una tarima, con las piernas cruzadas como orientales, obre cojines de tonos vivos, fumando grandes cigarros negros, malolientes (Edwards, 2000a: 39).

También se destaca el uso de eufemismos[①]: la palabra "amasios" (por amores posibles) (Edwards, 2000a: 33).

> Despertó de su siesta como a las cinco de la mañana, con la boca pastosa, con el cuerpo cortado. Se había dormido con la palabra "amasios" y ahora la recordó y vio que tenía el grueso libraco encima de la cama. ¿Para esto se había venido a meter a Chile, para estas cosas, para estas rarezas? Quizás, y se dijo que la explicación, después de todo, no era tan desdeñable. Había regresado para recoger un hilo, para reanudar un diálogo. Para no vivir desconectado, como pieza suelta o, para hablar en chileno, como bola huacha. Llegó a la conclusión, por otro lado, de que los papeles del historiador decían bastante, pero no lo suficiente, y que había que salir (Edwards, 2000a: 34).

Asímismo, recordamos la idea postulada por Barthes (1975: 15) de que la obra suele tener un sentido literal y el diccionario no puede aclararnos el sentido que "existe fuera de nosotros". Por todo ello, la objetividad del crítico no dependerá de la elección, sino que tendrá que ser una decisión de conjunto sobre la naturaleza simbólica del lenguaje.

Pero además de los diminutivos y los eufemismos, Edwards señala un carácter de la historia con un proceso de rumor, un lenguaje invisible que muestra "como una trampa, como disfraz, como disimulo, de lo innombrable, del tabú" (Reyes, 2006: 181). El autor utiliza, de forma metafórica, "la historia como insidia, como forma de la chismografía" (Edwards, 2000a: 33). Son estos aspectos los que el Narrador y el narrador omnisciente más critican:

> Recordaría, entonces, Toesca, creemos, algunas miradas, algunas risas, un revoloteo que había pasado cerca de él y que él había descartado. Más que un revoloteo, un susurro, signos. Que había decidido no registrar. Porque la Colonia era así, llena de rumores, de doble e infundios, de soplos que al final no se entendían (Edwards, 2000a: 184).

El rumor a veces no podría entenderse, pero sí permanecería. El rumor, como ocultamiento de los signos, corre entre la gente. El soplonaje revela estos signos

---

① La elección de dicha categoría de las palabras obedece a su rasgo común para todas las civilizaciones, aunque cada una de ellas debe utilizar su propia metáfora o eufemismo para aludir a cualquier objeto. Nieto (2000: 36) indica que "a todos en nuestra vida social nos seducen los hechizos del eufemismo, que ya hacían las delicias de nuestros antepasados".

privados para sembrar las dudas:

> Altolaguirre, el superintendente, interpretaría su ausencia mal, como de costumbre. Hablaría de insidias, de astucias, de argucias, de italiano. Él había escuchado cosas parecidas en Madrid, a espaldas del maestro Sabatini, a pesar de que el maestro era poderoso. ¿Y nosotros? Nos hemos pasado la vida escuchándolas: mundo de soplones, de chaqueteros, de inquisidores grandes y chicos, antiguos y modernos (Edwards, 2000a: 189).

Ante la pregunta acerca de qué existe tras el rumor y la habladuría, Edwards afirma que el provincianismo, el alejamiento y la envidia:

> Estábamos en la desamparada provincia chilena, y esas cosas (en Chilito), se resolvían en la mediocridad, en el gris sostenido, afirmación que al Narrador, y también a nosotros, nos pareció curiosamente moderna. ¡Hasta postmoderna!
> — Somos el país de no drama, del conflicto no formulado, del cadáver escondido en el fondo del armario— dijo ese alguien, y el Narrador no pudo saber si los vecinos de mesa habían estado de acuerdo, pero supuso que más de uno sí lo había estado (Edwards, 2000a: 372).

Así pues, la reiteración de la historia abarca los elementos de los apellidos, los diminutivos y eufemismos, que son parte de una constante histórica. Edwards, contra el provincianismo, el alejamiento y la envidia, indica que el humor ejerce el único remedio para alejar la historia de estos males.

CONCLUSIONES

El análisis de la obra *El sueño de la historia* de Jorge Edwards aspira a reflejar la realidad social chilena a través de una observación detallada del el contexto histórico-político.

Así, el Capítulo I ha puesto de relieve los aspectos biográficos más relevantes de la vida de Edwards, con especial incidencia en los aspectos políticos y literarios. Este escritor chileno proviene de una familia de alcurnia, cursa estudios de Derecho y desarrolla la carrera diplomática, en el marco de la cual conoció y entabló una relación de amistad con Pablo Neruda. Tras su experiencia en el exilio, insiste en recordar al pueblo chileno que debe ser prudente a la hora de valorar el escenario creado por la dictadura, y mantiene la esperanza de recuperar el papel de los intelectuales en la sociedad.

También se ha puesto de relieve la importancia del apellido en Chile. Recordamos las palabras de Edwards: "Ser escritor en Chile y llamarse Edwards es una cosa difícil" (Matamoro, 1998: 25). En este país, el apellido Edwards es un símbolo de poder económico y político. Aunque la época de la globalización, el neoliberalismo y la apertura de mercados han conllevado cambios radicales en la sociedad chilena, y la familia Edwards ya no es una de las más poderosas del país, su apellido continúa siendo un fuerte emblema. Sus miembros, en general, han ocupado posiciones destacadas en el ámbito financiero, por lo que el novelista ha tenido que realizar un gran esfuerzo para mostrar sus dotes literarias y culturales. Para Edwards, destacar en su labor profesional como escritor y columnista es una forma de recuperar la democracia y de rechazar todo sistema político que no permita las libertades individuales. Estas pinceladas biográficas son clave para entender *El sueño de la historia*, una de sus obras más complejas, donde entrelaza dos historias ambientadas en contextos totalmente distintos: la dictadura de Pinochet y el siglo

XVIII.

En este sentido, el Capítulo II ha servido para introducir la noción de Nueva Novela Histórica (NNH), corriente literaria a la que pertenece *El sueño de la historia*. Es decir, la obra no solo muestra una historia de grandes héroes y hazañas, sino que también apela a la recuperación de lo cotidiano y lo humano.

A continuación, el Capítulo III se hace una breve introducción a *El sueño de la historia*. Por un lado, el apartado 3.1. ha profundizado en el contexto general de ambas épocas en Chile: la dictadura de Pinochet y el siglo XVIII. Por el otro, el 3.2. trata de la estructura, temática y la trama de la obra. En el 3.3 Edwards no solo relata la vida del famoso arquitecto Joaquín Toesca, también retrata el contexto histórico. Para el autor, todo texto de Chile se arma como un mosaico de citas; todo texto es la absorción y la transformación de otro. El autor no intenta describir un retrato de la decadencia de la burguesía chilena, sino que se centra en la creación de personajes dispares, como el pequeño burgués, los sujetos marginales y los que niegan el orden establecido. Ellos liberan sus sensibilidades a través de su incorporación a otras clases o capas sociales. Aunque ambientada en el mundo burgués, la novela pone el énfasis en los individuos transgresores y rebeldes. Así, el tema nuclear no es la decadencia burguesa, sino la capacidad de ruptura y renovación de algunos de sus sujetos disidentes. Por último, el 3.4 trata de la repercusión de la obra.

Así, el capítulo IV se ha centrado en el tema capital de esta investigación, a saber: La narrativa de *El sueño de la historia*, que abarca la narrativa literaria, el análisis del espacio, los personajes, etc. La obra explora, a través de narradores y protagonistas, el dilema moral que supone la traición a la clase social de origen, el desarraigo (el exilio político o voluntario), la inestabilidad en las relaciones humanas, la infidelidad y el engaño. De hecho, cuando los sujetos marginales se enfrentan al estrato social al que pertenecen originalmente e intentan acceder a otro nuevo encuentran el desprecio de los primeros y la desconfianza de los segundos.

Esta novela concede a la literatura y al arte un poder para despertar la conciencia social en los sujetos marginales. El arte y la literatura no solo ofrecen un placer estético, sino también el conocimiento sobre la realidad. No se trata de que la novela se convierta en un reflejo de la realidad social, sino de ofrecer una posibilidad de conocimiento de la realidad, diferente al conocimiento oficial. La literatura desempeña un papel decisivo en la creación de un espacio más amplio y profundo de lucha contra el poder dictatorial. En otras palabras, el singular conocimiento de la sociedad y del individuo que aportan arte y literatura pueden causar el fin del dominio de una clase social, como se ha desprendido del análisis de los personajes de la novela.

En esta obra, las dos historias ocurren en el mismo espacio físico: Santiago. Desde que Pedro de Valdivia proclamó la fundación de la ciudad en 1514, Santiago ha ocupado una posición preeminente en la historia chilena, donde los habitantes muestran sus sentimientos. *El sueño de la historia* distingue dos sentimientos entre sus habitantes, muy distintos el uno del otro. El primero muestra un orden familiar, centrado alrededor de personalidades fuertes. En esta novela, Misía Clara, la madre de Manuelita, es un claro ejemplo que se identifica con la personalidad fuerte. Curiosamente, este sentimiento jerarquizado que emerge del orden familiar da pie a la aparición del segundo, que surge de la rememoración del pasado en su punto de quiebra. Manuelita y el Narrador cuestionan su compromiso con el pasado y prefieren romper sus tradiciones. Manuelita no logra su libertad hasta que comienza su relación adúltera, lo que revela el carácter de su familia, clase y sociedad. Ella prefiere abandonar el matrimonio por conveniencia a fin de buscar la liberación o libertad de su espíritu. Del mismo modo, el Narrador opta por ser una persona marginal y abandonar su residencia del Barrio Alto. Los protagonistas de la novela, esperando la recuperación de la democracia, manifiestan su punto de vista con un discurso de liberación. El Narrador, que ha sufrido el exilio, observa desde la distancia la situación de su país. Al regresar, rechaza la realidad que encuentra y mantiene una actitud escéptica frente al futuro del país.

El orden social juega un papel relevante en la narrativa de Edwards, quien lo utiliza como una alegoría del orden del estado. De esta manera, bajo la supuesta armonía familiar se ocultan vicios e insatisfacciones que la mayoría ha preferido silenciar y olvidar para salvaguardar la apariencia de orden. La hermana de Manuelita, Pepita, confiesa que no ama a su marido, pero se casa con él siguiendo la petición de la madre. Ella nunca aconseja a Manuelita luchar por su libertad, sino que le pide que obedezca a la madre. La sociedad, en especial la dictadura, oculta crímenes e injusticias que la clase dominante intenta hundir en el olvido colectivo. A través del silencio y el olvido, la familia y la sociedad funcionan adecuadamente. Pero dicho olvido es impuesto por la cultura dominante en Chile a través de la represión. En rigor, según Edwards, el cultivo del orden familiar y oficial no explora la verdadera historia, sino que es una apariencia, que permanece en el olvido colectivo. El Narrador, un personaje marginal, investiga el pasado desde su punto de vista para descubrir la versión histórica que el oficialismo ha querido silenciar. Cuando el Narrador empieza a investigar la vida del arquitecto italiano Toesca a través de la lectura de unos documentos que encuentra en su viejo departamento del centro, no solo descubre una historia no oficial, sino que también ve en ella el reflejo de su propia identidad.

También se debe resaltar la importancia del Palacio de la Moneda como un código simbólico en esta novela, ya que toda la obra parte de su construcción. Este edificio neoclásico de la ciudad colonial fue diseñado con el fin de definir un nuevo orden, un nuevo comienzo en la colonia. La Moneda, por una parte, es la obra perfecta de Toesca; por otra, simboliza el deseo de democracia que posee el Narrador. La dualidad de la Moneda en esta obra se puede observar con claridad.

Finalmente, el capítulo V se ha centrado en la búsqueda de connotaciones en relación con los contextos históricos que se describen en la novela. La literatura permite que la complejidad de los escenarios elegidos para desarrollar las tramas pueda ser expresada mediante imágenes, alegorías o símbolos. La novela muestra una cierta inquietud por lo humano y por la reiteración histórica. Por una parte, la familia exige mantener el estatus de la clase social alta. Es así como Manuelita tiene que sacrificar su verdadero amor por la necesidad de la familia de recuperar el honor del apellido. La madre de Manuelita, Misía Clara, expresa a su hija que "Fernández de Rebolledo es un apellido de descendientes de condes y marqueses de las Españas" (Edwards, 2000a: 47). El matrimonio entre Toesca y Manuelita puede ser una manera para que la familia logre salvaguardar su posición económica y preservar el honor del apellido.

Por otra parte, la reiteración histórico-política también se observan claramente en esta obra con la visión crítica de la clase dominante: la movilidad social es infrecuente y solo opera entre actores conservadores tradicionales. En *El sueño de la historia* se observa cómo en el siglo XVIII, se consolida una clase dominante chilena, que incluye a los descendientes de españoles y los criollos ricos; dicho estrato social se perpetúa en el tiempo hasta la actualidad, donde se observa la supervivencia de los mismos apellidos entre las familias más poderosas. Del mismo modo, las familias de las clases no dominantes también perduran en el tiempo. En *El sueño de la historia*, Edwards expresa la dificultad para modificar las estructuras del poder político y económico en Chile.

Esta visión de la historia como reiteración va acompañada de una concepción de la historia como conjetura. Es decir, la acción histórica y su interpretación conviven en la novela. En este sentido, la escritura de la historia abre posibilidades de combatir el discurso dominante mediante versiones articuladas de la disidencia y los márgenes. El Narrador narra la historia no oficial con la esperanza de recuperar la democracia.

En *El sueño de la historia*, se observa cómo el autor confunde la frontera entre historia y ficción. La literatura está bajo la influencia de la sociedad, en especial de una sociedad dictatorial o posdictatorial. Edwards agrega elementos subjetivos a la historia, reduciendo la difusa línea entre historia y ficción. La visión de la historia como conjetura permite escribir la historia desde el presente y, a la vez, abrir un espacio creativo al pasado.

Es una novela con una configuración particular donde la historia de los personajes obliga al lector tener una nueva perspectiva en torno a la experiencia del tiempo. El hilo de la narración es tan complicado que relata la historia entre el siglo XVIII y la dictadura de Pinochet. Lo más característico de esta novela es que habla de la historia a través de un narrador extradiegético, un narrador intradiegético, y un historiador fallecido. La obra plantea dos temporalidades históricas y narrativas a la vez: una situada en la dictadura de Pinochet, desde la cual el Narrador relata la otra historia situada temporalmente en el Chile colonial de finales del siglo XVIII. Es decir, ambas historias tienen como nexo de unión la figura de el Narrador. El relato de *El sueño de la historia* se basa en las narraciones íntimas de este personaje, quien expresa, a través de especulaciones, recuerdos, suposiciones y un gran cúmulo de opiniones personales, lo que está sucediendo en Chile. Más allá de eso, su relato es un pretexto describir su propia vida.

Puede decirse que la universalidad constituye el esquema esencial de esta novela. Existe una tensión permanente, que apunta a la desestabilización del papel propio de los dos narradores. El narrador extradiegético, que se puede denominar narrador global, domina al Narrador intradiegético que comienza a investigar y escribir la historia de Toesca. El Narrador intradiegético, que está descrito por el narrador extradiegético, no es dueño de la historia, sino que crea en el lector conciencia del carácter ficticio de la narración. Por tanto, la novela presenta diferentes puntos de vista, con los que puede identificarse el lector.

En resumen, *El sueño de la historia* es un discurso cultural y democrático gracias a su relación con la realidad política, a su calidad estética y a su narrativa innovadora. Esta novela muestra un equilibrio entre aporte estético e impacto social. Ya sea por su valor literario o por su carácter crítico, esta obra alcanza una existencia real dentro del imaginario social de un país, ya que ofrece una reinterpretación de la historia que pretende despertar una conciencia social.

Edwards regresó a Chile en 1978 para desempeñar un papel destacado en la lucha por la libertad y la democracia. Prefiere ser un intelectual verdadero, independiente del poder económico y político. Ha publicado varios ensayos, cuentos y novelas. En 1994, recibió en Chile el Premio Nacional de Literatura por el conjunto de su obra y, en 1999, en España, el Premio Cervantes. Para él, la historia no tiene un sentido singular, sino que aparece múltiples sentidos. Se convierte en abierta. En definitiva, *El sueño de la historia* es una de las obras cumbre de la literatura latinoamericana, que puede permitir al lector conocer la realidad del Chile e interpretar la historia desde otros puntos de vista.

BIBLIOGRAFÍA

Acuña Rodriguez, Olga Yanet. (2014). "El pasado: historia y memoria". *Historia y memoria*. N° 9. Pp. 57-87.

Alcayaga Toro, Rosa. (2006). Brevísima relación de la nueva novela histórica en Chile de Eddie Morales Piña. <http://www.letras.s5.com/ra250706.htm>. [última fecha de acceso: 15 octubre 2016].

Aldunate del Solar, Carlos. (1996). *Nueva historia de Chile: desde los orígenes hasta nuestros días.* Santiago de Chile: Zig-Zag.

Alegría Fernando. (1970). *Literatura chilena del Siglo XX.* Santiago: Zig Zag.

Allende, Isabel. (2017). *Mi país inventado.* Nueva York: Vintage.

Amorós, Andrés. (1979). *Introducción a la literatura.* Barcelona: Castalia.

Ampuero, Roberto. (2006). *La historia como conjetura: la narrativa de Jorge Edwards.* Iowa: Instituto de Filosofía de la Universidad de Iowa.

Ashcroft, Bill; Griffiths, Gareth & Tiffin, Helen. (2000). *Postcolonial Studies- The Key Concepts.* London: Routledge.

Bajtín, Mijail. (1991). *Teoría y estética de la novela.* Madrid: Taurus.

Barthes, Roland. (1972). *Crítica y verdad.* Buenos Aires: Siglo XXI.

—— (1989). *El placer del texto y lección inaugural.* México: Siglo XXI.

—— (1990). *Análisis estructural del relato.* México: Premia.

—— (1996). *El placer del texto: seguido por lección inaugural de la cátedra de Semiología lingüística del Collège de France.* 1977, 13aed. México: Siglo XXI.

Biblioteca Nacional Digidal de Chile (BND). *Memoria chilena.* <http://www.memoriachilena.cl/602/w3-channel.html>. [última fecha de acceso: 9 octubre 2018].

Burke, Peter. (1992). *History and social theory*. Nueva York: Cornell University Press.

—— (1997). *Variety of cultural history*. Nueva York: Cornell University Press.

Cancino, Hugo. (2001). "Exilio chileno e historiografía". <http://www.geocities. com/cielenses/actas_02.htm>.[última fecha de acceso:17 octubre 2018].

—— (2005). Exilio chileno e historia. *Archivo Chile*. <http://www. archivochile. com/Mov_sociales/exilio_cl/MSexiliocl0011.pdf>. [última fecha de acceso: 17 octubre 2018].

—— (2014). *El reino de este mundo*. Madrid: Akal.

Canteli Dominicis, María y J. Reynolds, John. (2011). *Repase y escriba: Curso avanzado de gramática y composición*. New Jersey: John Wiley & Sons.

Cembrano Perasso, Dina. (2002). *Historia y ciencias sociales*. Santiago de Chile: Zig- Zag.

Chang, Chingyuan 张京援 . (1993). *El neohistorialismo y la crítica literaria*. 《新历史主义与文学评比》. Pekín: Universidad de Pekín.

Chang-Rodríguez, Eugenio. (1991). *Latinoamérica: su civilización y su cultura*. Nueva York: Heinle&Heinle.

Chang-Rodriguez, Raquel y E. Filer, Malva. (1987). *Voces de Hispanoamerica. antología literaria*. Nueva York: Heinle&Heinle. Pp 434-467.

Correa, Sofía. (2005). *Con las riendas del poder: la derecha chilena en el Siglo XX*. Santiago de Chile: Sudamericana.

Carrasco, Iván. (2005). "Literatura chilena: canonización e identidades". *Estudios Filológicos*. N° 40. <https://scielo.conicyt.cl/scielo.php?script=sci_ arttext&pid=S0071-1713 2005000100002>. [última fecha de acceso: 12 octubre 2017].

Carrasco Muños, Iván. (2005). "Literatura chilena: canonización e identidades". Estudios filológicos. *N° 40*. Pp. 29-48. <https://scielo.conicyt.cl/scielo. php?pid=S0071-17132005000100002&script=sci_arttext >. [última fecha de acceso: 15 junio 2017].

Cruz, B., Nicolás (2008). "Roberto Ampuero, la historia como conjetura. Reflexiones sobre la narrativa de Jorge Edwards". *Historia*. *N° 41*, Vol. I. https://dialnet. unirioja.es/servlet/articulo?codigo=5708099&orden=0&info=link. [última fecha de acceso: 15 junio 2017].

Del Paso Morante, Fernando. (2016). *Noticias del Imperio*. Madrid: S.L. Fondo de

Cultura Económica de España.

Díaz de Guereño, Juan Manuel. (2000). "Las historias tienen razones". *Revista de libros*. <https://www.revistadelibros.com/articulos/el-sueno-de-la-historia-de-jorge-edwards>. [última fecha de acceso: 15 octubre 2018].

Edwards, Jorge. (1961). *Gente de la ciudad*. Santiago: Editorial Universitaria.

—— (1967). *Las máscaras*. Barcelona: Seix Barral.

—— (1969). *Temas y variaciones*. Santiago: Universitaria.

—— (1977). *Desde la cola del dragón*. Barcelona: Dopesa.

—— (1980a). *El patio*. Santiago de Chile: Ganymedes.

—— (1980b). *Mito, historia y novela*. Santiago: Universitaria.

—— (1985). *La mujer imaginaria*. Buenos Aires: Emecé.

—— (1990). *Cuentos completos*. Barcelona: Plaza Janés.

—— (1993). *Fantasmas de carne y hueso*. Barcelona: Tusquets.

—— (1996a). *El origen del mundo*. Barcelona: Tusquets.

—— (1996b). "El prolólogo". *Chile espectacular*. Madrid: Lunwerg. Pp. 7-8.

—— (1997a). *El museo de cera*. Barcelona: Tusquets.

—— (1997b). *El whisky de los poetas*. Santiago de Chile: Alfaguara.

—— (1999). Discurso en la ceremonia de Premio Cervantes. <http://www.mcu.es/premiado/downloadBlob.do;jsessionid=20C3DB32D6539CD572FE253125FCE64C?idDocumento=2494&prev_layout=premioMiguel CervantesPremios&layout= premioMiguelCervantes Premios & language=es>. [última fecha de acceso: 13 octubre 2018].

—— (2000a). *El sueño de la historia*. Barcelona: Tusquets.

—— (2000b). "Jorge Edwards, Premio Cervantes 1999". *Proa*. N° 45. Pp.15-20.

—— (2001a). *El anfitrión*. Barcelona: Tusquets.

—— (2001b). *El peso de la noche*. Barcelona: Tusquets.

—— (2001c). *Los convidados de piedra*. Madrid: Cátedra.

—— (2003). *Diálogos en un tejado*. Barcelona: Tusquets.

—— (2004). *Adios, Poeta*. Barcrlona: Tusquets.

—— (2005). *El inútil de la familia*. Santiago de Chile: Alfaguara.

—— (2006). *La otra casa: ensayos sobre escritores chilenos*. Santiago de Chile: Universidad Diego Portales.

—— (2008). *La casa de Dostoievsky*. Barcelona: Planeta.

—— (2012). *Los círculos morados*. Barcelona: Lumen.

—— (2013). *El descubrimiento de la pintura*. Barcelona: Lumen.

—— (2015a). *La muerte de Montaigne*. Barcelona: Tusquets.

—— (2015b). *Persona non grata*. Madrid: Catedra.

—— (2016). *La última hermana*. Barcelona: Acantilado.

—— (2017). *Prosas inflitradas, columnas y ensayos*. Madrid: Reino de Cordelia.

—— (2018). *Esclavos de la consigna*. Barcelona: Lumen.

Ferrater Mora, José. (2005). *Diccionario de filosofía*. Buenos Aires: Sudamericana.

Genette, Gérard. (1980). *Narrative discourse: an essay in method*. Nueva York: Cornell University Press.

Godoy Gallardo, Eduardo. (1991). *La generación del 50 en Chile*. Santiago: Editorial La Noria.

Hozven, Roberto. (2006). "La ciudad de Santiago en el sentir de Joaquín Edwards Bello y de Jorge Edwards". *Revista chilena de literatura*. N° 69. Pp. 5-24.

—— (2005). "La escritura de Jorge Edwards: hacia una mímesis solidaria". *Taller de letras*. N° 36. Pp. 7-37.

—— (2005). " 'Imbuche' y apellido en la narrativa de Jorge Edwards". *Cuadernos Hispanoamericanos*. N° 664. Pp. 73-79.

Iuri M. Lotman. "Símbolos de Petersburgo y Problemas de Semiótica Urbana". *Extretextos, Revista Eclectrónica Semestral de Estadios Semiótica de la Cultura*. N° 4. (Noviembre, 2004) <http://www.ugr.es/~mcaceres/entretextos/pdf/entre4/petersburgo.pdf>. [última fecha de acceso: 5 octubre 2018]

Ivanov, Viacheslav V. (2003). "Contribución al estudio semiótico de la historia cultural de la gran ciudad". *Entretextos: Revista electrónica semestral de estudios semióticos de la cultura*. <www.ugr.es/local/mcaceres/entretextos.htm>. [última fecha de acceso: 10 enero 2018].

Jameson, Fredric. (1981). *The Political Unconscious: Narrative as a Socially Symbolic Act*. New York: Cornell University Press.

Joaquín Brunner, José. (1988). *Un espejo trizado. Ensayos sobre cultura y políticas culturales*. Santiago: FLACSO.

Liu, Xie. (1995). *El corazón de la literatura y el cincelado de dragones*. Trad. de Alicia Relinque Eleta. Granada: Comares.

Matamoro, Blas. (1998). *Jorge Edwards*. Madrid: Cultura-Hispánica.

Matamala, Daniel. (2013). *Poderoso caballero: El peso del dinero en la política chilena.* Santiago de Chile: Catalonia UDP.

Martínez, Sanjuana. (2000). Jorge Edwards: "Yo vivo censurado". <http://www.babab. com/no03/jorge_edwards.htm>. [última fecha de acceso: 23 julio 2018].

Menton, Seymour. (1993). *The New Historical Novel.* Austin: University of Texas Press.

Montecino Sonia. (2004). *Mitos de Chile. Diccionario de seres, magias y encantos.* Santiago de Chile: Sudamericana.

Morales Piña, Eddie. (2001). "Brevísima relación de la nueva novela histórica en Chile". *Notas Históricas y Geográficas.* N° 12. Pp. 177-190.

Moreiras, Alberto. (1999). *Tercer espacio: literatura y duelo en América Latina.* Santiago: Lom-Arcis.

Mudrovcic, María Inés. (2005). *Historia, narración y memoria.* Madrid: Akal.

Nieto, Ramón. (2000). *Lenguaje y política.* Madrid: Acento.

Parentini Posse, Abel. (2017). *Los perros del paraíso.* Córdoba: Samarcanda.

Piña, Juan Andrés. (1991). *Conversaciones con la narrativa chilena.* Santiago de Chile: Los Andes.

Pozo, José. (2002). *Historia de América Latina y del Caribe, 1825-2001.* Santiago de Chile: Lom Ediciones.

Promis Ojeda, José. (1995). *Testimonios y documentos de la literature chilena.* Santiago de Chile: Alfabeta.

RAE. (2014). *Diccionario de la Lengua Española.* <http://www.rae.es/>.

Ricœur, Paul. (1995). *Teoría de la Interpretación. Discurso y Excedente Sentido.* México: Siglo XXI.

Riggenbach, Jeff. (2012). Conjetura e historia. *Biblioteca Mises.* <http://www.mises. org.es/2012/04/conjetura-e-historia/> [última fecha de acceso: 10 octubre 2018].

Schopf, Federico. (2004). "Jorge Edwards y la nueva novela histórica en Hispanoamérica". *Atenea.* N° 490. <https://scielo.conicyt.cl/scielo. php?script=sci_arttext&pid=S0718-04622004049000005>. [última fecha de acceso: 7 junio 2018].

Roa Vial, Natalia. (1993). "Introducción". *El reino de este mundo.* Santiago de Chile: Andrés Bello.

Santini, Adrián. (2011). "Los tres Antonios, en *El sueño de la historia*, de Jorge Edwards". *Anales de literatura chilena.* N° 16. Pp. 207-221.

Schulz Cruz, Bernard. (1994). Las inquisiciones de Jorge Edwards. Madrid: Pliegos de Bibliofilia.

Szmulewicz, Efrain. (1982). *Diccionario de la literatura chilena*. Santiago de Chile: Alfabeta.

Schwartz, Marcy. (1999). *Writing Paris: Urban Topographies of Desire in Contemporary Latin American Fiction*. Nueva York: State University New York Press.

Sebastián Figueroa, Julio. (2006). "El sueño de la historia de Jorge Edwards, en crisis de la idea de historia". Alpha. Nº 22. <https://scielo.conicyt.cl/scielo.php?script=sci_arttext&pid=S0718-22012006000100012>. [última fecha de acceso: 25 agosto 2018].

Sepúlveda, Alfredo. (2018). *Breve historia de Chile*. Santiago de Chile: Sudamericana.

Sheng, Gning 盛宁. (1995). *El neohistorialismo*.《新历史主义》. Taipei: Yang-chi 扬智 .

Stabili, María Rosaria. (2003). *El sentimiento aristocrático: elites chilenas frente al espejo (1860-1960)*. Santiago de Chile: Editorial Andrés Bello, Centro de Investigación Diego Barros Arana.

Sontag, Susan. (1967). "Contra la interpretación". *Contra la Interpretación*. Barcelona: Seix Barral. Pp. 11-24.

Todorov, Tzvetan. (2009). *La literatura en peligro* (Trad. de Noemí Sobregués). Barcelona: Galaxia Gutenberg.

Vargas Llosa, Mario. (2005). *La guerra del fin del mundo*. Madrid: Alfaguara.

—— (2012). "Jorge Edwards, cronista de su tiempo". *Letras Libres*. <https://www.letraslibres.com/mexico-espana/jorge-edwards-cronista-su-tiempo>. [última fecha de acceso: 4 agosto 2018].

Vélez Correa, Roberto. (2005). *El existencialismo en la ficción novelesca*. Manizales: Universidad de Caldas.

Villalobos Rivera, Sergio; Silva Galdames, Osvaldo; Silva Vargas, Fernando & Estellé M., Patricio. (2004). *Historia de Chile*. Santiago de Chile: Editorial Universitaria.

APÉNDICE

1. ENTORNO HISTÓRICO

En esta investigación no caben todos los acontecimientos importantes de Chile, España y otros países. El apéndice 1 cuenta con cuatro partes: (1) Cronología de Chile (10.000 a.C.-2018); (2) Cronología de España (2000 a. C.-2018); (3) Cronología comparativa de Chile y España; (4) Biografía de Joaquín Toesca (1752-1799). Para una más exacta información del lector se mencionan aquí, por orden estrictamente cronológico, con miras a una mejor relación entre ellos, los más notable acontecimientos ideológicos, políticos, sociales, económicos y culturales del período que comprende este libro.

(1) Cronología de chile (10.000 a. C.-2018)

Referencia: Fuentes Documentales y
Bibliografías para el Estudio de la Historia de Chile
http://www.historia.uchile.cl/CDA/fh_cronologia/index.html.

Año	Evento importante
Prehistoria, expansión europea y Conquista (10.000 a. C.-1599)	
10.000 a. C.	Con esta fecha se datan los restos humanos encontrados en la región andina de Antofagasta.
9.000 a. C.	Con esta fecha se datan los restos encontrados en San Vicente de Tagua-Tagua.
1470	Los incas construyen un centro administrativo en el valle de Lluta.
1490	Fecha aproximada del establecimiento de un gobernador inca en la zona de Coquimbo.

续表

Año	Evento importante
1492	Cristóbal Colón descubre América.
1493	Colón regresa a España. El Papa Alejandro VI, a petición de los reyes católicos, dicta la bula *Inter caetera*, que divide el mundo entre España y Portugal. Colón inicia su segundo viaje a América.
1494	Castilla y Portugal suscriben el tratado de Tordesillas, cambiando la línea divisoria establecida en la bula *Inter caetera*.
1496	Colón regresa a España.
1498	Colón inicia su tercer viaje a América.
1502	Colón inicia su cuarto y último viaje a América.
1503	Américo Vespucio redacta su *Mundus novus*, en la que sostiene que las tierras descubiertas por Colón no eran simplemente islas.
1505	Las fuerzas del inca Huayna Capac conquistan hasta el río Aconcagua.
1506	Colón muere en Valladolid.
1513	Vasco Nuñez de Balboa descubre, en Panamá, el océano Pacífico.
1516	Juan Díaz de Solís descubre la desembocadura del río de la Plata.
1519	Zarpa, desde San Lúcar de Barrameda, la expedición de Hernando de Magallanes.
1520	Hernando de Magallanes descubre el estrecho que actualmente lleva su nombre.
1521	Hernando de Magallanes muere en las Filipinas.
1524	Se inicia la primera etapa de la conquista del Perú.
1526	Se inicia la segunda etapa de la conquista del Perú.
1529	Francisco Pizarro firma la capitulación de Toledo.
1531	Francisco Pizarro inicia la tercera etapa de la conquista del Perú.
1532	Atahualpa, el emperador Inca, es capturado por los conquistadores españoles en la ciudad de Cajamarca.
1533	Atahualpa es ejecutado.
1534	La corona crea la gobernación de Nueva Toledo, la que es asignada a Diego de Almagro.
1535	Diego de Almagro sale del Cuzco rumbo a su gobernación. En Perú se funda la ciudad de Los Reyes, más conocida como Lima.

续表

Año	Evento importante
1536	Llegada de Diego de Almagro al valle de Copiapó. Juan de Saavedra descubre la bahía de Valparaíso. Batalla de Reino Huelén.
1537	Diego de Almagro llega al Cuzco tras su fracasada expedición a Chile. Se reanudan sus disputas con Francisco Pizarro.
1538	Diego de Almagro es derrotado en la batalla de Las Salinas. Ejecución de Diego de Almagro.
1540	Pedro de Valdivia sale del Cuzco en dirección a Chile. En Atacama, Pedro Sancho de Hoz cede a Pedro de Valdivia sus derechos como futuro Gobernador de la Terra Australis.
1541	Arribo de la expedición de Pedro de Valdivia. Fundación de Santiago. Se establece el Cabildo de Santiago. Pedro de Valdivia es nombrado Gobernador por el Cabildo de Santiago. Michimalonko asalta y destruye Santiago. Alonso de Monroy parte hacia el Perú en busca de auxilios. En Lima, Francisco Pizarro muere asesinado por Diego de Almagro, *el mozo*.
1543	Arriba a Valparaíso el *Santiaguillo*, trayendo auxilios desde Perú.
1544	Juan Bohón funda la ciudad de La Serena. Juan Bautista Pastene explora la costa hasta el paralelo 41°.
1545	Alonso de Monroy y Juan Bautista Pastene regresan nuevamente al Perú.
1547	Pedro de Valdivia viaja al Perú para ayudar a las fuerzas leales al Rey en su lucha contra la insurrección de los hermanos Gonzalo y Hernando Pizarro.
1548	El Virrey Pedro de Lagasca confirma el título de Gobernador de Pedro de Valdivia. Proceso en contra de Pedro de Valdivia en Perú. Se instalan los primeros molinos.
1549	Inés de Suárez contrae matrimonio con Rodrigo de Quiroga. Destrucción de La Serena por los indígenas. Refundación de La Serena por Hernando de Aguirre.
1550	Batalla de Andalién. Fundación de la ciudad de Concepción.
1552	Fundación de las ciudades de La Imperial, Valdivia y Villarrica, y del fuerte Tucapel. Pedro de Valdivia envía a Jerónimo de Alderete a España a conseguir la confirmación real de su título de Gobernador.

续表

Año	Evento importante
1553	Fundación de las ciudades de Angol y Santiago del Estero, y de los fuertes de Arauco, Purén. Francisco de Ulloa explora el estrecho de Magallanes. Primer levantamiento general de indígenas, encabezado por Lautaro. Muerte de Pedro de Valdivia tras ser capturado en la batalla de Tucapel.
1554	Francisco de Aguirre, basándose en el testamento de Pedro de Valdivia, se hace reconocer como Gobernador en La Serena.
1555	La Real Audiencia de Lima anula todos los nombramientos hechos tanto por Pedro de Valdivia como por distintos cabildos para el cargo de Gobernador y dispone que estos últimos asuman el mando en sus respectivas jurisdicciones. Lautaro ataca y destruye Concepción.
1556	Francisco de Villagra asume como Corregidor y Justicia Mayor del Reino. Se inicia el establecimiento de españoles en el actual emplazamiento de la ciudad de Arica.
1557	Francisco de Villagra derrota a Lautaro en la batalla de Peteroa. García Hurtado de Mendoza asume como Gobernador de Chile. Juan Ladrillero y Francisco Cortés Ojeda parten a explorar el estrecho de Magallanes. Batalla de Lagunillas. Creación del Obispado de Santiago.
1558	Fundaciones de las ciudades de Cañete y Osorno. Suplicio y muerte de Caupolicán. Juan Ladrillero explora el estrecho de Magallanes y toma posesión de él. Arribo de los conquistadores españoles a la isla de Chiloé.
1559	Se dicta la Tasa de Santillán, primera reglamentación del trabajo indígena, llamada así por su autor, Hernando de Santillán.
1561	Fundación de la ciudad de Mendoza. Francisco de Villagra asume como Gobernador de Chile. Establecimiento del Obispado de La Imperial.
1562	Fundación de la ciudad de San Juan.
1563	Pedro de Villagra es nombrado Gobernador de Chile. Establecimiento del Obispado de La Imperial.
1567	Establecimiento de la Real Audiencia de Concepción. Fundación de la ciudad de Castro.
1569	Primera edición de *La araucana*, obra de Alonso de Ercilla y Zúñiga.
1570	Un terremoto destruye Concepción.
1574	Descubrimiento del archipiélago de Juan Fernández.

续表

Año	Evento importante
1575	Se suprime la Real Audiencia de Concepción. Rodrigo de Quiroga es nombrado Gobernador de Chile. Un violento terremoto afecta la zona sur del país.
1578	El corsario inglés Francis Drake ataca Valparaíso.
1580	Martín Ruiz de Gamboa asume como Gobernador de Chile. Fundación de la ciudad de Chillán. Se dicta la Tasa de Gamboa.
1583	Alonso de Sotomayor es nombrado Gobernador de Chile. Se suprime la tasa de Gamboa. Intento de colonización del estrecho de Magallanes por Pedro Sarmiento de Gamboa.
1584	Fundación de los poblados Nombre de Jesús y Rey don Felipe en el estrecho de Magallanes. Fundación del Seminario de Santiago.
1587	El corsario inglés Thomas Cavendish intenta desembarcar en Quintero, siendo rechazado.
1592	Martín García Oñez de Loyola, Gobernador de Chile.
1593	Arriban los primeros miembros de la Compañía de Jesús a Chile.
1594	Fundación de las ciudades de San Luis y Santa Cruz. El corsario inglés Richard Hawkins ataca Valparaíso y apresa cinco naves.
1595	Arriban los primeros sacerdotes agustinos a Chile. Se funda en Santiago el Colegio de Santo Domingo.
1596	Pedro de Oña publica, en Lima, su obra *Arauco domado*.
1598	Segundo levantamiento general de indígenas, encabezado por Pelantaru. Muerte del Gobernador Oñez de Loyola en el desastre de Curalaba.
1599	Fray Melchor Calderón redacta su *Tratado de la importancia y utilidad que hay en dar por esclavos a los indios rebelados de Chile*.
Colonia siglos XVII-XVIII (1600-1800)	
1600	El corsario holandés Baltasar de Cordes se apodera, temporalmente, de Castro. Oliver van Noort, corsario holandés, ataca Valparaíso.
1601	Alonso de Ribera asume como Gobernador de Chile.
1604	Creación del Ejército Permanente.
1605	Un violento sismo destruye la ciudad de Arica. Alonso García Ramón es nombrado Gobernador de Chile.
1608	Por Real cédula se autoriza la esclavitud de los indígenas rebeldes.

续表

Año	Evento importante
1609	Establecimiento de la Real Audiencia en Santiago.
1611	Sacerdotes jesuitas fundan el Convictorio de San Francisco Javier.
1612	Alonso de Ribera es nombrado Gobernador de Chile por segunda vez. Se establece el sistema de Guerra defensiva, propiciado por el padre Luis de Valdivia.
1613	Descubrimiento del cabo de Hornos.
1615	El holandés Jorge van Spilbergen cruza el estrecho de Magallanes, explora algunas bahías y desembarca en Papudo.
1618	En Santiago se concluye la construcción de la iglesia de San Francisco.
1621	Se inicia la aplicación de la Tasa de Esquilache.
1629	Francisco Laso de la Vega asume como Gobernador de Chile. Batalla de Las Cangrejeras.
1631	Combate de Albarrada.
1635	Se dicta la Tasa de Laso de la Vega.
1636	Se funda la ciudad de Limache.
1639	El Marqués de Baides asume como Gobernador de Chile.
1641	Paces de Quilín.
1643	Corsarios holandeses se apoderan, temporalmente, de Valdivia.
1646	Se inicia la fortificación de Valdivia. Alonso de Ovalle publica, en Europa, su obra *Histórica relación del reino de Chile*.
1647	Un violento terremoto destruye Santiago.
1650	Antonio de Acuña y Cabrera es nombrado Gobernador de Chile.
1655	Deposición del Gobernador Acuña y Cabrera por el Cabildo de Concepción.
1657	Un violento Terremoto destruye Concepción.
1660	Debido a las graves acusaciones en su contra, el Rey ordena la destitución del Gobernador Pedro Porter Cassanate.
1664	Francisco de Meneses asume como Gobernador de Chile.
1665	Muere Catalina de los Ríos y Lisperguer, más conocida como *La quintrala*.
1674	Se deroga las disposiciones que permitían reducir a esclavitud a los indígenas sublevados.
1680	Bartolomé Sharp asalta La Serena.
1682	José de Garro es nombrado Gobernador de Chile.

续表

Año	Evento importante
1686	El pirata Edward Davis ataca La Serena, pero es rechazado.
1692	Tomás Marín de Poveda asume como Gobernador de Chile. Parlamento en Yumbel.
1709	Juan Andrés de Ustariz es nombrado Gobernador de Chile. Las naves de Woodes Rogers doblan el Cabo de Hornos y enfilan en dirección al archipiélago Juan Fernández, donde encuentran a Alexander Selkirk.
1713	Parlamento de Tapihue.
1716	Gabriel Cano y Aponte asume como Gobernador de Chile.
1717	Fundación de Quillota.
1723	Levantamiento general de los indígenas.
1730	Un terremoto destruye Santiago.
1733	José Antonio Manso de Velasco asume como Gobernador de Chile.
1738	Por Real Cédula se autoriza la fundación de la Real Universidad de San Felipe. Segundo parlamento de Tapihue.
1740	Fundación de la ciudad de San Felipe.
1742	Fundación de las ciudades de Talca, Melipilla y Cauquenes.
1743	Fundación de las ciudades de Rancagua y Curicó. Se autoriza el establecimiento de la Casa de Moneda como concesión particular otorgada a Francisco García Huidobro.
1744	Fundación de la ciudad de Copiapó.
1745	Domingo Ortiz de Rozas asume como Gobernador de Chile.
1746	Tercer parlamento en Tapihue.
1748	Se suspende la aplicación del sistema de flotas y galeones. Arriba a Chile el jesuita Carlos Haymbhausen, promotor de la industrialización artesanal. Se establece la Real Universidad de San Felipe. Su primer rector fue Tomás de Azúa e Iturgoyen.
1749	Entran en circulación las primeras monedas acuñadas en Chile.
1751	La ciudad de Concepción es trasladada a un nuevo emplazamiento.
1752	Fundación de la ciudad de Illapel.
1753	Fundaciones de las ciudades de Petorca y Casablanca.

续表

Año	Evento importante
1754	Fundación de La Ligua. Se aplican las Ordenanzas de Minería.
1755	Manuel de Amat y Junient asume como Gobernador de Chile. Fundación de las ciudades de Linares y Alhué.
1757	Fundación de la ciudad de Nacimiento. Una grave sequía afecta al país.
1760	Se realiza un parlamento en Santiago.
1761	Antonio de Guill y Gonzaga es nombrado Gobernador de Chile.
1766	Fundación de la ciudad de Yumbel.
1767	Expulsión de los jesuitas.
1768	Fundación de la ciudad de Ancud.
1770	La Casa de Moneda pasa a depender de la Corona.
1773	Agustín de Jáuregui es nombrado Gobernador de Chile.
1774	Cuarto parlamento en Tapihue.
1776	Se imprime el primer libro en Chile *Modo de ganar el Jubileo Santo*.
1778	Establecimiento de la libertad de comercio. Establecimiento del Convictorio de San Carlos. Segregación de Cuyo. Nacimiento de Bernardo O'Higgins.
1780	Ambrosio de Benavides asume como Gobernador de Chile. Joaquín Toesca arriba a Chile.
1781	Conspiración de *Los tres Antonios*.
1782	Juan Ignacio Molina publica, en Europa, su obra *Ensayo sobre la historia natural de Chile*. Se inaugura el puente de Cal y Canto, sobre el río Mapocho.
1786	Establecimiento de las Intendencias (Santiago y Concepción). Nacimiento de José Miguel Carrera.
1787	Se inicia la construcción del edificio de La Moneda. Juan Ignacio Molina publica, en Europa, su obra *Ensayo sobre la historia civil de Chile*. Se establece la Real Administración de Minería.
1788	Ambrosio O'Higgins asume como Gobernador de Chile.
1789	Fundación de las ciudades de Vallenar y Combarbalá.

续表

Año	Evento importante
1791	Fundación de las ciudades de San José de Maipo, Limache y Los Andes. Abolición de la encomienda. Juan Egaña llega a Chile desde Perú.
1792	Se inicia la construcción de los tajamares del Mapocho. Inicio de obras de mejoramiento del camino Santiago-Valparaíso.
1793	Parlamento de Negrete.
1794	Fundación de las ciudades de Constitución y Linares.
1795	Aplicación de la Ordenanza de Minería. Establecimiento del Tribunal del Consulado. Fundación de la ciudad de Parral. Establecimiento de la Academia de San Luis.
1796	Refundación de Osorno. Gabriel de Avilés es nombrado Gobernador de Chile.
1798	Se establece independencia administrativa de Chile respecto del Perú.
Independencia y organización (1801-1830)	
1801	Se establece el Tribunal de Minería.
1802	Se enumeran, por primera vez, las casas de Santiago.
1808	Francisco Antonio García Carrasco asume como Gobernador interino de Chile.
1810	Renuncia del Gobernador Francisco Antonio García Carrasco. Mateo de Toro Zambrano, Conde de la Conquista, asume como Gobernador. Establecimiento de la Primera Junta de Gobierno. Circula el Catecismo Político Cristiano de José Amor de la Patria.
1811	Fray Camilo Henríquez regresa a Chile. Motín de Tomás de Figueroa. Abolición de la Real Audiencia. Decreto de Libertad de Comercio. Establecimiento del Primer Congreso Nacional. Dictación de la ley de Libertad de Vientres. Primer y segundo golpe de Estado de José Miguel Carrera. Disolución del Congreso.
1812	Mateo Arnaldo Hoevel importa una imprenta y la vende al gobierno. Se inicia la publicación de la Aurora de Chile. Dictación del Reglamento Constitucional Provisorio. Arribo de Joel R. Poinsset, primer representante de los Estados Unidos en Chile.

续表

Año	Evento importante
1813	Entra en circulación el *Monitor araucano*. Inicio de la guerra de independencia. José Miguel Carrera asume el mando del ejército. Fundación del Instituto y la Biblioteca Nacional.
1814	Francisco de la Lastra asume como Director Supremo. Se suscribe el tratado de Lircay. Tercer golpe de Estado de José Miguel Carrera provoca la división interna entre los revolucionarios. Arribo del General realista Mariano Osorio. La batalla de Rancagua pone fin a la Patria Vieja.
1815	Mariano Osorio asume como Gobernador de Chile. En Mendoza se inicia la formación del Ejército de Los Andes, liderada por José de San Martín y Bernardo O'Higgins.
1816	Correrías de Manuel Rodríguez en Chile.
1817	Cruce de la cordillera por el Ejército de los Andes. Batalla de Chacabuco. Bernardo O'Higgins asume como Director Supremo. Establecimiento de la Legión al Mérito. Por decreto se establece la abolición de los títulos de nobleza. Fundación de la Escuela Militar.
1818	Arribo del General realista Mariano Osorio. Proclamación de la Independencia. Sorpresa de Cancha Rayada. Batalla de Maipú. Fusilamiento de Juan José y Luis Carrera en Mendoza. Reglamento Constitucional. Se crea el mercado de abastos en Santiago.
1819	Reapertura del Instituto Nacional. Arriba Lord Thomas A. Cochrane. Primeras campañas de la Escuadra bajo el mando de Cochrane.
1820	Se dicta el decreto que crea la Alameda de Santiago. Captura de Valdivia. Zarpe de la Expedición Libertadora del Perú. Término a las guerrillas realistas de Vicente Benavides.
1821	Fusilamiento de José M. Carrera en Mendoza. Establecimiento de la Sociedad Económica de Amigos del País. Creación del Cementerio General en Santiago. Fundación de las ciudades de San Bernardo y Vicuña.

续表

Año	Evento importante
1822	Dictación de una nueva Constitución. Misión de Antonio José de Irisarri a Londres (empréstito). Misión de José Ignacio Cienfuegos a Romas (patronato).
1823	José de San Martín regresa desde Perú y parte rumbo al río de la Plata. Abdicación de Bernardo O'Higgins. Se conforma Junta Gubernativa integrada por Agustín de Eyzaguirre, Fernando Errázuriz y José Miguel Infante. Ramón Freire asume como Director Supremo Provisorio. Se conforma Junta Suprema Delegada integrada por Mariano Egaña, Santiago Fernández y Diego José Benavente. Ramón Freire asume como Director Supremo Dictación de la Constitución Moralista de Juan Egaña.
1824	Expedición a Chiloé. Concesión del estanco de tabacos y licores a Portales, Cea y compañía.
1825	Segunda expedición a Chiloé.
1826	Incorporación de Chiloé. Dictación de las leyes federales. Manuel Blanco Encalada asume como Presidente Provisional de la República. Agustín de Eyzaguirre asume como Vice Presidente de la República.
1827	Motín de Campino. Ramón Freire asume la Presidencia de la República. Francisco Antonio Pinto asume la Vice Presidencia de la República. Fundación de *El Mercurio de Valparaíso*.
1828	Dictación de la Constitución Liberal redactada por José Joaquín de Mora. Arriba a Chile Claudio Gay.
1829	Francisco Ramón Vicuña asume la Vice Presidencia de la República. Francisco Antonio Pinto asume la Presidencia de la República. Francisco Ramón Vicuña asume, por segunda oportunidad, la Vice Presidencia de la República. Levantamiento de José Joaquín Prieto en Concepción. En noviembre y diciembre se suceden tres gobiernos : una Junta, integrada por Ramón Freire, Francisco Ruiz y Juan Agustín Alcalde; la Vice Presidencia de Francisco Ramón Vicuña y una nueva Junta de Gobierno compuesta por José Tomás Ovalle, Isidoro Errázuriz y José María Guzmán. Combate y Pacto de Ochagavía. José Joaquín de Mora funda el Liceo de Chile. Andrés Bello llega a Chile.

续表

Año	Evento importante
1830	Francisco Ruiz Tagle asume como Presidente de la República. José Tomás Ovalle asume como Vicepresidente. Diego Portales asume como Ministro del Interior y Relaciones Exteriores. Batalla de Lircay.
Predominio conservador (1831-1860)	
1831	Fernando Errázuriz asume como Vicepresidente Provisorio de la República. José Joaquín Prieto asume la Presidencia de la República. Fundación de la ciudad de Ovalle.
1832	Manuel Bulnes derrota a los hermanos Pincheira.
1833	Dictación de nueva Constitución. Se inicia la explotación de Chañarcillo.
1834	Diseño del escudo Nacional. Fundación de la ciudad de Molina.
1836	Expedición de Ramón Freire contra el gobierno de Prieto. Andrés de Santa Cruz crea la Confederación Peruano-Boliviana. Declaración de guerra entre Chile y la Confederación. Se inicia la ocupación del actual emplazamiento de la ciudad de Iquique.
1837	Motín de Quillota y asesinato del Ministro Diego Portales. Zarpa la expedición que al mando de Manuel Blanco Encalada combatirá a las fuerzas de la Confederación Peru Bolivia Blanco Encalada se ve en la necesidad de firmar el tratado de Paucarpata.
1838	Zarpa la expedición que bajo el mando del General Manuel Bulnes se dirige al Perú. Fundación del Museo de Historia Natural.
1839	Las fuerzas de Bulnes derrotan a las de la Confederación en la batalla de Yungay. Se decreta la extinción de la Real Universidad de San Felipe.
1841	Manuel Bulnes asume la Presidencia de la República.
1842	Muerte de Bernardo O'Higgins en Lima. José Victorino Lastarria se incorpora a la Sociedad Literaria de Santiago. Creación de la Universidad de Chile. Establecimiento de la Escuela normal de Preceptores. Creación de la Quinta Normal de Agricultura.
1843	Toma de posesión del estrecho de Magallanes y creación de Fuerte Bulnes. La Universidad de Chile inicia su funcionamiento. Andrés Bello asume como Rector de la Universidad de Chile. Creación de la Oficina de estadísticas. Fundación de la ciudad de Salamanca. Se publica el primer número de los *Anales de la Universidad de Chile*.

续表

Año	Evento importante
1844	España reconoce la independencia de Chile. Francisco Bilbao publica su obra *Sociabilidad chilena*. Ley de matrimonio de disidentes. Fundación de la ciudad de Buin. José Victorino Lastarria presenta su Memoria Histórica *Investigaciones sobre la influencia social de la conquista y del sistema colonial de los españoles en Chile*.
1845	Promulgación de la ley de colonización.
1846	El Palacio de La Moneda pasa a ser sede del gobierno y residencia oficial del Presidente de la República.
1847	Canción Nacional.
1848	Se inicia explotación de minas de carbón en Coronel. Adopción del sistema métrico decimal. Se inician las exportaciones de trigo a California.
1849	Fundación de las escuelas de Bellas Artes, Arquitectura y Artes y Oficios. Fundación de la ciudad de Punta Arenas.
1850	Fundación de la Sociedad de la Igualdad. Vicente Pérez Rosales radica colonos alemanes en Valdivia.
1851	Motín de Urriola. Manuel Montt asume la Presidencia de la República. Primer recorrido ferroviario (Caldera Copiapó). Inauguración del ferrocarril Santiago Valparaíso.
1852	Abolición de mayorazgos.
1853	Fundación de la ciudad de Puerto Montt.
1854	Establecimiento de la Escuela Normal de Preceptoras. Fundación de la ciudad de Puerto Varas.
1855	Establecimiento de la Caja de Crédito Hipotecario. Código Civil. Llega a Chile Gustavo Courcelle Seneuil, iniciándose la influencia del pensamiento económico liberal.
1856	Alumbrado a gas en Santiago. Cuestión del Sacristán.
1857	Benjamín Vicuña Mackenna publica su obra *El ostracismo de los Carrera*.
1859	Revolución. Fundación del Banco de Chile. Cornelio Saavedra presenta un plan para ocupar la Araucanía.

续表

Año	Evento importante
1860	Se dicta la ley orgánica de instrucción primaria. Benjamín Vicuña Mackenna publica su obra *El ostracismo del general Bernardo O'Higgins*.
Época de la expansión (1861-1891)	
1861	Creación de la Caja de Ahorros. José Joaquín Pérez asume la Presidencia de la República. Orelie Antoine Tunnes, se proclama Rey de la Araucanía.
1862	Se funda la Sociedad de Unión Americana. Alberto Blest Gana publica su obra *Martín Rivas*.
1863	Incendio de la iglesia de la compañía. Creación del Cuerpo de Bomberos de Santiago.
1865	Guerra naval contra España. Combate de Papudo. Se promulga la ley interpretativa del artículo 5° de la Constitución (cultos religiosos).
1866	Combate de Abato. Bombardeo y destrucción de Valparaíso por naves españolas. Se suscribe un tratado limítrofe con Bolivia. Manuel Antonio Tocornal asume como Rector de la Universidad de Chile.
1867	Dictación del Código de Comercio. Ignacio Domeyko asume como Rector de la Universidad de Chile.
1868	Cornelio Saavedra inicia la colonización de la Araucanía.
1869	Repatriación de los restos de Bernardo O'Higgins. Exposición Internacional de Santiago. José Santos Ossa descubre salitre en la zona de Antofagasta. Fundación del Club Hípico y del Club de la Unión. Benjamín Vicuña Mackenna publica su obra *Historia crítica y social de la ciudad de Santiago, desde su fundación hasta nuestros días (1541-1868)* e *Historia de Valparaíso. Crónica Política, comercial y pintoresca de su ciudad y de su puerto. Desde su descubrimiento hasta nuestros días. 1536-1868.*
1870	Descubrimiento del mineral de plata de Caracoles.
1871	Se promulga una reforma constitucional que prohíbe reelección inmediata del Presidente de la República. Federico Errázuriz Zañartu asume la Presidencia de la República Parlamento de Lumaco.

续表

Año	Evento importante
1872	Benjamín Vicuña Mackenna es nombrado Intendente de Santiago. Inauguración del paseo del cerro Santa Lucía en Santiago.
1873	Ruptura de la fusión liberal conservadora. Establecimiento de la Bolsa de Valores de Valparaíso.
1874	Se promulgan varias leyes que reforman a la Constitución de 1833. Se dictan los códigos Penal y de Minería. Se suscribe nuevo tratado limítrofe con Bolivia. Se da inicio de la explotación ovejera en Magallanes.
1875	Ley de organización y atribuciones de los tribunales. Supresión del fuero eclesiástico y de los recursos de fuerza. Fundación de la ciudad de Mulchén.
1876	Inauguración del edificio del Congreso (Santiago). Se promulga un decreto que permite matrícula de mujeres en la Universidad de Chile. Aníbal Pinto Garmendia asume la Presidencia de la República. Diego Dublé Almeyda introduce ovejas en la zona de Punta Arenas.
1877	Motín de los Artilleros en Punta Arenas.
1878	El Gobierno boliviano alza los impuestos al salitre. El Gobierno de Bolivia decreta la confiscación de salitreras explotadas por capitalistas chilenos. Se fundan las ciudades de Viña del Mar y Traiguén. El fallecimiento del Arzobispo de Santiago Rafael Valentín Valdivieso, inicia la disputa por el nombramiento de su sucesor.
1879	Ocupación de Antofagasta. Ocupación de Calama. Estallido de la Guerra del Pacífico. Combate Naval de Iquique. Combate de Punta Gruesa. Combate de Angamos. Desembarco de las fuerzas chilenas en Pisagua. Combate de Pampa Germania. Combate de Dolores.
1880	Desembarco de las fuerzas chilenas en Ilo, Perú. Combate de Los ángeles. Batalla de Campo de la Alianza. Ocupación de Tacna Asalto y toma del morro de Arica. Desembarco de fuerzas chilenas en Paracas, Perú.

续表

Año	Evento importante
1881	Batalla de Chorrillos. Batalla de Miraflores. Ocupación de Lima por las fuerzas chilenas. Combate de Sangra. Domingo Santa María asume la Presidencia de la República. Tratado de límites con Argentina. Basilio Urrutia sofoca rebelión indígena.
1882	Combate de La Concepción. Batalla de Huamachuco, Fin de las acciones militares de la Guerra del Pacífico. Fracaso de la misión de Celestino del Fratte, enviado papal para resolver el conflicto de la sucesión arzobispal en Santiago. Ruptura de relaciones con la Santa Sede. Inicio de la pacificación de la Araucanía. Establecimiento de la Sociedad de Fomento Fabril. Fundación de la ciudad de Carahue.
1883	Mediante la suscripción del tratado de Ancón se pone fin a la guerra con Perú. Se promulga la ley de cementerios laicos. Jorge Huneeus asume como Rector de la Universidad de Chile.
1884	Se promulgan las leyes de Matrimonio Civil y de Registro Civil. Se suscribe un tratado de tregua con Bolivia. Se inicia construcción del ferrocarril en la Araucanía. Aparece la *Revista de artes y letras*. Diego Barros Arana inicia la publicación de su obra *Historia general de Chile*.
1886	José Manuel Balmaceda asume la Presidencia de la República. Se establece la Compañía de Electricidad. Fallecimiento de Benjamín Vicuña Mackenna.
1887	Mariano Casanova asume como Arzobispo de Santiago.
1888	Establecimiento del Tribunal de Cuentas. Fundación de la Universidad Católica de Chile. Incorporación de Isla de Pascua. José Ignacio Vergara asume como Rector de la Universidad de Chile. Fallecimiento de Miguel Luis Amunátegui.
1889	Creación del Ministerio de Obras Públicas. José Joaquín Aguirre asume como Rector de la Universidad de Chile. Creación del Instituto Pedagógico en Santiago.
1891	Guerra Civil. Suicidio del Presidente Balmaceda. Jorge Montt Álvarez asume la Presidencia de la República. Se crea la Sociedad Científica de Chile. Se promulga la Ley de Comuna Autónoma. Incidente del *Baltimore* (Valparaíso).

续表

Año	Evento importante
	El parlamentarismo chileno (1892-1925)
1892	Se crea el Consejo Superior de Higiene. Nace el Partido Liberal-Democrático (balmacedista). Problemas derivados de la fijación de hitos fronterizos en las zonas limítrofes chileno-argentinas.
1893	Se inicia la construcción de varios puentes sobre el río Mapocho. Se funda el Liceo de Aplicación. Se crean los estatutos de constitución del Banco de Chile. Diego Barros Arana es nombrado Rector de la Universidad de Chile.
1894	Se crea el Museo Histórico y Militar de Santiago. Se forma la Confederación Obrera de Sociedades Unidas. Fundación de la ciudad de Porvenir. Inicia sus operaciones el Banco de Chile.
1895	Se realiza la Exposición de Agricultura. Se promulga la Ley de Conversión metálica. Realización de un Censo Nacional. Se inaugura el tramo del ferrocarril Victoria-Temuco.
1896	Federico Errázuriz Echaurren asume la Presidencia de la República El Partido Democrático forma en Santiago el Centro Social Obrero. Se exhiben en el Teatro Unión Central de Santiago, las primeras películas de los hermanos Lumière.
1897	Muere el General Manuel Baquedano. El problema de Límites con Argentina es sometido al arbitraje del Rey de Inglaterra. Diego San Cristóbal asume como Rector de la Universidad de Chile.
1898	Se inicia la construcción del sistema de alcantarillado de Santiago. Se conmemora por primera vez en Santiago el Día de los Trabajadores. Reclamación, por parte de Argentina, de territorios en la Puna de Atacama. Se crea la Dirección General de la Armada.
1899	Se resuelve la disputa de la Puna de Atacama con Argentina (Abrazo del Estrecho).
1900	Se inaugura la Estación Central (Santiago). Aparición del diario *El Mercurio de Santiago*. Se promulga la ley de Servicio militar obligatorio. Comienza la construcción del Parque Forestal. Fundación de la ciudad de Loncoche.
1901	Fallecimiento del Presidente Federico Errázuriz Echaurren. Germán Riesco asume la Presidencia de la República. La Mancomunal de Iquique organiza su primera huelga. Manuel Barros Borgoño, asume como Rector de la Universidad de Chile.

续表

Año	Evento importante
1902	Tratado de arbitraje con Argentina. Se firman los llamados Pactos de *Mayo* con Argentina. Laudo arbitral británico. Fundación del *Diario ilustrado*. Se crea el Internado Barros Arana. Se fundan los diarios *Diario popular* y *Las últimas noticias*. Dictación del Código de Procedimiento Civil.
1903	Se producen huelgas en Tocopilla, Lota y Valparaíso. Se instala un Observatorio Astronómico en el cerro San Cristóbal. Osvaldo Rengifo, asume como Rector de la Universidad de Chile.
1904	Se suscribe Tratado de paz y Límites con Bolivia. Nace en Parral, Neftalí Reyes conocido mundialmente como Pablo Neruda. Se inaugura el Cristo de los Andes.
1905	Huelga de la Carne. Se inicia la explotación de la mina El Teniente. Establecimiento de los altos hornos en Corral. Se funda la revista Zig-Zag.
1906	Huelga minera en Antofagasta. Pedro Montt asume la Presidencia de la República. Un violento terremoto afecta a Valparaíso Se promulga la ley de habitaciones obreras. Inicio de las obras del ferrocarril Arica-La Paz. Creación del Consejo Superior de Habitaciones obreras. Dictación del Código de Procedimiento Penal.
1907	Matanza en la escuela Santa María (Iquique). Inicio de construcción del ferrocarril en Chiloé. Fallecimiento de Diego Barros Arana. Formación de la Federación de Estudiantes de Chile (FECH). Se da inicio a la construcción del Palacio de los Tribunales de Justicia en Santiago.
1908	Muere el Arzobispo de Santiago Mariano Casanova. Lo sucede Juan Ignacio González Eyzaguirre. Se inaugura el Santuario de la Virgen de la Inmaculada Concepción en el cerro San Cristóbal. Se funda la Escuela de Carabineros.
1909	Fundación de la Federación Obrera de Chile. Es inaugurado el túnel transandino en el camino a Mendoza, Argentina. Creación del Consejo Superior de Letras y Bellas Artes.

续表

Año	Evento importante
1910	Vicepresidencia de Elías Fernández Albano. Fallecimiento del Vice Presidente Fernández Albano. Vicepresidencia de Emiliano Figueroa Larraín. Celebración del Centenario de la Independencia. Ramón Barros Luco asume la Presidencia de la República. Inauguración del ferrocarril trasandino. Inauguración del edificio del Museo de Bellas Artes. Pío X instituye el Vicariato Castrense para Chile. Fallecimiento del escritor Eusebio Lillo. Creación de la Caja Nacional de Ahorro. Se exhibe la primera película chilena, *El Húsar de la muerte*. Se inaugura el Parque Forestal.
1911	Inicio de obras del puerto de San Antonio. Se funda, en Santiago, la Asistencia Pública. Domingo Amunátegui Solar, asume como Rector de la Universidad de Chile. Se crea la Oficina Central de Estadísticas. Se realiza la primera Convención de la FOCH. Se producen los Sucesos de Rupanco, en que se expulsa a numerosas familias mapuches de las tierras ocupadas por la Sociedad Rupanco.
1912	Luis Emilio Recabarren funda el Partido Obrero Socialista. Muere el pintor Pedro Lira. Fallece el Almirante Juan José Latorre.
1913	Se inicia la explotación de la mina de Chuquicamata. Creación de la Escuela de Aviación del Ejército de Chile. Formación del Servicio Militar de Aeronáutica. Concluyen los trabajos del ferrocarril entre Ancud y Castro y la línea a Puerto Montt y el Longitudinal Norte. Se inaugura el actual edificio de la Biblioteca Nacional. El ex Presidente de los Estados Unidos Theodore Roosevelt visita Chile en el marco de una gira realizada a América del Sur.
1914	Extravío del Teniente Alejandro Bello en la realización de un raid militar, en que participaron otros cuatro pilotos. Se inaugura oficialmente la Estación del Ferrocarril Mapocho. El Estado comienza el financiamiento de la construcción de canales de regadío.
1915	Juan Luis Sanfuentes asume la Presidencia de la República. Promulgación de la ley de la silla. Se efectúa la firma del Pacto ABC entre Argentina, Brasil y Chile, que se establece como comisión mediadora en caso de conflicto entre los adherentes. Se funda el Instituto Médico Legal en Santiago. Se funda la Sociedad de Autores de Chile.

续表

Año	Evento importante
1916	Promulgación de la ley de accidentes del trabajo. Muere Germán Riesco Errázuriz.
1917	Promulgación de la ley de descanso dominical. Promulgación de la ley de salas cunas. El Papa Benedicto XV instituye en Chile el primer Nuncio Apostólico en Chile, cargo que ocupó Sebastián Nicotra.
1918	El teniente Dagoberto Godoy se convierte en el primer piloto en cruzar la Cordillera de los Andes a la altura del cerro Tupungato.
1919	Fallecimiento de Valentín Letelier. Asume el Arzobispado de Santiago Monseñor Crescente Errázuriz. Se organiza el Cuerpo de Carabineros, dependiente del Ministerio del Interior, pero sujeto a las leyes militares, en ramos como instrucción, ascensos y disciplina. Fallecimiento de Ramón Barros Luco.
1920	Arturo Alessandri Palma asume la Presidencia de la República. Fallece Juana Fernández Solar, Sor Teresita de los Andes, primera santa chilena. Fallece el novelista Alberto Blest Gana. Se dicta la Ley de Instrucción Primaria Obligatoria. Comienza la explotación de cobre en Potrerillos. Dictación del Código del Trabajo.
1921	Debido a los conflictos por el cierre de la oficina salitrera San Gregorio, se produce la *Matanza de San Gregorio*. Protocolo entre Chile y Perú para concordar la cláusula III del Tratado de Ancón. Organización del Cuerpo de Gendarmería de Prisiones.
1922	Fundación del Partido Comunista de Chile. Se suscriben los Protocolos de Washington para tratar de resolver el problema de Tacna y Arica. Fallecimiento del ex Presidente Jorge Montt. Un terremoto afecta a la ciudad de Coquimbo, las instalaciones portuarias son destruidas tras un maremoto.
1923	Radio Chilena inicia sus transmisiones. Se pone en funcionamiento el primer tren eléctrico, que circula entre Santiago y Valparaíso. Se aprueba el establecimiento del Impuesto a la renta. Inauguración de la central hidroeléctrica Los Maitenes. Gregorio Amunátegui Solar asume como Rector de la Universidad de Chile.
1924	Se aprueba la ley de dieta parlamentaria. Intervención militar. El Presidente Arturo Alessandri abandona el país. Se decreta la identificación obligatoria de las personas mayores de 16 años. Se crean los ministerios de Agricultura; Vías y Obras públicas; Industria y Comercio, y los Departamentos de Higiene, Asistencia y Previsión Social. Ruperto Bahamonde asume como Rector de la Universidad de Chile. Se suicida Luis Emilio Recarraben.

续表

Año	Evento importante
1925	Segunda intervención militar. El Presidente Alessandri regresa desde Italia. Promulgación de la Constitución de 1925. Creación de la Caja de Empleados Públicos. Renuncia del Presidente Alessandri. Luis Barros Borgoño asume la Vicepresidencia de la República. Elección de Emiliano Figueroa Larraín como Presidente. Creación del Banco Central. Se funda el Colegio de Abogados.
De la anarquía a los gobiernos radicales (1926-1951)	
1926	Se aprueba el voto femenino para las elecciones municipales. Se crea la Caja de Crédito Agrario. Claudio Matte asume como Rector de la universidad de Chile.
1927	Creación de la Contraloría General de la República. El Ministro Ibáñez provoca la renuncia del Presidente Figueroa, asume la vicepresidencia y, posteriormente, la Presidencia de la República. Creación de Carabineros de Chile. Se produce la catástrofe ferroviaria de Alpacatal, en Argentina. Se crea la Caja de Crédito Minero. Carlos Charlín asume como Rector de la Universidad de Chile. Daniel Martner asume como Rector de la Universidad de Chile.
1928	Se crea la Dirección General de Protección de Menores, Casas de Menores y Reformatorios. Se crean los Tribunales del Trabajo en todo el país. Se crea la Caja de Fomento Carbonífero. Chile, campeón sudamericano de atletismo. Un terremoto sacude las ciudades de Talca y Curicó, provocando gran destrucción. Entra en funcionamiento la planta hidroeléctrica de Los Queltehues. Se funda la Junta de Auxilio Escolar y Becas. Creación de la Universidad Católica de Valparaíso. El Papa Pío IX crea el obispado de Antofagasta.
1929	Se suscribe el Tratado de límites con Perú. Se establece la Corporación de Salitre. Se nombra al primer Contralor General de la República, Pablo Ramírez Rodríguez. Depresión económica mundial. Se crea la Dirección del Registro Electoral. Comienza a funcionar el Instituto Bacteriológico en la ciudad de Santiago. Se funda en Valparaíso la Universidad Federico Santa María. Se crea la Línea Aérea Nacional (LAN-Chile). Concluyen los trabajos del edificio de Tribunales de Justicia, en Santiago. Creación del Jardín Zoológico Nacional. Chile le entrega la provincia de Tacna a Perú. Armando Quezada Acharán asume como Rector de la universidad de Chile.

续表

Año	Evento importante
1930	Congreso Termal. Fallece Juan Luis Sanfuentes. Muere el Historiador José Toribio Medina. Creación de Gendarmería de Chile. Se crea el Ministerio de Agricultura.
1931	Se establece el Código Sanitario. Se funda la Sociedad de Escritores de Chile, SECH. Fundación de la Acción Católica, por parte del Episcopado Nacional. Caída del gobierno de Carlos Ibáñez. Gustavo Lira, Pedro León Loyola, Armando Lagarribel y Pedro Godoy ocupan sucesivamente la rectoría de la Universidad de Chile. Vicepresidencias de Juan Esteban Montero y Manuel Trucco. Sublevación de la escuadra. Juan Esteban Montero asume la Presidencia de la República. Se establece la autonomía universitaria. Se crea la Dirección General de Educación.
1932	Golpe de Estado en contra del gobierno de Juan Esteban Montero. Asume el mando del país una Junta de gobierno (Carlos Dávila, Eugenio Matte y Arturo Puga). Carlos Dávila asume el gobierno liderando una nueva Junta. Carlos Dávila asume como Presidente Provisional. Establecimiento de la República Socialista de Chile. El General Bartolomé Blanche asume la presidencia y entrega el poder al Presidente de la Corte Suprema, Abraham Oyanedel. Arturo Alessandri Palma asume como Presidente de la República.
1933	Se crea el Partido Socialista de Chile. Se funda la Escuela Normal Superior. Se dicta la ley Nª 5.180 que crea la Dirección General de Investigaciones, Identificaciones y Pasaportes. Se crea la Milicia Republicana. Juvenal Hernández asume como Rector de la Universidad de Chile. Se inicia el funcionamiento de la Usina de Corral.
1934	Se concede el derecho de voto a las mujeres en las elecciones municipales. Es creada la Corporación de Ventas de Salitre y Yodo. Numerosos campesinos, que ocupaban terrenos en Ranquil, resultan muertos al producirse su desalojo.
1935	Formación del MEMCH, Movimiento de Emancipación de la Mujer en Chile. Se crea la Confederación de la Producción y del Comercio. Se funda el diario *La hora*.

续表

Año	Evento importante
1936	Los Partidos Comunista, Socialista y Radical acuerdan formar el Frente Popular. Se establece el Consejo Nacional de Salubridad Pública. Se funda la Asociación de Radiodifusores de Chile (ARCHI). Se crea la Caja de Habitación Popular, dependiente del Ministerio del Trabajo. Una epidemia de tifus exantemático provoca la muerte de aproximadamente 5.000 personas.
1937	La tenista Anita Lizana es calificada como la número del ranking mundial, por su participación en el campeonato de Forest Hills. A cargo del Doctor Juan Noé se inicia la campaña antimalárica en Arica. Se dicta la ley del Salario Mínimo para los empleados del comercio y la industria. Se inicia la construcción del Barrio Cívico. Se dicta la Ley de Medicina Preventiva. Comienza la construcción del Estadio Nacional en Santiago.
1938	El Frente Popular proclama en su Convención al radical Pedro Aguirre Cerda como candidato presidencial. Matanza de jóvenes nacionalsocialistas en el edificio del Seguro Obrero. Pedro Aguirre Cerda triunfa en elección presidencial.
1939	Un violento terremoto destruye Chillán y afecta gran parte de la zona central del país. Creación de la Corporación de Fomento de la Producción (CORFO). Plan de electrificación. Creación de la Empresa Nacional de Electricidad (ENDESA). El General Ariosto Herrera efectúa un fallido golpe de Estado. Fallece Enrique Salvador Sanfuentes.
1940	Aparece el Diario *El siglo*. Se crea el Consejo Nacional de Deportes y Comité Olímpico de Chile. Arturo Godoy, pierde el Campeonato mundial de Boxeo. Se crea el Departamento de Talagante.
1941	Dictación del decreto que fija los límites del territorio antártico chileno. Fallece el escritor Darío Salas. Se promulga la ley Nª 6.825, la que entrega a las Fuerzas Armadas el control de las elecciones. Se funda el Teatro Experimental de la Universidad de Chile. Fallecimiento del Presidente Pedro Aguirre Cerda.
1942	Juan Antonio Ríos Morales es elegido para asumir la Presidencia de la República. Se funda el diario *Noticias de ultima hora*. Se crea el Consejo Superior de Defensa Nacional. Se Establece el ministerio de Economía y Comercio.

续表

Año	Evento importante
1943	Se inicia la prospección petrolera en Magallanes. Plan de fomento agrícola. Se conforma la Asociación Nacional de Empleados Fiscales (ANEF). Con la aprobación del Senado, Chile rompe relaciones diplomáticas con el Eje, en la Segunda Guerra Mundial. Joaquín Edwards Bello es distinguido con el Premio Nacional de Literatura.
1944	Se coloca la primera piedra del Templo Votivo de Maipú. Chile establecen relaciones diplomáticas con la Unión de Repúblicas Socialistas Soviéticas. Se inaugura la *Ciudad del niño*. Se crea Empresa Nacional de Electricidad (ENDESA). Mariano Latorre recibe el premio Nacional de Literatura. Pablo Burchard recibe el Premio Nacional de Arte.
1945	Gabriela Mistral gana el Premio Nobel de literatura. Se inicia la explotación de Petróleo en Magallanes. Chile declara la guerra a Alemania y luego a Japón. Mueren asfixiados 355 mineros en el mineral de Sewell. Se funda el Ballet Nacional Chileno. Se crea la Defensa Civil de Chile. Creación del Coro de la Universidad de Chile. Pablo Neruda recibe el Premio Nacional de Literatura.
1946	Fallece el Presidente Juan Antonio Ríos. Gabriel González Videla asume la Presidencia de la República. Se organiza la Compañía de Acero del Pacífico (CAP), con el fin de realizar el proyecto de la industria siderúrgica. LAN-Chile comienza sus vuelos internacionales tras establecer vuelos regulares entre Santiago y Buenos Aires. María de la Cruz crea el Partido Femenino de Chile. Eduardo Barrios recibe el Premio Nacional de Literatura. Alejandro Flores recibe el Premio Nacional de Arte.
1947	Huelga de los mineros del carbón en Lota. Se inician las obras de construcción de la refinería de petróleo de Concón. Fundación de la Universidad Técnica del Estado. Se funda el Liceo Darío Salas. Se funda la Base Arturo Prat en la Antártica, a cargo de la Armada nacional. Se crea la Editorial Universitaria. Samuel A. Lillo recibe el Premio Nacional de Literatura. Pedro Reszka recibe el Premio Nacional de Arte.

续表

Año	Evento importante
1948	Ruptura del Frente Popular. Ley de Defensa Permanente de la Democracia (proscripción del Partido Comunista). Muere el poeta Vicente Huidobro. El presidente Gabriel González Videla, al inaugurar la Base antártica Bernardo O'Higgins, se constituye en el primer gobernante que pisa territorio antártico. Se inaugura la central hidroeléctrica El Abanico. Se promulga la "Ley Pereira", que estableció disposiciones eximiendo de impuestos a las viviendas económicas. Se aprueba en el Senado el proyecto de ley sobre voto femenino.
1949	Creación de la Dirección de Crédito Prendario y de Martillo dependiente de ministerio de Hacienda. El gobierno acuerda la eliminación de todos los funcionarios comunistas de la administración pública, cuyo número aproximado asciende a 6.000 personas. Aparecen las primeras tiras cómicas del personaje *Condorito*. Alberto Lagarribel rompe récord mundial de salto alto en equitación.
1950	Inauguración de la planta siderúrgica de Huachipato. Huelga de trabajadores de Correos y Telégrafos, profesores y funcionarios del Banco del Estado. Aparece el diario *La tercera de la hora*. Muere el Presidente del Senado Arturo Alessandri Palma. Se inician las operaciones en la usina de Huachipato. Se crea La Empresa Nacional del Petróleo (ENAP).
1951	Santiago es Sede del XII Período de Sesiones de la Comisión Económico Social de la ONU. El Padre Alberto Hurtado funda la revista *Mensaje*. Primer vuelo que une el continente con isla de Pascua.
Del populismo al socialismo (1952-1973)	
1952	Inauguración de la fundición de Paipote. Por primera vez las mujeres chilenas votan en una elección presidencial. Carlos Ibáñez asume la Presidencia de la República. Muere el escritor Pedro Prado. Se funda el Servicio Nacional de Salud. Chile, Perú y Ecuador firman tratado en que establecen la soberanía y jurisdicción sobre 200 millas marinas. Se crea la Conferencia Episcopal Chilena. Se descubren hallazgos de uranio en el Departamento de Ovalle. Muere Alberto Hurtado Cruchaga. Se inaugura MADECO, empresa elaboradora de cobre. Se funda la Industria Azucarera Nacional (IANSA).

续表

Año	Evento importante
1953	María de la Cruz es elegida senadora por Santiago. Fundación de la Central única de Trabajadores (CUT). Juan Gómez Millas asume como Rector de la Universidad de Chile. El Presidente Ibáñez inaugura una planta de sulfuros en Chuquicamata. El gobierno crea la Dirección de Asuntos Indígenas, dependiente del Ministerio de Tierras y Colonización. Visita el país del Presidente argentino, General Juan Domingo Perón. Se crea el Ministerio de Minas. Se funda la Empresa de Transportes Colectivos del Estado (ETC del E).
1954	La CUT organiza su primer movimiento huelguista. Se inaugura la primera planta azucarera del país, levantada a poca distancia de Los ángeles. Chile gana la sede para el Campeonato Mundial de Fútbol de 1962. Se crea el Servicio Aéreo de Rescate y Búsqueda (SAR). Se funda la Universidad Austral de Chile. Muere el escritor Luis Durand.
1955	Arribo de la *Misión Klein-Sacks*. Se inaugura la planta hidroeléctrica Los Cipreses. La ENAP pone en funcionamiento la Refinería de Petróleo de Concón. Joaquín Edwards Bello recibe el Premio Nacional de Periodismo. El Presidente Ibáñez La Paz, Bolivia. La CUT prácticamente inmoviliza la actividad en Santiago, tras convocar a un paro Nacional, al que adhirieron más de un millón de trabajadores. Se inaugura la base antártica Presidente Aguirre Cerda.
1956	Se inicia la formación del Frente de Acción Popular (FRAP). Un avión de LAN-Chile es el primer avión comercial que sobrevuela el círculo polar antártico en la historia de la aviación mundial. Fallece el pintor fray Pedro Subercaseaux. Marlen Ahrens consigue medalla de plata en el lanzamiento de jabalina, en los juegos olímpicos de Melbourne, Australia. Se instituye el Consejo de Defensa del Estado. Primer vuelo directo Punta Arenas-Santiago. Max Jara recibe el Premio Nacional de Literatura. Se crea el Colegio Nacional de Periodistas.
1957	Fallece Gabriela Mistral. Nemesio Antúnez recibe el premio al mejor pintor latinoamericano en una Bienal en Sao Paulo. Primer Congreso de la CUT. Se funda el partido Democracia Cristiano. Se inaugura el embalse de la laguna del Maule. Se producen violentas manifestaciones en Santiago y Valparaíso por el alza en el precio de tarifas de la locomoción colectiva. Se produce la reunificación entre los partidos Socialista de Chile y partido Socialista Popular. En la ciudad de Antofagasta, inicia sus actividades la Universidad Católica del Norte.

续表

Año	Evento importante
1958	Comienza a funcionar la base rastreadora de satélites de Peldehue. Se promulga ley de Elecciones, introduciéndose la cédula única. Se deroga la ley de Defensa Permanente de la Democracia (N° 8.987) y el partido Comunista recupera su legalidad. Se crea la Asociación Chilena de Seguridad, ACHS. Promulgación de la ley de Seguridad Interior del Estado. Jorge Alessandri Rodríguez asume la Presidencia de la República. Se inaugura la Central Eléctrica de Cholguán. Fallece el Cardenal José María Caro. Se crea el Colegio de Ingenieros.
1959	Se establece el escudo como unidad monetaria. La Universidad Católica inicia sus transmisiones oficiales públicas y periódicas de TV. Se crean los ministerios del Trabajo y Previsión Social, y de Salud Pública. Se crea el Consejo de Censura Cinematográfica. Se establece el Centro de Cine Experimental de la Universidad de Chile. Se firma en Washington el Tratado Antártico, que establece la utilización de ese continente para fines exclusivamente pacíficos y de investigación científica. La universidad Católica de Valparaíso comienza sus transmisiones de televisión. Hernán Díaz Arrieta, *Alone*, recibe el premio Nacional de Literatura.
1960	Violento sismo, seguido de un maremoto, destruye Valdivia. Se crea ALALC, Asociación Latinoamericana de Libre comercio. Se constituye la Empresa Nacional de Minería (ENAMI). Se crea el Consejo de Seguridad Nacional y la Junta de Comandantes en Jefe. Se forma el PADENA, Partido Democrático Nacional. Comienza sus transmisiones el canal de televisión de la Universidad de Chile.
1961	Se realizan los primeros estudios del sistema de transporte subterráneo. Raúl Silva Henríquez, asume como Arzobispo de Santiago. Marta Brunet recibe el Premio Nacional de Literatura.
1962	Primera ley de Reforma Agraria. Se efectúa el Campeonato Mundial de Fútbol. Masificación de la televisión. Se establece la obligatoriedad de la inscripción en los registros electorales. Comienza a extenderse la llamada nueva canción chilena. Comienzan los conflictos con Bolivia por la utilización por parte de Chile de las aguas del río Lauca, los que derivan en la ruptura de las relaciones diplomáticas. Juan Guzmán Cruchaga recibe el Premio Nacional de Literatura.
1963	Se celebra el Tercer Congreso de la CUT. Benjamín Subercaseaux recibe el Premio nacional de Literatura. Fallece el escritor Eduardo Barrios.

续表

Año	Evento importante
1964	Eduardo Frei Montalva asume la Presidencia de la República. Fallece el pintor Pablo Burchard. Chile hace una presentación ante S. M británica por el conflicto mantenido con Argentina por la zona de Palena. Muere el escritor ángel Cruchaga. Chile reanuda relaciones diplomáticas con la Unión Soviética. Máximo Pacheco Gómez es designado embajador. Se crea el Instituto de Investigaciones Agropecuarias, INIA, dependiente del Ministerio de Agricultura.
1965	Se inicia el proceso de *Chilenización del cobre*. Un terremoto sacude a las provincias de Aconcagua, Valparaíso y Santiago. Muere Francisco Antonio Encina. Se produce la muerte del teniente de Carabineros Hernán Merino a manos de gendarmes argentinos en la zona de la Laguna del Desierto. Se crea el Ministerio de Vivienda y Urbanismo. Nace el Ballet Folklórico Nacional (BAFONA). Se crea la Empresa Nacional de Telecomunicaciones (ENTEL). En Concepción se inicia la formación del Movimiento de Izquierda Revolucionaria (MIR).
1966	Un terremoto afecta la zona de Taltal. Nace el Partido Nacional, resultante de la fusión de los partidos Conservador y Liberal. Se crea la Dirección de Fronteras y Límites (DIFROL).
1967	Segunda Ley de Reforma Agraria. Se promulga la ley de Sindicalización Campesina. Se crea la Comisión Nacional de Investigación Científica y Tecnológica (CONICYT). Se suicida la cantautora Violeta Parra. Muere la escritora Marta Brunet. Jaime Guzmán funda el movimiento gremialista en la Pontificia Universidad Católica de Chile. Entra en funciones en el observatorio del cerro Tololo. La primera Aldea SOS de Chile se construye en Concepción.
1968	Agitación universitaria. Ocupación de la casa central de la Pontificia Universidad Católica de Chile por estudiantes del plantel. Ocupación de la Catedral de Santiago. Se suicida el escritor Joaquín Edwards Bello. Se aprueban las leyes que crean las Juntas de Vecinos y los Centros de Madres. Toma del Instituto Pedagógico de la Universidad de Chile. En un accidente automovilístico fallece el historiador Jaime Eyzaguirre. Se promulga la ley Nª 16.744 sobre accidentes del trabajo. El cirujano Jorge Kaplán trasplanta un nuevo corazón al joven Nelson Orellana. Se promulga la Ley de Medicina Curativa para empleados particulares. Se suicida el poeta Pablo de Rokha.

续表

Año	Evento importante
1969	Auto acuartelamiento del General Roberto Viaux Marambio en el regimiento Tacna (*Tacnazo*). Surge el Movimiento de Acción Popular Unitaria (MAPU). Comienza sus transmisiones Televisión Nacional de Chile (TVN). Nace la Unidad Popular, coalición de los partidos socialista, comunista, radical socialdemócrata, Mapu y la Acción Popular Independiente. Se firma el Pacto Andino, suscrito por Bolivia, Colombia, Chile, Perú y Ecuador, que establece ventajas comerciales entre los países integrantes. Nicanor Parra obtiene el Premio Nacional de Literatura.
1970	Se inaugura el mineral de cobre *La exótica*. Se inicia la construcción del Centro Nacional de Telecomunicaciones en Avenida B. O'Higgins con Amunátegui. Asesinato del Comandante en Jefe del Ejército, General René Schneider Chereau. Salvador Allende Gossens asume la presidencia. Muere el novelista Salvador Reyes. Se inaugura el Hotel Sheraton San Cristóbal.
1971	Nacionalización del cobre. Terremoto en las provincias de Coquimbo, Aconcagua, Valparaíso y Santiago. Se establece derecho a licencia y goce de subsidio en favor de la madre trabajadora en los casos de enfermedad grave de hijo menor de un año. Chile y Argentina someten a arbitraje de S. M. británica su diferendo en la zona del canal Beagle. Pablo Neruda recibe el Premio Nobel de Literatura. Se inicia el plan de expropiación de predios agrícolas con más de 80 hectáreas de riego. Visita Chile el líder revolucionario cubano Fidel Castro. Primera *marcha de las cacerolas vacías* en contra del gobierno de Allende. Se presenta acusación constitucional en contra del ministro del Interior, José Tohá González.
1972	Encuentran a los sobrevivientes uruguayos de un accidente aéreo en la Cordillera. La CUT obtiene personalidad jurídica. José Tohá es nombrado ministro interino de la cartera de Defensa Nacional, los senadores de oposición solicitan la intervención del Tribunal Constitucional. La empresa norteamericana Kennecott logra, en el extranjero, el embargo cuentas de CORFO y CODELCO. Se inauguran en Santiago las sesiones de la Conferencia de las Naciones Unidas para el Desarrollo y el Comercio (UNCTAD). Huelga de camioneros, comerciantes, médicos y funcionarios bancarios, que produce una importante paralización de las actividades del país.
1973	Acusación constitucional contra el Ministro de Economía Orlando Millas, Allende lo designa en la cartera de Hacienda. *El chacal de Nahueltoro*, film de Miguel Mitin es exhibido en Londres con elogiosos comentarios. Se rechaza la reforma educacional denominada Escuela Nacional Unificada (ENU). Huelga de los trabajadores del mineral de El Teniente.

续表

Año	Evento importante
1973	El presidente Allende anuncia la nacionalización de todas las empresas extranjeras de telecomunicaciones. Se suspenden los envíos de cobre al extranjero. Marcha en Santiago de los huelguistas del Teniente. Se divide el MAPU. Se levanta el Regimiento Blindado N° 2, liderado por el Coronel Roberto Súper, movimiento que es abortado. (*Bancazo*). Asesinato del Edecán Naval de Allende, capitán de Navío Arturo Araya. Golpe militar. Suicidio del Presidente Allende en el palacio de La Moneda. Creación de la Junta militar de Gobierno (General Augusto Pinochet Ugarte, Almirante José Toribio Merino Castro, General del Aire Gustavo Leigh Guzmán y General César Mendoza Durán). Se disuelve el Congreso Nacional. La Junta Militar, encabezada por el General Pinochet, emite un Acta Constitucional. Muere Pablo Neruda. Se declara proscrito a los partidos marxistas y en receso a los demás partidos políticos. Se crea la Secretaría Nacional de Detenidos, para que centralice la información de los prisioneros políticos distribuidos en el país.

Gobierno militar (1974-1989)

Año	Evento importante
1974	Es publicada la Declaración de Principios de la Junta Militar de Gobierno. Se establece la Oficina Nacional de Emergencia del Ministerio del Interior, ONEMI, organismo técnico del Estado en materias de protección civil. Se crea la Dirección de Inteligencia Nacional (DINA). El General Augusto Pinochet Ugarte asume la Presidencia de la República. Visita el país la primera comisión de Derechos Humanos de la OEA, con el objetivo de investigar la situación de los detenidos políticos. En un atentado con explosivos mueren, en Buenos Aires, el ex Comandante en Jefe del Ejército y ex Vice Presidente de la República Carlos Prats González y su esposa. Nace la Agrupación de Familiares de Detenidos Desaparecidos.
1975	El Ministro de Defensa y ex Ministro del Interior, General Oscar Bonilla, fallece luego de que el helicóptero en que viajaba hacia la capital cayera a tierra en un predio cercano a Curicó. Se pone en ejercicio el Programa de Empleo Mínimo (PEM) a cargo de las municipalidades. Se produce en Roma un atentado en contra del destacado dirigente de la Democracia Cristiana, Bernardo Leighton y su esposa. El General Pinochet visita Madrid para acudir a los funerales del dictador español Francisco Franco. En el denominado *Abrazo de Charaña*, protagonizado por los generales Pinochet y Hugo Banzer, Presidente de Bolivia, se restablecen las relaciones diplomáticas que habían estado interrumpidas por trece años. Se inaugura la línea 1 del Metro de Santiago. El peso reemplaza al escudo como unidad monetaria. Entra en funcionamiento la Zona Franca de Iquique (ZOFRI), concediéndose beneficios aduaneros y tributarios a las empresas que se instalen en ella.

续表

Año	Evento importante
1976	El Arzobispo de Santiago, Cardenal Raúl Silva Henríquez, anuncia la creación de la Vicaría de la Solidaridad, con la finalidad de amparar a los perseguidos políticos e iniciar una defensa del respeto de los derechos humanos, al iniciar sus funciones es dirigida por el sacerdote Cristián Precht. Chile es sede de la Sexta Reunión de la Asamblea de la OEA. Henry Kissinger, Secretario de Estado norteamericano preside la delegación de los Estados Unidos. El primer informe de la Organización de los Estados Americanos (OEA) sobre la situación en Chile, denuncia las violaciones de derechos humanos cometidas durante el régimen militar. En un atentado explosivo muere en Washington el ex Canciller y Ministro de Defensa del gobierno de Salvador Allende, Orlando Letelier del Solar. Se crea el Consejo de Estado, organismo consultor del Presidente de la República. El ex Presidente Eduardo Frei Montalva se niega a formar parte de él. Aparecen las primeras publicaciones opositoras: *Apsi, análisis y la bicicleta*. Se establece el IVA (impuesto al valor agregado) a los libros.
1977	Se da a conocer el laudo arbitral británico en el conflicto con Argentina por la zona del canal Beagle, el que es favorable a Chile. Se inicia la construcción del segundo tramo de la línea 1 del Metro (estaciones Moneda y Salvador). Es intervenido por la Superintendencia de Bancos el Banco Osorno y La Unión. Es la primera gran quiebra económica bajo el gobierno del General Pinochet. En un discurso pronunciado en Chacarillas, el General Pinochet esboza las etapas del proceso de institucionalización. Se crea la revista opositora *Hoy*. Las Naciones Unidas aprueban una resolución condenando al gobierno de Chile por la violación constante de los derechos humanos. Se construye el Paseo Ahumada en el centro de Santiago.
1978	Se efectúa una consulta nacional para evaluar el apoyo al gobierno militar. El General Gustavo Leigh Guzmán, Comandante en Jefe de la Fuerza Aérea de Chile y miembro de la Junta de Gobierno es separado de su cargo. En su reemplazo asume el General Fernando Matthei. Bolivia rompe relaciones diplomáticas con Chile. Se da a conocer el texto de la ley de amnistía para una serie de delitos cometidos en el país entre el 11 de septiembre de 1973 y el 10 de marzo de 1978, exceptuándose el proceso por falsificación de pasaportes del caso Letelier. Se promulga el Decreto Ley que modifica el Código del Trabajo, en lo referido a Contratos de Trabajo y protección de trabajadores y empleados, participación de ellos en las utilidades de la empresa y privilegios en remuneraciones y créditos. Creación de la Comisión Chilena de Derechos Humanos. Comienzan las transmisiones a color en la televisión. Se descubren los restos de las víctimas de Lonquén. Se realiza la primera Teletón. Argentina desconoce el laudo arbitral por la zona del canal Beagle, fracasando todas las negociaciones diplomáticas posteriores e iniciándose, en ambos países, aprestos bélicos. Comienza la medición de la Santa Sede a través del Cardenal Antonio Samoré.

续表

Año	Evento importante
1979	Perú declara persona non grata al Embajador de Chile en el país y retira su Embajada en Santiago. Comienzan los trabajos de mediación en el conflicto generado por la delimitación de los espacios marítimos australes. La Vicaría de la Solidaridad denuncia el entierro masivo de cadáveres en el patio 29 del Cementerio General de Santiago. Con diversos actos se conmemora el centenario de la Guerra del Pacífico.
1980	Manifestación pública de la oposición al régimen militar en el Teatro Caupolicán. Su principal orador es el ex Presidente Eduardo Frei Montalva. Mediante un plebiscito se aprueba, por un 67, la nueva Constitución. Primera huelga de trabajadores del cobre, que exigen mejoras en los reajustes de sus sueldos. Fallece la escritora María Luisa Bombal. El COVEMA (Comando de Vengadores de Mártires) asesina al estudiante de periodismo de la Universidad Católica, Eduardo Jara. El Gobierno de Filipinas cancela, en vuelo, el viaje del General Pinochet a ese país. Como consecuencia se destituye al Ministro del Exterior Hernán Cubillos. Se publican los decretos leyes del nuevo sistema de pensiones de vejez, invalidez y sobrevivencia las que serán administradas por las AFP. Comienzan los trabajos para la construcción del tramo Salvador - Escuela Militar de la línea 1 del Metro de Santiago.
1981	Se promulga nueva Ley de universidades, que autoriza la existencia de nuevos centros de Educación Superior privados. Entrada en vigencia de la Constitución. El poeta Andrés Sabella, es exonerado de la Universidad del Norte. El Palacio de la Moneda, después de un proceso de reconstrucción, vuelve a ser la sede del poder ejecutivo. Comienzan a funcionar las Administradoras de Fondos de Pensiones. Los Colegios profesionales pasan a ser Asociaciones Gremiales. Se crea el Fondo de Desarrollo Científico y Tecnológico (FONDECYT).
1982	Fallece el ex Presidente Eduardo Frei Montalva. Es asesinado Tucapel Jiménez Alfaro, Presidente de la Asociación Nacional de Empleados Fiscales (ANEF). En Santiago, intensas lluvias provocan el desborde del río Mapocho. Se acuerda la devaluación del peso y se decreta la libertad cambiaria.
1983	Se ordena la liquidación de tres instituciones bancarias y la intervención de otras dos. Se inician las protestas populares y manifestaciones callejeras en contra del Gobierno. Fuerzas policiales y militares realizan masivos allanamientos en diversas poblaciones de Santiago. Se eliminan las trabas legales a la circulación de libros. El Papa Juan Pablo II acepta la renuncia del Cardenal Raúl Silva Henríquez, a su cargo de Arzobispo de Santiago, nombrando en su reemplazo a Juan Francisco Fresno. Sergio Onofre Jarpa asume como Ministro del Interior, iniciándose una apertura política. Es asesinado el Intendente de Santiago, General Carol Urzúa Ibáñez. En el parque O'Higgins, se realiza la primera concentración pública de la oposición. Formación del Frente patriótico Manuel Rodríguez. Claudio Arrau recibe el Premio Nacional de Arte.

续表

Año	Evento importante
1984	Fallecimiento del crítico literario Hernán Díaz Arrieta, más conocido por su pseudónimo Alone. Se produce el primer caso del Síndrome de Inmunodeficiencia Adquirida (Sida) en Chile. Se publica la ley que pena las conductas terroristas, la que otorga a la Central Nacional de Informaciones (CNI), nuevas facultades. Se autoriza la venta de un 30 de las empresas vinculadas a la Corporación de Fomento de la Producción (CORFO). Se realiza una nueva protesta contra el gobierno, en la que fallece el sacerdote francés André Jarlan, en la población La Victoria. En la Ciudad del Vaticano se suscribe el tratado de paz y amistad entre Chile y Argentina. Fallece, en Santiago, el criminal de guerra nazi Walter Rauff.
1985	Sergio Onofre Jarpa, Ministro del Interior, renuncia a su cargo y es reemplazado por Ricardo García Rodríguez. Un terremoto asola la zona central del país, causando gran destrucción y víctimas fatales. Se produce el secuestro y posterior degollamiento de tres profesionales vinculados al Partido Comunista de Chile. El General César Mendoza Durán renuncia a la Dirección General de Carabineros de Chile y a la Junta de Gobierno, siendo reemplazado por el General Rodolfo Stange. En un supuesto enfrentamiento con fuerzas de seguridad, mueren en Villa Francia los hermanos Vergara Toledo. En un accidente muere el destacado historiador Mario Góngora del Campo. Se conforman las primeras directivas, democráticamente elegidas, de las organizaciones estudiantiles universitarias. Por iniciativa del Arzobispo de Santiago, Cardenal Juan Francisco Fresno, se suscribe el Acuerdo Nacional para la Transición a la Democracia.
1986	En un accidente ferroviario, ocurrido en Queronque, fallecen 59 personas. Fernando Volio, Relator Especial de las Naciones Unidas entrega a dicha organización, un documento en que se denuncia la violación de los derechos humanos en el país. Es asesinado Simón Yévenes, dirigente poblacional de la Unión Democrática Independiente (UDI). La Asamblea de la Civilidad convoca a un paro nacional en contra del Gobierno. Un violento temporal provoca el desborde del río Mapocho y la destrucción de instalaciones de la Empresa Metropolitana de Obras Sanitarias (EMOS). Se descubre la internación ilegal de armas realizada por el Frente Patriótico Manuel Rodríguez en la caleta de Carrizal Bajo. Atentado del Frente Patriótico Manuel Rodríguez en contra del Presidente Pinochet en el Cajón del río Maipo, hecho que originó represalias que implicaron la muerte de opositores al Gobierno. Fallecimiento del ex Presidente Jorge Alessandri Rodríguez. El párroco de La Victoria, Pierre Dubois es expulsado del país. Tras la dictación de las leyes complementarias de la Constitución, se inicia el funcionamiento del Servicio de Registro Electoral.

续表

Año	Evento importante
1987	El Papa Juan Pablo II visita Chile. Sus actividades en el país incluyeron la beatificación de sor Juana Fernández Solar (sor Teresita de los Andes), la que posteriormente sería canonizada. Se promulga la ley orgánica de Partidos Políticos. Un terremoto afecta la zona de Antofagasta. En la denominada Operación Albania, son asesinados 12 miembros del Frente Patriótico Manuel Rodríguez. Se levanta la prohibición de ingreso al país a algunos dirigentes políticos pertenecientes a la ex Unidad Popular. El Coronel de Ejército Carlos Carreño es secuestrado por el Frente Patriótico Manuel Rodríguez y posteriormente es liberado en Sao Paulo, Brasil. Se inicia la construcción del tramo Los Héroes-Calicanto en la línea 2 del Metro de Santiago. Se aprueba la ley que establece la ubicación de la sede del poder legislativo en la ciudad de Valparaíso. Clodomiro Almeyda pierde sus derechos cívicos por diez años, tras ser sentenciado por el Tribunal Constitucional. Se conforma el Partido Renovación Nacional.
1988	En vista de la próxima realización de un plebiscito, se inicia la conformación de la Concertación del Partidos por la Democracia. Se refunda la Central única de Trabajadores de Chile (CUT). En el plebiscito realizado en octubre, la ciudadanía rechaza la prolongación, por ocho años más, del gobierno del General Pinochet. Se eliminan las trabas legales existentes que impedían el ingreso al territorio de aquellos que se hallaban exiliados, entre ellos, Hortensia Bussi viuda de Allende.
1989	En un plebiscito se aprueban una serie de reformas constitucionales, entre ellas la derogación del artículo 8º. Se realiza la elección presidencial en que el abanderado de la oposición al gobierno militar, Patricio Aylwin Azocar, triunfa con un 53,8 de los votos. Fallece el poeta Andrés Sabella.

Chile actual (1990-2018)

Año	Evento importante
1990	Tras iniciarse el funcionamiento del Congreso Nacional, Patricio Aylwin asume la Presidencia de la República. Los restos de Salvador Allende son trasladados a Santiago y sepultados en el Cementerio General. Se produce el *Ejercicio de enlace*, un movimiento de tropa del Ejército, que es interpretado como una respuesta del General Pinochet a las investigaciones que se realizaban sobre violaciones a los derechos humanos y a ciertas transacciones en que su institución, y su hijo, aparecían involucrados. Fallece producto de un atentado el coronel de Carabineros Luis Fontaine, Jefe la DICOMCAR, implicado en el caso de los "Degollados". Fallece Clotario Blest. Atentado en contra de ex-Comandante en Jefe de la Fuerza Aérea de Chile e integrante de la Junta Militar de Gobierno, Gustavo Leigh.

续表

Año	Evento importante
1991	Una comisión especial, presidida por el ex Senador Raúl Rettig, entrega un informe sobre las violaciones de los derechos humanos. El Senador de la Unión Demócrata Independiente (UDI), Jaime Guzmán Errázuriz, es asesinado en Santiago. Chile se incorpora como miembro pleno a la Conferencia de Cooperación Económica del Pacífico (APEC).
1992	Primera elección democrática de autoridades municipales tras el retorno de la democracia. Se conmemora el quinto aniversario del descubrimiento de América.
1993	Se aprueba la ley de Pueblos Indígenas.
1994	Eduardo Frei Ruiz Tagle asume la presidencia.
1996	Chile se integra al MERCOSUR. Se suscribe un tratado de libre comercio con Canadá. Se realiza en Santiago la VI Cumbre Iberoamericana.
1997	El General Pinochet deja la Comandancia en Jefe del Ejército, siendo reemplazado por el General Ricardo Izurieta.
1998	En Londres es detenido, en virtud de una orden internacional de captura, el General Augusto Pinochet Ugarte. Se suscribe un tratado de libre comercio con México. Se realiza en Santiago la II Cumbre de las Américas.
1999	Se suscribe un tratado de libre comercio con Centroamérica. Ricardo Lagos triunfa en la elección presidencial.
2000	En segunda vuelta y en estrecha votación con el candidato de la Alianza por Chile Joaquín Lavín Infante, Ricardo Lagos Escobar es electo presidente.
2001	El juez Juan Guzmán Tapia somete a proceso a Augusto Pinochet. El Presidente Ricardo Lagos firma la ley que elimina la pena capital.
2002	La Corte Suprema sobresee a Pinochet por demencia subcortical moderada.
2003	Se firman tratados de libre comercio con la Unión Europea, Estados Unidos y Corea del Sur.
2004	Es entregado el Informe Valech, elaborado en base al testimonio de más de 38.000 chilenos detenidos y sometidos a torturas tras el golpe del 11 de septiembre de 1973.
2005	Tragedia de Antuco, en la cordillera de la Región del Biobío, 45 soldados del Regimiento Reforzado Nº 17 "Los Ángeles" mueren congelados luego de una caminata realizada bajo una difícil situación climática. Tratado de Libre Comercio con China. Se realizan las 58 reformas constitucionales en el periodo de Ricardo Lagos. Gran terremoto del Norte Grande abarca las regiones de Arica y Parinacota, Tarapacá y Antofagasta.

续表

Año	Evento importante
2006	El 11 de marzo Michelle Bachelet asume como presidenta de Chile. El 10 de diciembre fallece Augusto Pinochet. Se produce la ola de protestas estudiantiles conocida como Revolución pinguina.
2007	En octubre se crean las regiones de Los Ríos y Arica y Parinacota.
2008	Erupciones de los volcanes Llaima y Chaitén.
2010	El 28 de febrero en la madrugada se produce un terremoto de 8,8 grados en la escala de Richter. El 11 de marzo, Sebastián Piñera asume como presidente de Chile. El 5 de agosto, 33 mineros resultan atrapados en la mina San José, en la Región de Atacama, siendo rescatados el 13 de octubre. Chile ingresa a la OCDE.
2011	Vuelve a estallar el conflicto por la educación, produciéndose las movilizaciones estudiantiles que se prolongan hasta el presente. Desde el 27 de diciembre hasta el 8 de marzo de 2012 se produce un incendio forestal en las Torres del Paine.
2012	Se producen las protestas de aysén, debido a la falta de comunicación y servicios de la Región de Aysén con el resto del país y el gobierno central. El 6 de junio se constituye formalmente la Alianza del Pacífico en el cerro Paranal, desierto de Atacama. La Gran Torre Santiago se convierte en el rascacielos más alto de América Latina.
2013	Se realiza el juicio del fallo de La Haya producto del conflicto marítimo entre Chile y Perú por la delimitación de 200 millas marinas entre ambos países.
2014	Asume el segundo mandato de la presidenta Michelle Bachelet, líder del conglomerado político de la Nueva Mayoría. El 1 de abril se produce un terremoto de 8,2 grados en la escala Richter en el norte del país, seguido por el Gran incendio de Valparaíso.
2015	Se promulga la ley de acuerdo de unión civil que reconoce las uniones del mismo sexo. Chile conquista su primer título en la Copa América. El 16 de septiembre se produce un terremoto de 8.4° Mw en la Región de Coquimbo, produciéndose un tsunami que destruyó parte del sector costero en la zona. Aparición de cuatro escándalos, dos de ellos políticos, uno económico y otro deportivo: Casos Penta-SQM y Caval, la colusión de Empresas CMPC junto con SCA conocido como el *Cártel del confort* y el posible soborno a Sergio Jadue en el caso FIFA. Un Temporal afecta a todo el país, incluso provocando la caída de nieve en el Desierto de Atacama, el más árido del mundo.

续表

Año	Evento importante
2016	Se restablece parcialmente la gratuidad en la educación superior, tanto técnica como universitaria. Producto de una crisis provocada, primero por una proliferación de algas que afectó a la industria salmonera y luego el fenómeno natural de la marea roja, provocó una grave crisis en la Región de los Lagos, sobre todo en la zona de Chiloé, lo que ha desencadenado en grandes protestas, que llevó a las autoridades a declarar zona de catástrofe. Chile conquista su segundo título internacional de futbol, al campeonar en la Copa America Centenario. Vuelve a estallar la colusión de Empresas CMPC, pero esta vez, junto con Kimberly-Clark en el mercado de los pañales de bebé.
2017	Se promulga la ley de despenalización del aborto bajo tres causales: violación, inviabilidad fetal y riesgo vital de la madre. Chile participó en la Copa Confederaciones y obtuvo un segundo puesto. Se realizó la Teletón 2017 siendo por primera vez en pleno año de elecciones presidenciales. Un aluvión se produjo en la localidad de Villa Santa Lucía, en la comuna de Chaitén e hizo convertir en el peor desastre natural.
2018	Asume el segundo mandato del presidente Sebastián Piñera, líder del conglomerado político del Chile Vamos.

(2) Cronología de España (2000a. C.-2018)

Referencia: Historia de España - Cronología
http://www.culturageneral.net/historiaespana/

Año	Evento importante
Primeros asentamientos (2000 a. C.-219 a. C.)	
2000 a. C.	Neolítico - Culturas megalíticas de Los Millares (Almería) y Menorca.
	Primeros asentamientos Iberos en el sur de la península.
1100 a. C.	Los Tartessos son la cultura más avanzada de la época.
	Los Fenicios fundan Gadir.
900 a. C.	Pueblos Celtas Indoeuropeos inician su incursión en norte peninsular.
700 a. C.	Colonización Griega. Los primeros asentamientos se centrarán en el litoral levantino (Empuries, Roses, etc).
500 a. C.	Los Cartaginenses conquistan el litoral mediterráneo (Cartagena, Alicante, etc).
Hispania (218 a. C.-409)	
218 a. C.	II Guerra Púnica. La península se convierte en campo de batalla entre romanos y cartaginenses.
209 a. C.	Comienzo de la gran conquista de España por parte de Roma.
206 a. C.	Hispania se convierte en provincia romana.
190 a. C.	Cayo Cornelio Cetego procónsul. La costa dividida en dos provincias: Ulterior y Citerior, el interior ocupado por los indígenas, que se enfrentan a ellos divididos. Culcas y Luxinio vencen a Cayo Sempronio Tuditano. Quinto Minucio Termo vence a Budares y Busadines. Catón toma Indika, Bergium, Iacca. Marco Fulvio Nobilior vence a Hilermo y toma Vescelia, Helos, Noliba y Cusibi. Cayo Flaminio vence a Corribilón en Licarbrum. Emilio Paulo es derrotado por los lusitanos.
180 a. C.	Cayo Calpurnio Pisón derrota a los celtíberos cerca de Toledo. Quinto Fulvio Flaco les derrota en Ebura (Talavera). Guerras celtíberas.
170 a. C.	Lucio Canuleyo, pretor de toda Hispania; se abre proceso en Roma contra los anteriores pretores por sus abusos. Se concede Carteia a los hijos de romano e hispana. Muere Olíndico.

续表

Año	Evento importante
133 a. C.	Los habitantes de Numancia prefieren morir quemados por las llamas de la ciudad a rendirse a Escipión Emiliano.
80 a. C.	El romano Sertorio, huyendo de Sila, se hace fuerte en Hispania. Su lugarteniente Livio Salinator muere a manos del de Sila, Cayo Annio. Aliado con los lusitanos, Sertorio toma la Bética, Lusitania y Celtiberia, Marco Perpenna Ventón, también proscrito por Sila, se une a Sertorio. Se funda Valeria.
70 a. C.	Sertorio instituye un senado en Évora y una escuela en Osca y recibe apoyos de Mitrídates. Su lugarteniente Hirtuleyo derrota a Domicio Calvino, pero cae ante Metelo Pío; éste y Cneo Pompeyo Magno hacen retroceder a Sertorio. Sertorio muere traicionado por Perpenna, a quien a su vez mata Pompeyo. Se funda Flaviobriga.
60 a. C.	Julio César sucede a Cayo Cosconio como pretor de la Ulterior. César ataca a los lusitanos de Mons Herminius y llega tras ellos hasta Brigantium.
50 a. C.	Varios años de paz en la península sólo se ven interrumpidos por la sublevación de vacceos y cántabros, sofocada por Publio Licinio Craso. El triunviro Cneo Pompeyo Magno gobierna Hispania mediante los pretores Lucio Afranio, Marco Varrón y Marco Petreyo.
40 a. C.	Desatada la guerra civil entre César y Pompeyo, Julio César combate y vence en la batalla de Ilerda a los pretores de Pompeyo, y pone a los suyos: Lépido y el tiránico Casio Longino, sustituido por Cayo Trebonio. Caen Ategua y Ucubi. Los hijos de Pompeyo, Cneo y Sexto, prosiguen la guerra contra César, que les derrota en la batalla de Munda. Asesinado César, en el segundo triunvirato Hispania pasa a Lépido, y después, por la Paz de Brindisi, a César Augusto.
25 a. C.	Hispania es sometida en su totalidad a Roma tras la conquista cantabra por parte de Augusto.
62	Viaje del apóstol Pablo a Hispania, iniciándose así la difusión del cristianismo en la península.
70	Se construyen el Acueducto de Segovia, la Torre de Hércules y el Puente del Bibey en la Vía Nova. Plinio el Viejo, cuestor en la Bética. Edicto de Latinidad de Vespasiano. Tras la destrucción del templo de Jerusalén, llegan a España los primeros judíos.
98	Comienzo del gobierno de Trajano.
230	Crisis del siglo III en el Imperio: se suceden las luchas por el poder, la anarquía militar, usurpadores, escisiones internas, invasiones bárbaras y colapso económico. Comienza la Decadencia del Imperio romano.
250	Decio manda perseguir a los cristianos. Mueren Severo de Barcelona, Fructuoso, Augurio y Eulogio de Tarragona; Basílides de Astorga y Marcial de Mérida se salvan por libeláticos. Nueva epidemia de peste.

续表

Año	Evento importante
264	Invasión de España por Francos y Suevos.
Visigodos (410-710)	
410	La entrada de los Visigodos como aliados de Roma contra los Suevos se convierte en una conquista encubierta.
450	Los suevos invaden la Tarraconense aliados con los bagaudas, llegando hasta Lérida. Piratas hérulos saquean la costa cantábrica.
	Mansueto, Fronto y Justiniano negocian sin éxito la paz con los suevos.
	Guerra civil: muerto el godo Agiulfo, Maldras se enfrenta a Frantán. Muertos ambos, se enfrentan Remismundo, Requimundo y Frumario.
	Teodorico II, aliado de Roma, derrota a los suevos en el Órbigo. Sus duces Cirila y Sunerico les atacan en la Bética. Ricimero gobierna de facto.
460	Remismundo, rey. Ajax predica el arrianismo entre los suevos. Hidacio termina su crónica.
	Batalla de Cartagena entre romanos y vándalos. Teodorico II expulsa de Hispania al magister militum Arborio.
470	Comienza el "periodo oscuro": no hay noticias de esta época.
480	Alarico II, rey. Se promulga el Breviario de Alarico.
490	Los visigodos llegan en masa, quizás empujados por los francos. Burdunelo se subleva en la Tarraconense, pero es derrotado y muerto.
500	Alarico muere en la batalla de Vouillé contra los francos de Clodoveo. Le sucede su hijo Gesaleico.
510	Ibba, general del rey de los ostrogodos Teodorico el Grande, derrota a Gesaleico. Teodorico impone como rey a Amalarico, rigiendo durante su menor edad. Se celebra los concilios de Tarragona y Gerona.
550	El rey Carriarico se convierte al catolicismo. San Martín funda el monasterio de Dumio.
568	El rey visigodo Leovigildo expulsa a los funcionarios romanos.
587	Recaredo, heredero de Leovigildo, se convierte al catolicismo y convertirá esta religión en oficial dos años más tarde.

续表

Año	Evento importante
590	Argimundo lidera una conspiración frustrada contra Recaredo. Se celebran concilios en Zaragoza y Barcelona. Claudio consigue una gran victoria contra los francos en la Septimania; fl. Juan de Biclaro y Máximo de Zaragoza.
600	Liuva II sucede a su padre como rey. Muere Liciniano de Cartagena. Los francos crean el Ducado de Vasconia. Witerico se proclama rey tras derrocar y ejecutar a Liuva, y es a su vez asesinado.
610	Gundemaro es elegido rey. Muere el obispo de Toledo Aurasio; le sucede Eladio. Fl. el conde Búlgar. Sisebuto, rey. Expedición contra astures y runcones. Se firma la paz con el bizantino Cesáreo. Los judíos son obligados a convertirse o expulsados.
620	Recaredo II sucede brevemente, siendo depuesto. El nuevo rey Suintila marcha contra los cántabros y vascones, y expulsa definitivamente a los bizantinos. San Isidoro escribe la *Historia gothorum*.
630	Finalización del dominio del imperio bizantino en la península.
Al-Andalus (711-1473)	
711	Las tropas musulmanas cruzan el Estrecho de Gibraltar y derrotan al rey visigodo Don Rodrigo en la batalla de Guadalete.
716	El reino visigodo es conquistado sin apenas resistencia por lo que España se convierte en Al-Andalus y pasa a ser un emirato del Califato de damasco.
722	Se inicia la resistencia en Covadonga y Poitiers.
756	Abderramán I rompe con Damasco, dándose lugar al Emirato de Córdoba.
929	Abderramán III crea el Califato de Córdoba, y con él Al-Andalus llegará al máximo esplendor de la ocupación árabe.
1031	Desaparición del Califato de Córdoba, dando lugar a los Reinos de Taifas.
1212	Los Cristianos logran una importante victoria ante los almohades en la batalla de las Navas de Tolosa.
1252	Alfonso X convierte Toledo en referente de la cultura medieval.
1462	Guerra Civil catalana (1462-1472). Partidarios de Juan II luchan contra la burguesía.

续表

Año	Evento importante
Reyes Católicos (1474-1518)	
1474	Reyes Católicos, Isabel y Fernando (1474-1516).
1479	Reinado Conjunto de Castilla y Aragón.
	Tratado de Alcáçova, Alfonso V de Portugal renunció a sus aspiraciones sobre Castilla.
1480	Establecimiento del Tribunal de la Inquisición.
1492	Los Reyes Católicos, completan la Reconquista con la toma de Granada (2/1/1492).
	Expulsión de los judíos.
	Descubrimiento de América (12/10/1492).
1512	Fernando II anexiona Navarra al Reino de Castilla.
Habsburgo (1519-1699)	
1519	Carlos I es coronado emperador del Sacro Imperio, lo que envuelve a España en interminables guerras.
1571	Batalla naval de Lepanto - Don Juan de Austria, hermanastro de Felipe II, derrota a los turcos.
1588	Desastre de la Armada Invencible contra Inglaterra. El declive de España se hace más patente.
1605	Publicación de Don Quijote de la Mancha.
1648	La Paz de Westfalia pone fin a la guerra de los Treinta Años, implica pérdida de Países Bajos y hegemonía de Francia.
Borbón (1700-1808)	
1700	Con la muerte de Carlos II, termina la dinastía de los Habsburgo y estalla la Guerra de Sucesión española, en la que se ven envueltas Francia, Inglaterra y Austria.
1712	Biblioteca Real - Nacional.
1713	La guerra termina. Francia impone a Felipe de Anjou (Felipe V), nieto de Luis XIV, como rey de España. Tratado de Utrecht (Peñón de Gibraltar).
	Promulgación de la Ley Sálica.
1724	Luis I (sólo estuvo 9 meses en el trono).
1746	Fernando VI (1746-59).
1749	Academia del Buen Gusto.
1752	Academia de Nobles Artes de San Fernando.

续表

Año	Evento importante
1759	Carlos III (1759-88).
1763	Esquilache crea la Lotería Nacional.
1765	Peñaflorida: Sociedad Económica Vascongada de Amigos del País.
	Se prohíbe la representación de los autos sacramentales y de las comedias de santo y de magia.
1766	Motín de Esquilache.
1767	Expulsión de los Jesuitas de España.
1771	Gramática de la RAE.
1773	Suspensión de la Compañía de Jesús.
1779	Asedio de Gibraltar.
1783	Abolición de la deshonra legal del trabajo.
1788	Carlos IV (1788-1808).
1799	Plan de reforma de los teatros en Madrid (Moratín, director).
1805	Se enfrentan en el cabo de Trafalgar (Cádiz) la flota inglesa al mando del Almirante Nelson, y la franco-española al mando del Almirante Villeneuve.
1808	Motín de Aranjuez depone a Carlos IV.
	Fernando VII declarado rey.
Bonaparte (1808-1813)	
1808	Napoleón consigue que Carlos IV y Fernando VII abdiquen a favor de José Bonaparte.
	Levantamiento popular en Madrid (2 de mayo) comienza la Guerra de Independencia.
1812	Las Cortes de Cádiz: Constitución Liberal = libertades individuales garantizadas, Soberanía popular. Es la Primera Constitución Española (ha tenido 7).
Borbón (1814-1867)	
1814	Regreso de Fernando VII de Francia: anula la Constitución y establece un gobierno absolutista.
1820	Pronunciamiento de Riego. Levantamiento liberal contra Fernando VII.
	Trienio Liberal (1820-1823).
1823	Destierro de intelectuales.
	Cierre de las universidades [La Década Ominosa 1823-1833].
	Invasión francesa para restaurar a Fernando VII [Los Cien Mil Hijos de San Luis].

续表

Año	Evento importante
1829	Boda de Fernando VII con María Cristina de Borbón.
1830	Fernando VII abole la ley Sálica.
1832	Regencia de María Cristina.
1833	Muere Fernando VII.
	Primera Guerra Carlista (1833-1839) [Don Carlos de Borbón vs. Isabel II].
1835	Decretos de desamortización de los bienes de la Iglesia por Mendizábal.
1836	Levantamiento de sargentos en La Granja: restauración de la Constitución de Cádiz (1812).
1837	Nueva Constitución.
1839	Fin de la Guerra Carlista (excepto Cataluña - 1840).
1840	Destierro de María Cristina.
	Regencia de Espartero.
1843	Sublevación contra Espartero.
	Declarada la mayoría de edad de Isabel II.
1844	Se organiza la Guardia Civil.
1845	Nueva Constitución.
1846	Isabel II se casa con Francisco de Asís.
	Sublevaciones en Cataluña.
1848	Movimientos revolucionarios en Europa.
	Segunda Guerra Carlista (1848-1849).
	Primer Ferrocarril Barcelona - Mataró.
1849	Alumbrado de gas en Madrid.
1850	Inauguración del Teatro Real.
1851	Compensación a la Iglesia por los bienes desamortizados.
1855	El Bienio Progresista [otra desamortización].
	Huelga general en Cataluña.
	Ley General de Ferrocarriles.
1856	Inauguración del Teatro de la Zarzuela.
	Narváez vuelve con un gobierno conservador.
	O'Donnell anula las leyes desamortizadoras de 1855.

续表

Año	Evento importante
1857	Ley Moyano.
1858	Unión Liberal, nuevo gobierno de O'Donnell, vuelven las leyes desamortizadoras.
1859	Guerra de Marruecos.
1860	Victorias en Ceuta y Tetuán.
	Ampliación de Madrid.
1865	La Noche de San Daniel [motín estudiantil].
	Guerra con Perú.
1866	Dictadura de Narváez.
Período Revolucionario	
1868	Revolución contra Isabel II [desterrada a Francia el 30 de septiembre].
Saboya (1870-1873)	
1870	Elección de Amadeo I (de Saboya) como rey.
1872	Tercera Guerra Carlista (1872-1876).
1873	Dimisión de Amadeo II.
Primera República	
1873	Proclamación de la Primera República.
Borbón (1874-1930)	
1874	Restauración de la Monarquía borbónica con Alfonso XII [hijo de Isabel II].
1876	Nueva Constitución y una "Ley Municipal".
1879	Matrimonio de Alfonso XII con María Cristina de Habsburgo-Lorena.
	Pablo Iglesias funda el PSOE.
1880	Se inicia el turno pacífico de gobiernos entre conservadores y liberales.
1883	Nueva Ley de Prensa.
1885	Regencia de María Cristina.
1886	Crisis económica y paro obrero.
1887	Ley de Asociaciones permite la creación de sindicatos obreros.
1888	Fundación de la Unión General de Trabajadores (UGT) y del Partido Socialista Obrero Español (PSOE).

续表

Año	Evento importante
1890	Nueva ley electoral restaura el sufragio universal.
1893	Atentados anarquistas (Bomba del Liceo de Barcelona).
1894	Convenio de Marraquech pone fin a la Guerra de Melilla.
1897	Asesinato de Cánovas por los anarquistas.
1898	Guerra con Estados Unidos.
	Pérdida de las últimas colonias imperialistas. Tratado de París.
1902	Mayoría de edad de Alfonso XIII.
	Fundación de Altos Hornos de Vizcaya.
1904	Se decreta el descanso de los domingos para los obreros.
1907	Ley de administración local sobre el reconocimiento de la autonomía municipal.
	Ley electoral para acabar con el caciquismo.
	Se crea la Junta para la Ampliación de Estudios.
1908	Lerroux funda el Partido Radical.
1909	Comienzo de la Guerra de Marruecos.
	Huelga general en Barcelona [La Semana Trágica].
1911	Huelgas generales protestando la guerra en Marruecos.
	Fundación de la CNT [Confederación Nacional del Trabajo].
1912	Asesinato de Canalejas.
	Fin de rotación de partidos.
1914	Primera Guerra Mundial [neutralidad de España].
1917	Huelga general revolucionaria en España.
1920	Surge el PCE.
1921	Las tropas luchando en Marruecos sufren el desastre de Anual.
1923	Golpe de estado de Miguel Primo de Rivera.
1927	Pacificación en Marruecos.
	Tricentenario de la muerte de Góngora produce un interés neo-barroco en la poesía: La Generación del 27.

续表

Año	Evento importante
Segunda República (1931-1936)	
1931	12 de Abril se declara la Segunda República.
	Quema de conventos en Madrid.
1932	Pronunciamiento del general Sanjurjo.
	Autonomía de Cataluña.
	Agitación anarquista catalana.
	Se disuelve la Compañía de Jesús.
1933	Fundación de La Falange Española por José Antonio Primo de Rivera.
	Revolución anarquista en Casas Viejas.
1934	La CEDA [Confederación Española de Derechas Autónomas] forma gobierno.
	Fusión de La Falange Española y de las JONS [Juntas de Ofensiva Nacional-Sindicalista].
	Movimientos revolucionarios en Cataluña y Asturias.
1936	Frente Popular gana elecciones.
Guerra Civil (1936-1939)	
1936	Levantamiento del general Francisco Franco el 18 de julio - comienza la Guerra Civil.
	Fusilamiento de José Antonio Primo de Rivera [20 de noviembre]. Asesinados Lorca y Maeztu.
	Entrada de las Brigadas Internacionales en la Guerra Civil.
1937	Bombardeo de Guernica.
1938	La Batalla del Ebro.
1939	Fin de la Guerra Civil el 1 de abril.
Dictadura Fascista (1939-1975)	
1939	Gobierno del General Franco (1939-1975).
1941	Muere Alfonso XIII.
	Creación de la RENFE [Red Nacional de Ferrocarriles Españoles].
1942	Creación de las Cortes Españolas.
1945	Fin de la Segunda Guerra Mundial.
	España rechazada por la ONU [Organización de las Naciones Unidas].

续表

Año	Evento importante
1947	La Ley de Sucesión confirma a España como monarquía, después de la muerte de Franco.
1951	Creación del Ministerio de Información y Turismo.
1953	Acuerdos económicos y militares con Estados Unidos.
	Se firma el Concordato con la Santa Sede.
1954	Se iguala la renta per cápita existente antes de la Guerra Civil.
1955	Ingreso de España en la ONU.
	Primera fábrica de SEAT.
1956	Termina el protectorado español sobre Marruecos.
1958	España otorga a Guinea Ecuatorial su independencia.
	Ley de Principios del Movimiento Nacional.
	Ley de Convenios Colectivos.
	España ingresa en la OCDE.
1962	España solicita entrada en el Mercado Común.
	Creación de Comisiones Obreras.
1963	Ley de Bases de la Seguridad Social.
1967	Ley Orgánica del Estado.
1969	Primera autopista de peaje: Montgat-Mataró.
1970	Proclamación de don Juan Carlos de Borbón, Príncipe de Asturias.
	Proceso de Burgos contra militantes Etarras.
	Ley General de Educación.
1972	Se abre el Puente de La Salve de Bilbao.
1973	Asesinato de jefe de gobierno, Luis Carrero Blanco, por ETA.
1974	Se crean la Junta Democrática de España y la Unión Militar Democrática.
1975	Muerte de Francisco Franco.
	España participa en las misiones de la Agencia Espacial Europea.

Restauración de la Democracia (1975-)

Año	Evento importante
1975	Juan Carlos I, rey de España.
	Adolfo Suárez nombrado presidente del gobierno por el rey.
	Amnistía para los presos políticos concedida por el rey.
	Declaradas como lenguas oficiales el Catalán, Vasco y Gallego.

续表

Año	Evento importante
1977	Legalización de partidos políticos, incluyendo el PCE [Partido Comunista Español]. Legalización de los sindicatos. Elecciones generales: gana Adolfo Suárez, líder de la UCD [Unión de Centro Democrático].
1978	Nueva Constitución.
1979	Comienza la I Legislatura.
1980	Ley del Estatuto de los trabajadores.
1981	Suárez dimite y Leopoldo Calvo Sotelo lo sucede como presidente del gobierno. Intento de Golpe de Estado por parte de miembros de la Guardia Civil al mando del teniente coronel Antonio Tejero [23 de febrero]. El Golpe es rechazado por Juan Carlos I, y millones de personas se manifiestan en las calles apoyando la democracia. Se aprueba la Ley del Divorcio.
1982	El PSOE [Partido Socialista Obero Español] gana en elecciones generales, con Felipe González como jefe de gobierno. Se considera terminada la transición a la democracia. Se abre la frontera con Gibraltar por primera vez desde 1969.
1983	Se aprueban los Estatutos de Autonomía de Baleares, Castilla y León, Extremadura y Madrid.
1985	Aprobación de la Ley de Despenalización del Aborto.
1986	España aprueba su entrada en la OTAN [Organización del Tratado del Atlántico Norte]. Nuevo triunfo en las elecciones legislativas para el PSOE.
1987	Se crea el Premio Goya.
1989	En las elecciones generales, el PSOE consigue la mitad de los escaños.
1990	España interviene en la Guerra del Golfo.
1991	Dimisión de Alfonso Guerra por el caso de corrupción: Juan Guerra. Se crea el Instituto Cervantes. Caso Filesa. Conferencia de paz de Oriente Próximo de Madrid.

续表

Año	Evento importante
1992	España es el país anfitrión de las Olimpiadas [Barcelona], la Exposición Universal [Sevilla], y la Capital Cultural de Europa [Madrid], con las celebraciones del quinto centenario del descubrimiento de América.
	España interviene en la guerra de Bosnia.
	Entra en vigor la ley Corcuera.
	Se lanza el Hispasat.
1994	Belle Époque de F. Trueba consigue el Óscar.
1995	El Partido Popular gana en las elecciones municipales.
1996	El Partido Popular gana en las elecciones generales y José María Aznar es el nuevo presidente de gobierno.
1997	España ingresa en la estructura militar de la OTAN.
	ETA secuestra y asesina a Miguel Ángel Blanco.
1998	Pedro Duque, primer astronauta español que viaja al espacio.
	El Banco Santander lanza una opa sobre Banesto.
	La sentencia del caso Marey lleva a la cárcel a José Barrionuevo y Rafael Vera.
1999	Entrada en vigor del euro. Se destapa el fraude del lino.
2000	Mayoría absoluta para el PP en las elecciones legislativas.
	Nueva ley de extranjería.
	Todo sobre mi madre de Pedro Almodóvar conquista el Óscar.
2001	Desaparición del servicio militar obligatorio y la prestación social sustitutoria.
	Inicio del Caso ERE que salpicará por corrupción a altos cargos socialistas de la Junta de Andalucía.
2002	Entra en vigor el Euro como moneda única europea.
2003	Cumbre de las Azores: apoyo del gobierno de Aznar a la guerra de Iraq; masivas manifestaciones en contra.
	Almodóvar recibe su segundo Óscar por *Hable con ella*.
	Elecciones municipales y autonómicas.
	Esperanza Aguirre es elegida la segunda mujer presidenta de una comunidad autónoma.

续表

Año	Evento importante
2004	(11-M) Atentado terrorista en Madrid causa 200 víctimas y más de 1800 heridos. El gobierno culpa en un principio al grupo terrorista ETA, pero más tarde se comprueba que es obra de Al-Qaeda.
	El PSOE gana las elecciones generales, y su secretario general José Luis Rodríguez Zapatero pasa a la presidencia.
	Fórum Universal de las Culturas de Barcelona.
2005	El congreso rechaza el Plan Ibarretxe. España aprueba la Constitución Europea en referéndum. Legalizado el matrimonio homosexual. Incendio de la Torre Windsor en Madrid. Huracán en Canarias. Mar adentro de Amenábar consigue el Óscar. Nacimiento de la infanta Leonor.
2006	Entra en vigor la ley antitabaco. Ley Orgánica de Educación. Educación para la Ciudadanía. Opas sobre Endesa. Reforma del estatuto catalán. Caso Malaya. Entrada en vigor del carnet por puntos. Accidente en el metro de Valencia. Suspensión de Air Madrid. V Encuentro Mundial de las Familias en Valencia. Operación Puerto contra el dopaje. La selección de baloncesto conquista el Mundial. Atentado de ETA en la T4 de Madrid.
2007	Entra en vigor la Ley de dependencia. Inaugurados los tranvías de Tenerife y Murcia, y la línea de alta velocidad Córdoba-Málaga. Elecciones municipales y autonómicas. Se celebra el Europride en Madrid. Conflicto diplomático con Marruecos. Inauguración de la ampliación del Museo del Prado.
2008	Elecciones generales: IX Legislatura; Zapatero, reelegido; Carmen Chacón, primera mujer en ser ministra de Defensa. Accidente aéreo en Barajas. Exposición internacional en Zaragoza. Javier Bardem, primer actor español en conquistar el Óscar. La selección conquista su segunda Eurocopa de fútbol. Inaugurado el AVE Madrid-Barcelona.

续表

Año	Evento importante
2008	Grave crisis económica, bursátil e inmobiliaria. El IBEX 35 cae en un año un 39,43%. Huelga de transportistas.
2009	Tornado en Málaga. Inaugurado el Metro de Sevilla. Patxi López, lehendakari del País Vasco. Caso Gürtel. Alarma ante la posible pandemia de la gripe A. Retirada unilateral de las tropas españolas en Kosovo. Secuestro del Alakrana. Penélope Cruz, primera actriz española que gana el Óscar.
	Recesión económica y más de 4 millones de desempleados. Plan E. Se crea el FROB. Endesa es vendida a Enel.
2010	Cuarta presidencia española de la UE. RTVE sin publicidad. Apagón analógico. España campeona del mundo de fútbol en Sudáfrica. Reforma de la Ley del Aborto. Huelga de los controladores aéreos. Inaugurado el AVE Madrid-Valencia. Caso Nóos.
	Plan de ajuste económico. Reforma laboral. Huelga general del 29-S.
2011	Nueva ley antitabaco. España participa en la intervención militar en Libia. Terremoto en Lorca. Inaugurados los tranvías de Zaragoza. Elecciones autonómicas y municipales. Dimisión de Francisco Camps. Jornada Mundial de la Juventud en Madrid. Erupción en El Hierro. ETA anuncia «el cese definitivo de su actividad armada». Elecciones generales: X Legislatura; Mariano Rajoy, presidente del Gobierno. Cierra El Bulli.
	El Movimiento 15-M organiza protestas populares. Recapitalización de la banca. Crece el desempleo, se agudiza la crisis, la prima de riesgo llega a los 499 pb. Aprobada la reforma constitucional para limitar el déficit público.

续表

Año	Evento importante
2012	A. Pérez Rubalcaba, del PSOE, líder de la oposición. Iñaki Urdangarin es imputado por unos presuntos delitos económicos. Argentina expropia YPF a Repsol. Rescate del FMI y de la UE al sistema bancario español. España gana su tercera Eurocopa. Manifestación por la independencia de Cataluña en Barcelona. Dimisión de Esperanza Aguirre. Tragedia en el Madrid Arena, donde fallecen cinco personas.
2012	Nueva reforma laboral. Huelga general del 29-M. El Estado nacionaliza la matriz de Bankia (en quiebra). Huelga educativa del 22-M. La prima de riesgo supera los 600 pb; el desempleo, el 25%. Plan de Ajuste del gobierno. 25-S: Intento de rodear el Congreso de los Diputados. Huelga general del 14-N.
2013	Caso Bárcenas. Accidente ferroviario en Santiago de Compostela. Cadena humana en Cataluña a favor de la independencia. Susana Díaz, presidenta de Andalucía. Estrasburgo anula la doctrina Parot. Cierre de canal Nou. AVE Barcelona-París. Se superan los seis millones de desempleados. Aumentan los desahucios.
2014	Pedro Sánchez, secretario general del PSOE. Jordi Pujol confiesa poseer dinero no declarado en Andorra. Operación Púnica. Inaugurado el Metro de Málaga. Artur Mas lidera la consulta del 9-N. Crisis del Ébola. Imputación de la Infanta Cristina por blanqueo de capitales y delito fiscal. Se supera en un 100% del PIB la deuda pública.
2015	Las elecciones autonómicas y municipales marcan la ruptura del bipartidismo con la representación de dos nuevos partidos emergentes: Podemos y Ciudadanos. Junts pel Sí vence en las elecciones anticipadas en Cataluña. Las Elecciones generales dejan el Congreso más fragmentado de la historia. 51 españoles mueren en la tragedia aérea de Germanwings. Inauguración del Puente de la Constitución de 1812 en Cádiz.

续表

Año	Evento importante
2016	Por primera vez en la Hª de España finaliza una Legislatura -la XI- sin haber sido investido un presidente del Gobierno: se repiten las elecciones generales en las que vuelve a vencer el Partido Popular. Dimisión de Pedro Sánchez de la secretaria general del PSOE. Mariano Rajoy es investido presidente del Gobierno en minoría con el apoyo de Ciudadanos y la abstención del PSOE. El paro en España baja hasta el 19%. El PIB sube un 3,2%.
2017	Pedro Sánchez vuelve a la Secretaría General del PSOE. Celebración del WorldPride en Madrid. Atentados yihadistas en Barcelona y Cambrils. Referéndum sobre la independencia de Cataluña 1-O. El Parlament declara la independencia. El Gobierno aplica el art. 155. El president Puigdemont sale del país.
2018	La Justicia alemana niega la extradicción a España de Carles Puigdemont, tras su detención en ese país. Dimisión de la presidenta de la Comunidad de Madrid, Cristina Cifuentes. Disolución de la banda terrorista ETA. Quim Torra. Pedro Sánchez es investido presidente del Gobierno tras vencer por una moción de censura. Iñaki Urdangarin, primer miembro de la familia real española en ingresar a prisión.

(3) Cronología comparativa de Chile y España

Año	Chile	España	Año
10.000 a. C.-1599	Prehistoria, expansión europea y Conquista.	Fenicios y tartessos en el sur. Griegos, rodios y focenses en Cataluña y Valencia	1000 a. C.-231 a. C.
		Conquista de Hispania	230 a. C.-21 a. C.
		Hispania bajo el imperio romano	20 a. C.-408
		Invasiones bárbaras, Hispania visigoda	409-719
		Reconquista - Período de dominación musulmana	720-1474
		Reyes católicos: unión de Castilla y Aragón, conquista de Granada y de Navarra	1475-1515
		Casa de Austria: Carlos I y Felipe II	1516-1598
1600-1800	Colonia siglos XVII-XVIII	Casa de Austria: Felipe III, Felipe IV y Carlos II	1598-1700
		Casa de Borbón: periodo de la Ilustración	1700-1808
1801-1830	Independencia y organización	Guerra de Independencia y restauración absolutista	1808-1833
1831-1860	Predominio conservador	Reinado de Isabel II, revolución y I República	1833-1874
1861-1891	Época de la expansión	Restauración de la monarquía	1875-1931
1892-1925	El parlamentarismo chileno		
1926-1951	De la anarquía a los gobiernos radicales	II República, guerra civil y franquismo	1931-1975
1952-1973	Del populismo al socialismo		
1974-1989	Gobierno militar	Transición y reinados de Juan Carlos I	1975-2014
1990-1999	Chile actual	Felipe VI	2014-2018

(4) Biografía de Joaquín Toesca (1752-1799)

1752	Joaquín Toesca nace en Roma, Italia.
1759	Acompaña al arquitecto Francisco Sabatini a España.
1767	Estudia matemáticas en la Real Academia de Barcelona.
1769	Estudia en la Academia de San Lucas de Roma.
1776	Se instala en Madrid junto a su maestro Francisco Sabatini e inicia estudios en la Real Academia de Bellas Artes de San Fernando, los que finaliza 3 años después.
1780	Joaquín Toesca llega a Chile a ayudar en la construcción de obras públicas, a instancias del gobernador Agustín de Jáuregui y del obispo Manuel de Alday y Aspée.
1780	Joaquín Toesca inicia la construcción de la Real Casa de Moneda.
1784	Dirige las obras del edificio del Cabildo de Santiago, las que concluyen en 1789.
1785	Interviene en el diseño arquitectónico de la nueva catedral de Concepción.
1791	Realiza los planos del camino de Santiago a Valparaíso, obra en la que permaneció hasta 1795.
1792	Se inicia la construcción de los tajamares de Santiago, bajo la dirección de Joaquín Toesca.
1797	Realiza los planos del nuevo edificio del hospital San Juan de Dios y dirige los trabajos de construcción de éste.
1799	Tras la muerte de Joaquín Toesca, su discípulo Agustín Caballero continúa las obras de los Tajamares del Mapocho.
1799	Muere Joaquín Toesca.
1802	Se inaugura la Real Casa de Moneda, la que fue terminada por Agustín Caballero de acuerdo a los planos originales de Toesca.
1808	Se terminan los Tajamares del Mapocho.
1809	Se inaugura la remodelación del hospital San Juan de Dios.

2. ENTORNO LITERARIO

En esta investigación no caben todos los materiales sobre el ambiente literario chileno. El apéndice 2 cuenta con cuatro partes: (1) Los miembros de la generación del 38; (2) Los miembros de la generación del 50; (3) Los escritores chilenos exiliados; (4) Biografía de Jorge Edwards.

(1) Los miembros de la generación del 38

Referencia: Biblioteca Nacional Digidal de Chile (BND). *Memoria chilena.*
http://www.memoriachilena.cl/602/w3-article-100654.html#bibliografia

Gonzalo Drago (1906-1994)

Gonzalo Drago nació en San Fernando en 1906. Por motivos de carácter familiar, acompañó a sus padres por diferentes puntos de Chile, situación que le impidió finalizar sus estudios formales para convertirse en autodidacta. Su obra de honda raigambre popular, parece ser la extensión de sus propias vivencias, como hombre que conoció de muy cerca diversos ambientes y que se desempeñó en diferentes oficios. Empleado en el resguardo aduanero de Arica, en el Ferrocarril Trasandino, en Duncan Fox, en los minerales de Rancagua -como empleado de la Braden Cooper- y finalmente como funcionario de la Tesorería. Durante estos años, Gonzalo Drago se cultivó leyendo y escribiendo, lo que le permitió adquirir una amplia y sólida cultura.

Llegó a Rancagua en 1928 y comenzó a escribir en el diario *La Semana*, firmando sus notas como Alsino y Ateneo, colaborando con crónicas y algunos de sus primeros poemas. Se incorporó, como miembro activo al grupo de Los Inútiles, donde compartió con figuras como Baltazar Castro y Óscar Castro. A partir de 1938, colaboró esporádicamente en el diario *El Rancagüino*, para más tarde, en noviembre de 1958, convertirse en cronista estable con sus columnas "Antena semanal" y "Los libros". Incursionó también en otros diarios regionales como *La voz de Colchagua*, *La región* y *El Cóndor*.

Gonzalo Drago puede estar considerado entre los escritores chilenos forjados en la lucha por la vida, con más intuición literaria que estudios sistemáticos. Se le adscribe a la llamada Generación Literaria de 1938, movimiento que agrupó a más de un centenar de autores y cuya figura o eje central era el escritor Nicomedes Guzmán. De su primera obra, *Cobre*, publicada en 1941, y elogiada por Ricardo Latcham, se puede decir que es una mirada profunda al esforzado mundo del minero; a la lucha del hombre contra los elementos; y al desencanto del hombre de la mina por las injusticias de sus patrones.

Su segunda obra, el poemario *Flauta de caña*, fue publicada en 1943 con un prólogo de su amigo Óscar Castro. En 1946 publicó *Una casa junto al río*, conjunto de cuentos y una novela corta que da nombre al libro. En esta novela, a través del sentimiento de solidaridad del narrador hacia los desposeídos se denuncia la marginalidad del hombre y se da cuenta de la indiferencia social de su época.

En 1948 Drago publicó *Surcos*, obra que reúne cuentos campesinos de la zona central de Chile. *El purgatorio* de 1951, premiada por la Sociedad de Escritores de Chile, no fue bien recibida por la crítica de la época debido a lo polémico de su argumento: las durezas del servicio militar. En 1973, salió a la luz *Míster Jara*. Gonzalo Drago falleció en Santiago a los 88 años, el 24 de junio de 1994.

Francisco Coloane (1910-2002)

Considerado uno de los más importantes narradores nacionales, Francisco Coloane nació en el sureño pueblo de Quemchi, Chiloé, el 19 de julio de 1910. Hijo de un capitán de barcos balleneros y de una pequeña propietaria agrícola, Francisco Coloane cursó sus primeros estudios en las escuelas locales de Quemchi, para luego ingresar al Seminario de Ancud, donde realizó estudios equivalentes al segundo año de educación media.

Aun antes de terminar sus estudios, comenzó a trabajar como secretario, al tiempo que publicaba sus primeros relatos en revistas y diarios de la región. Más tarde, en 1929, fue contratado como aprendiz de capataz en una estancia ganadera de Tierra del Fuego, experiencia que dió tema a gran parte de su obra, y que se sumó a las labores que desarrolló como escribiente de la Armada de Chile y miembro de las expediciones petrolíferas realizadas en la provincia de Magallanes.

Integrante de la Generación Literaria de 1938 y poseedor de una prosa potente, Coloane manifiesta en sus textos la lucha continua del hombre y su entorno, siempre situado en las regiones inhóspitas del sur chileno o en las soledades de alta mar, como se ve en dos de sus libros más reconocidos, *Cabo de Hornos* (1941) y *El último grumete de La Baquedano* (1941). Estos tópicos se manifiestan también en sus volúmenes de cuentos, como *Golfo de penas* (1945) y *El chilote Otey y otros relatos* (1971), y en sus incursiones en la dramaturgia, como *La Tierra del Fuego se apaga* (1945).

Su obra ha sido objeto de múltiples comentarios y artículos de prensa; y él, llamado por la crítica europea como "Jack London de Sudamérica", a raíz de las cercanías temáticas que mantiene con el escritor norteamericano, en especial en lo que se refiere al retrato del hombre frente a una naturaleza aún indómita e inexplorada, principal fuente de inspiración de ambos autores.

Francisco Coloane realizó también una prolífica tarea como periodista y redactor de diversos medios de prensa, escribiendo numerosos artículos y notas para medios como *La crónica, El siglo* y la revista *Zig-Zag*, de la cual fue redactor político. Tampoco resulta menor su actuación gremial, que lo llevó a la presidencia de la Sociedad de Escritores de Chile (SECH) y a una continua participación tanto en esta asociación como en el Colegio de Periodistas, del cual fue miembro.

Ganador del Premio de la Sociedad de Escritores en 1957, y del Premio Nacional de Literatura en 1964, Francisco Coloane es sin lugar a dudas uno de los escritores chilenos de mayor relevancia, tanto en el país como en el extranjero, lo que se ha visto ratificado en el reciente éxito de sus obras en Europa, así como en la reedición de algunos de sus textos en Chile, como *El guanaco blanco*.

Francisco Coloane falleció en Santiago el 5 de agosto de 2002, a los 92 años de edad.

Andrés Sabella (1912-1989)

Poeta, narrador y periodista, Andrés Sabella na⸱   ⸱sta el 13 de diciembre de 1912.

Viajó a Santiago para estudiar derecho en la Univer⸱   ⸱rrera que no concluyó. Sin embargo, durante nueve años fue ayudant⸱   Derecho del Trabajo. Permaneció 21 años en la capital, integrándo⸱   ⸱iteraria junto a Diego Muñoz, Pablo Neruda, Oreste Plath, Alberto R⸱   ⸱mménez y Alberto Valdivia (el "Cadáver" Valdivia), entre muchos otros escritores. Fue miembro de la Hermandad de la Costa donde alcanzó el grado máximo de Capitán Nacional.

Escribió en numerosas revistas y diarios del país, siendo colaborador constante, durante más de 40 años, del diario *Las últimas noticias* de Santiago. Dirigió la revista *Mástil* de la Escuela de Derecho. Desde 1933 editó *Los cuadernos de poesía hacia*, publicación fundamental en la difusión de la literatura nacional. En ella inició, además, una importante labor como dibujante; actividad que mantuvo durante toda su vida.

En 1930 apareció Rumbo indeciso su primer libro de poemas. Años más tarde ingresó al Partido Comunista y en 1937 fue uno de los fundadores de la Alianza de Intelectuales contra el Fascismo. Gran parte de su producción literaria contiene una fuerte denuncia social. Exaltó figuras como las de Luis Emilio Recabarren y la de José Domingo Gómez Rojas, poeta estudiante encarcelado y muerto en 1920.

Situado en la llamada Generación Literaria de 1938, entre sus temas principales se encuentran la pampa y el mar. Su novela más conocida y comentada es *Norte Grande*, epopeya de las salitreras, cuyo personaje central es la pampa, tratada con gran sentido social y poético. El título de esta obra dio nombre a la zona que se extiende entre la primera y segunda regiones.

Otro aspecto importante en su obra, celebrado con entusiasmo por Gabriela Mistral, es su poesía para niños, difícil género en que alcanza armonía, originalidad y juego lingüístico, con títulos como "Canciones para que el mar juegue con nosotros", "Chile, fértil provincia" y "Cetro de bufón". En 1978, fue designado Miembro Correspondiente de la Academia Chilena de la Lengua.

Andrés Sabella murió en Iquique, el 26 de agosto de 1989.

Eduardo Anguita (1914-1992)

Eduardo Anguita Cuéllar nació en Yerbas Buenas, Linares, el 14 de noviembre de 1914. Estudió derecho en la Universidad Católica de Chile, carrera que no concluyó. A partir de entonces colaboró en numerosas revistas y diarios como *Ercilla*, *Plan*, *Atenea*, *La Nación* y *El Mercurio*, entre otras. Además fue redactor creativo para distintas agencias publicitarias y para las radios Minería y Agricultura.

Su obra literaria comenzó en 1934, cuando tenía 20 años, con *Tránsito al fin*, poemario que fue traducido al inglés en 1942. Anguita, considerado miembro de Generación Literaria de 1938, inició su actividad creativa en un período en que se desarrollaban importantes movimientos estéticos de vanguardia, fundamentalmente el surrealismo y el creacionismo. Fue amigo y admirador de Vicente Huidobro y compartió búsquedas poéticas con Pablo Neruda y Volodia Teiltelboim. Además se mantuvo vinculado muchos años al grupo Mandrágora.

En 1935, junto a Volodia Teitelboim, publicó *Antología de poesía chilena nueva*. La edición de este libro, más allá de la encendida polémica literaria que provocó, fue un valioso aporte al reconocimiento de las nuevas tendencias poéticas de la época. En el prólogo de este volumen, los autores explican su idea o concepto de la función de la poesía: "La poesía no puede ser considerada como un entretenimiento útil al espíritu. Para el poeta ella es elemental, como cualquiera de sus funciones orgánicas: es un reclamo del ser, que pide ser representado dentro del cosmos, y en este sentido, la poesía responde lisa y llanamente al instinto de conservación del individuo". Esta antología incluyó a Vicente Huidobro, Ángel Cruchaga Santa María, Pablo de Rokha, Rosamel del Valle, Pablo Neruda, Humberto Díaz-Casanueva, Juvencio Valle, Omar Cáceres y a los antologadores.

En 1955, el Gobierno de Carlos Ibáñez del Campo lo designó agregado cultural en México. Después de un año en ese país, publicó *Palabras al oído de México* (1960) y su recordada entrevista al escritor mexicano Alfonso Reyes. En este período, Eduardo Anguita practicó el oficio de cronista literario con el seudónimo de Osvaldo Guzmán Muñoz.

Dentro de sus obras más destacadas se cuentan *Antología de poesía chilena nueva* (1935), *Venus en el pudridero* (1967), *Poesía entera* (1971), *Antología de Vicente Huidobro* (1945), *El poliedro y el mar* (1962), *La belleza de pensar: 125 crónicas* (1987) y *Anguitología* (1999).

En su larga trayectoria literaria fue galardonado en distintos concursos: Premio Municipalidad de Santiago en dos ocasiones, por *El poliedro y el mar* (1963) y *Poesía entera* (1972); Premio María Luisa Bombal de la Municipalidad de Viña del Mar; y, en 1988, el Premio Nacional de Literatura.

Alejado del mundo literario, falleció el 12 de agosto de 1992.

Nicomedes Guzmán (1914-1964)

Nicomedes Guzmán, seudónimo de Óscar Vásquez Guzmán, nacido en Santiago el 25 de junio de 1914, fue uno de los miembros más destacados de la Generación de 1938. Quizás el único integrante de extracción proletaria, participó de manera activa tanto en la acción cívica como en diversos ámbitos de la literatura, como la creación, la edición y la imprenta.

Narrador y poeta, Guzmán fue autor del libro de poesía *La ceniza y el sueño* (1938) y de novelas y cuentos que marcaron hitos en la tradición literaria chilena como *Los hombres obscuros* (1939), *La sangre y la esperanza* (1943), *La luz viene del mar* (1951) y *Una moneda al río y otros cuentos* (1954).

Como escritor, creó una visión de la marginalidad que escapaba de la concepción estereotípica de los sujetos populares. Su obra, vinculada con el marxismo, revistió el mundo narrado de un halo de esperanza y redención histórica que exploró las causas y consecuencias de las desigualdades en la sociedad capitalista.

Los temas de su obra literaria, centrados en aspectos sociales predominantes de la vida chilena de la época, hicieron énfasis en la injusticia social, la explotación de trabajadores y trabajadoras, la vida miserable de los suburbios, la degradación moral en la pobreza y la corrupción en el poder.

Además de su trabajo como escritor, Nicomedes Guzmán estuvo ligado desde muy joven al mundo editorial a partir de su experiencia en diferentes oficios de imprenta y de colaboraciones con distintas revistas, que lo ayudaron a concebir la literatura desde una perspectiva amplia, como un conjunto de prácticas en las que se integraban la ilustración, el diseño tipográfico, la encuadernación y la edición.

Las colaboraciones, en este sentido, que realizó en la revista *El Peneca* (1908-1960), entre 1931 y 1937, donde, con el seudónimo de "Ovaguz", publicó ilustraciones, crónicas deportivas y textos literarios, marcaron un hito importante en su formación pues pudo conocer a artistas, como Fidelicio Atria (1904-1965), que influyeron en el desarrollo de sus habilidades técnicas y sus nociones estéticas.

Fruto de estos conocimientos, en el año 1934 escribió, diseñó, ilustró y encuadernó el libro, inédito hasta el año 2015, titulado *Croquis del corazón*, con motivo del cumpleaños de Lucía Salazar, quien posteriormente se convirtió en su esposa.

Colaboró, también, durante la década de 1940, en la revista *En Viaje* (1933-1973), medio de difusión de la Empresa de Ferrocarriles del Estado, donde publicó textos con el seudónimo -que ya había utilizado para firmar *Croquis del corazón*- de "Darío Octay", el que ideó como un homenaje al poeta nicaragüense Rubén Darío y a la localidad de Puerto Octay.

Como editor, concibió colecciones como La honda y Novelistas contemporáneos de América, ambas de Ediciones Cultura, de la cual fue director. Compiló, además, antologías de la obra de Baldomero Lillo (1867-1923), los cuentos de Marta Brunet (1897-1967) y de la poesía y prosa de Carlos Pezoa Véliz (1879-1908), publicadas todas por Editorial Zig-Zag.

En el año 1957, llevó a cabo un ambicioso proyecto con el libro *Autorretrato de Chile*, un recorrido por la geografía y el imaginario chileno a través de crónicas, artículos, narraciones y poemas de escritores y escritoras nacionales.

En su vasta trayectoria como escritor y editor, Nicomedes Guzmán se preocupó de afianzar un imaginario del trabajo y la justicia social y de abrir nuevos surcos profesionales que ayudaron a diversificar la concepción de la literatura como un conjunto de contenidos estéticos. También, se preocupó de impulsar la obra de escritores inéditos y de divulgar la de escritores consagrados con el objetivo de enriquecer la producción literaria nacional y latinoamericana.

Teófilo Cid (1914-1964)

Teófilo Cid desde su juventud sintió gran interés por las letras, según él, ese vivir a través de las palabras fue una decisión que tomó tempranamente. Oriundo de Temuco, tierra de destacados poetas, se relacionó desde su etapa escolar con escritores que lo acompañaron en sus comienzos literarios. En esa época, con Braulio Arenas y Enrique Gómez-Correa, compartió lecturas y largas discusiones sobre poesía.

En 1933, con 19 años de edad, se trasladó a Santiago. Tras seguir la carrera de Pedagogía en Castellano, comenzó a trabajar como funcionario del Ministerio de Relaciones Exteriores. Sin embargo, pronto dejó atrás las responsabilidades de ese cargo y se vinculó con la bohemia intelectual santiaguina, la que en las noches se proclamaba por los bares y cafés de la ciudad. Ya establecido en la capital, formó junto a sus amigos Braulio Arenas, Enrique Gómez Correa y Jorge Cáceres el grupo Mandrágora, cuyo objetivo fue difundir, mediante una revista, actos públicos y tertulias, los postulados del surrealismo. Producto de su vinculación con esta corriente de pensamiento surgió el libro *Bouldroud* en 1942, compuesto por siete cuentos calificados por el mismo como "oníricos".

En 1949, finalmente, Teófilo Cid se alejó la Mandrágora y se acercó al creacionismo de Vicente Huidobro. Este proceso de ruptura lo plasmó en una nueva obra, la que titulada *Camino del Ñielol* mostró una nueva etapa en su escritura. Mientras tanto sus antiguos compañeros preparaban, sin incluirlo, la antología *El A, G, C de la Mandrágora*.

Por otra parte, fue un colaborador del semanario *Pro-Arte* y el diario *La Hora*. Y en 1952 escribió una novela breve, *El tiempo de la sospecha*, donde abordó la época dictatorial de Carlos Ibáñez del Campo.

En 1956 fue invitado por el gobierno de Estados Unidos, junto a otros periodistas latinoamericanos, a efectuar una gira cultural por dicho país. A su regreso escribió una serie de artículos sobre su experiencia, los que tituló "El mundo norteamericano". En 1961, obtuvo el primer premio en el concurso Juegos Literarios Gabriela Mistral por su única obra de teatro: *Alicia ya no sueña*.

En 1963 la comuna de San Miguel le otorgó el Premio Nacional del Pueblo por el conjunto de su obra poética. Teófilo Cid fue un escritor completo, abordó todos los géneros: novela, cuento, teatro, poesía y crítica. En sus últimos años Guillermo Atías le dio hospedaje. Ya con la salud deteriorada y sin dinero, mostró ante todos su decadencia personal, la cual, en palabras de Luis Sánchez Latorre, se manifestó como un "curioso paso del dandismo a la menesterosidad; de la pulcritud casi elegante en el vestir al raimiento del faldón, a la crasa negligencia corporal".

Murió el 15 de junio de 1964, dejando dos obras inéditas: *Pacto para noviembre*, novela y *La razón ardiente*, libro de poemas. En 1976, Alfonso Calderón reunió en una antología, la que llevó por título "¡Hasta Mapocho no más!", todos sus artículos dispersos en diarios y revistas.

Volodia Teitelboim (1916-2008)

Valentín Teitelboim Volosky, más conocido como Volodia Teitelboim, nació el 17 de marzo de 1916, en Chillán. Hijo de Moisés Teitelboim y Sara Volosky, desde temprana edad manifestó inquietudes literarias. Leyó intensamente *El Peneca*, a Emilio Salgari, Julio Verne y *la Biblia*. A los 16 años inició su militancia en la Juventudes Comunistas. Desde entonces, su actividad política marcó un nuevo rumbo para su vida.

En 1935, publicó en colaboración con Eduardo Anguita *Antología de poesía chilena nueva*. Este libro señaló un punto de controversia, ya que no incluyó a Gabriela Mistral y contribuyó a la célebre polémica literaria entre Vicente Huidobro, Pablo de Rokha y Pablo Neruda.

Volodia Teitelboim, considerado miembro de la Generación Literaria de 1938, ha ejercido la crítica literaria en diversas publicaciones. Su mirada crítica siempre estuvo atenta a las letras latinoamericanas y universales. Durante medio siglo, incluyendo sus quince años de exilio europeo, trabajó como analista del quehacer literario de otros autores y, también, como creador en diversos géneros.

En 1952 publicó su novela *Hijo del salitre*, que Neruda consideró en su prólogo "racimo asombroso de vida y de luchas cargadas de semillas", y que se refiere a la vida de Elías Lafferte. Tuvo numerosas ediciones en el país y, tal como ocurrió con otras de sus novelas, fue traducida a varios idiomas.

En 1954 fundó y dirigió en Santiago, la revista cultural Aurora, y, posteriormente, en los setenta, durante su exilio, fundó y dirigió *Araucaria de Chile*. Publicada en Madrid, por doce años, fue un importante órgano de resistencia crítica de los intelectuales exiliados, tanto chilenos como latinoamericanos.

Su biografía Neruda, aparecida en Madrid en 1984, fue publicada en alemán, ruso, francés e inglés. En Estados Unidos aparecieron dos ediciones. Para 1995 se reeditó en París en lengua francesa. Se publicó también en Argentina y Cuba. En Chile, Editorial BAT la publicó por primera vez legalmente en el país.

En su larga trayectoria ha desarrollado distintas labores: escritor, biógrafo, crítico literario, periodista fundador de *El Siglo*, locutor radial, abogado, diputado, senador y secretario general del Partido Comunista de Chile. Algunas de las cuales lo hicieron acreedor de importantes galardones culturales.

Durante más de sesenta años Volodia Teitelboim ha descrito una extensa parábola literaria, caracterizada por su compromiso e intensidad. Testigo y actor de nuestro tiempo, analista y expositor del proceso cultural chileno del siglo XX, ha dejado una obra que sólo puede ser producto de un activo participante de nuestra historia.

En agosto de 2002, recibió el Premio Nacional de Literatura. Falleció el año 2008, a los 91 años de edad, producto de una neumonía.

(2) Los miembros de la generación del 50

José Donoso (1924-1996)

Desde sus inicios como escritor, José Donoso mostró claridad respecto a su proyecto literario: su obra se convertiría en el soporte de su propia biografía y él mismo no podría vivir fuera de ella. Así, cuando afirmó que su "diario de vida comienza en 1958", puso de manifiesto las coordenadas de toda su creación. Cada libro publicado, entonces, tendría que ser leído como un fragmento de su memoria.

Mostró inclinación por la literatura desde muy joven y sus incursiones iniciales en la escritura fueron como cuentista. En 1950 publicó su primer relato, "The Blue

Woman", el que dio a conocer en Estados Unidos, mientras cursaba un Magíster en Literatura Inglesa en la Universidad de Princeton.

Su consolidación como autor fue con su primer volumen de relatos: *Veraneo y otros cuentos*, en 1955. Aunque fue con la publicación de la novela *Coronación* (1957) que la orientación autobiográfica de sus novelas se hizo evidente.

Tras la aparición de su primera novela, José Donoso ya imbuido en la vocación de escritor buscó otros territorios donde desarrollar su creatividad. Se dedicó a traducir obras de autores extranjeros y, luego, en 1960 se incorporó al equipo de la revista Ercilla, donde permaneció como columnista semanal hasta 1965. Ese año fue invitado al Writer's Workshop de la Universidad de Iowa en calidad de Lector Visitante. Permaneció por tres años, nutriéndose de la cultura norteamericana y conociendo a importantes escritores extranjeros. Durante esos años, tuvo que cumplir con compromisos editoriales y publicó en 1966 *Este domingo* y *El lugar sin límites*, novela que escribió en México durante su estada en la casa de Carlos Fuentes.

Su nombre ya consolidado en los circuitos literarios internacionales, pasó a formar parte de la nueva generación de narradores latinoamericanos, los que bautizados como la Generación del *Boom*, alcanzaron reconocimiento mundial.

El año 1967 significó un nuevo avance en su trayectoria literaria. En busca de nuevos horizontes, se trasladó a Europa, donde vivió por más de diez años. Esta época fue muy significativa para su obra, la que aumentó considerablemente gracias al apoyo editorial español. Allí, terminó de escribir *El obsceno pájaro de la noche*, publicó *Historia personal del "Boom"* (1972), *Tres novelitas burguesas* (1973), *Casa de campo* (1978) y *La misteriosa desaparición de la marquesita de Loria* (1980). Además, fue distinguido con importantes premios de la cultura y su obra logró tener una difusión tanto en español como en otros idiomas.

Regresó a Chile en 1981 y publicó *El jardín de al lado*, novela donde aparece representado su deseo por volver al país. También, lanzó su única obra poética, la que tituló *Poemas de un novelista* (1981).

Los años siguientes fueron de mucha actividad. Pasó su tiempo entre Chile, viajes a Europa y a Estados Unidos, cumpliendo con invitaciones a congresos y asistiendo a homenajes. Para escribir siempre buscó un refugio. Así en 1985 se trasladó a Chiloé para escribir *La desesperanza*. Participó, además, de proyectos de teatro y cine inspirados en sus novelas y cuentos. En 1990, recibió el Premio Nacional de Literatura.

José Donoso, trabajó incansablemente hasta el final de sus días. A partir de 1990 escribió cinco novelas voluminosas y nunca paró de escribir, dejando incluso muchos proyectos literarios sin terminar, corroborando así su certera afirmación: "Yo no sé vivir fuera de la literatura".

Guillermo Blanco (1926-2010)

Guillermo Blanco desde niño buscó apropiarse del mundo a través de la escritura, tal como una vez lo hicieron los conquistadores de América que se apoderaron de la geografía del continente a través de la palabra. Poseedor de una vasta producción literaria -más de quince obras narrativas, siete ensayos y numerosos artículos publicados en diarios y revistas-, sus creaciones nacieron de la observación del entorno, "de una conversación oída al pasar, de una silueta dibujada en la bruma, hasta del nombre de una persona".

Desde sus primeras publicaciones, aparecidas en revistas culturales como *Amargo*, *Estudios*, *Rumbos*, y *Finis Terrae*, destacó por su envidiable dominio del idioma y su capacidad para expresarse en distintos formatos. Así fue como en la década de 1950 no sólo se consagró como narrador sino también como periodista, forjando un estilo único, inconfundible por su espíritu crítico e impregnado de humor.

Entre 1959 y 1964 dio a conocer sus primeros libros: *Sólo un hombre y el mar* (1959), compilación de cuentos; *Misa de Réquiem* (1959), novela breve, y Gracia y el forastero, su obra más conocida y que en la actualidad ostenta más de ochenta y tres ediciones. Por estos años trabajó en una compilación de cuentos, en los que de manera excepcional expuso sus miedos personales. Titulado *Los borradores de la muerte* (1969), escribió motivado por la idea de dejar un legado íntimo y poético.

Convencido de que el escritor tiene una misión y un deber con su comunidad, abogó por el patriotismo de la palabra y por ello, cultivó el ensayo sobre temas sociales, culturales y políticos. Sin duda uno de sus mayores logros en este ámbito fue el libro *El evangelio de Judas* (1973), en el que realizó una profunda reflexión sobre Cristo y la religión.

El reconocimiento de sus coetáneos se materializó en 1971, cuando fue nombrado miembro de número de la Academia Chilena de la Lengua, en reemplazo del recién fallecido Salvador Reyes.

Una veta humorística dejó entrever en libros como: *Placeres prohibidos*, *Ahí va esa* (1973), *Revolución en Chile* (1962), escrita en conjunto con Carlos Ruiz-Tagle y firmada con el seudónimo de Sillie Utternut, y *El joder y la gloria* (1997), cuyo título aludió a la novela de Graham Greene. Por otra parte, también desarrolló la novela histórica, con *Camisa limpia* (1989), inspirada en la vida del médico portugués Francisco Maldonado de Silva.

Durante la década de los noventa, Guillermo Blanco se dedicó a estudiar en extenso la obra de Miguel de Unamuno. En 1999 fue galardonado con el Premio Nacional de Periodismo por sus valiosos aportes a la cultura. "¿Qué hay tras ese reconocimiento unánime?", se pregunta el crítico literario Hugo Montes, respondiéndose él mismo: "Quizás la poco frecuente conjunción de cualidades de muy diverso orden, como sentido del humor, sensibilidad poética y una suerte de antena especial para detectar las más mínimas variaciones del alma humana".

Claudio Giaconi (1927-2007)

Autor fundacional de la generación literaria de 1950, Claudio Giaconi ingresó a la historia de las letras nacionales con la publicación de su conjunto de cuentos *La difícil juventud*, obra que terminó convirtiéndose en el título más importante de su reducida producción editorial. La aparición de este libro en 1954 generó un gran controversia que alzó a Giaconi como la figura emblemática de un movimiento de renovación de la literatura chilena, a la que consideraba estancada en las temáticas rurales del criollismo, el culto a lo anecdótico y las exigencias del realismo socialista.

Claudio Giaconi nació en Curicó en 1927 y se educó en el Colegio Hispanoamericano de los Padres Escolapios, hasta que la muerte de su padre y la ruina familiar lo obligaron a abandonar sus estudios y a ocuparse en una larga serie de trabajos ocasionales. En forma paralela empezó a escribir y a ejercer el periodismo, formándose a sí mismo por medio de la lectura de los grandes escritores del siglo XIX, sobre todo autores rusos como Gogol, Dostoievski, Goncharov y norteamericanos como William Faulkner y Thomas Wolfe.

Hacia comienzos de la década del cincuenta, Giaconi tomó contacto con jóvenes artistas como Carlos Faz, Enrique Lihn, Jaime Lazo, Jorge Teillier, Jorge Edwards y Carmen Silva, escritores y pintores con los que compartía una actitud escéptica ante los cánones estilísticos prevalecientes y una voluntad de generar transformaciones profundas sobre ellos. Más tarde estos intelectuales constituirían la llamada Generación Literaria de 1950, en la que Giaconi ocupó un papel protagónico, antes de que el grupo se dispersara cuando muchos de sus miembros siguieron el camino del exilio.

En 1958, en una ponencia presentada en el Segundo Encuentro de Escritores Chilenos realizado en Chillán, Giaconi leyó un texto que fue una declaración de principios: allí anunciaba que su generación se proponía destruir los "monstruos sagrados" del pasado para abrirse hacia los grandes problemas contemporáneos, a nuevos métodos narrativos y una mayor profundidad sicológica. Un año más tarde, Giaconi publicó su cuento "El sueño de Amadeo", también rodeado de grandes controversias, y en 1960 su ensayo *Un hombre en la trampa* (*Gogol*). Ese mismo año partió becado a Roma y luego vivió una temporada en Bélgica, donde siguió estudios informales en la Universidad de Lovaina. Desde ahí pasó a Estados Unidos, donde permaneció largo tiempo, principalmente en Nueva York, trabajando como editor en la Agencia UPI.

El largo autoexilio de Giaconi coincidió con un prolongado silencio literario, que sólo interrumpió en 1985 con la publicación de su primer libro de poemas *El derrumbe de Occidente*, título que tuvo escasísima difusión. En 1990 volvió a Chile iniciando un difícil regreso, en el que no publicó nada hasta fines de 2005, cuando salió a la luz un segundo volumen de poemas [sic], firmado bajo el seudónimo de "El hombre invisible", apelativo que se ajustaba a su situación personal y literaria, que transitaba entre la leyenda y el desamparo. El año 2004 Giaconi se enfermó gravemente de tuberculosis y sufrió una complicada intervención en una pierna, que deterioró mucho su estado de salud. Murió víctima de un infarto al corazón a comienzos de 2007.

Enrique Lafourcade (1927-)

Enrique Lafourcade ha dedicado toda una vida a la literatura: "Un ejemplo de obstinación increíble", según él mismo confiesa. Hoy, con más de ochenta años de edad, exhibe una obra cuantiosa y reconocida en toda Latinoamérica: más de dieciséis libros en prosa, crónicas y cuentos. A ello hay que sumar sus innumerables artículos de opinión publicados en los suplementos dominicales de El Mercurio y varias antologías de cuentos.

Incursionó en la escritura desde muy joven, a los trece años de edad con poesías románticas y luego, a los dieciséis años, con cuentos. Antes quiso ser filósofo, músico y artista visual; incluso, estudió pintura en el Museo de Bellas Artes.

Finalmente, se dio cuenta de que su verdadera vocación era la literatura.

En sus primeros años como escritor fue muy difícil para él vivir de su arte debido a que en aquel tiempo las editoriales no entregaban más que una suma simbólica a los autores por conceptos de derechos de autor. Entonces, para financiar su obra literaria, decidió trabajar como periodista y comenzó colaborando para el diario *Las últimas noticias*. Fue así como en 1950 publicó su primera novela: *El libro de Kareen*, que escribió inspirado en su hermana que murió tempranamente a causa de una extraña enfermedad.

Con este primer libro, Lafourcade ingresó al medio intelectual santiaguino y formó parte de la Generación Literaria de 1950. Compartió, con los jóvenes escritores de esa generación, veladas y charlas y una misma forma de ver el mundo: "Queríamos explorar el mundo porque pensábamos que la vida estaba más allá de las rutinas familiares y domésticas. Bohemios de pan con queso y tacitas de té en el Il Bosco, pasábamos el día metidos en la Biblioteca Nacional y charlando en el Parque Forestal. Un grupo de jóvenes que soñó con ser artistas".

A fines de la década de 1950 partió a Estados Unidos y Europa con el propósito de buscar otras alternativas laborales y adquirir nuevas experiencias. Ese viaje significó un enorme cambió en su trayectoria intelectual: volvió más participativo y asumiendo una actitud más crítica hacia las letras. Además, inauguró los primeros talleres literarios y comenzó a escribir semanalmente columnas de opinión en El Mercurio. A este periodo corresponde el nacimiento del polémico y mordaz crítico que hoy todos conocemos.

Ya instalado en Santiago, se dedicó por completo a la literatura y escribió uno de los libros más leídos en Chile: *Palomita Blanca* (1971), que constituye hoy un verdadero fenómeno editorial, con más de cuarenta ediciones y un millón de copias vendidas. Otras novelas que publicó en esta época fueron: *La fiesta del rey Acab* (1959), *El príncipe y las ovejas* (1961) y *Novela de Navidad* (1965), entre otras. Luego del éxito editorial de Palomita Blanca, Lafourcade escribió *Salvador Allende* (1973), novela que revive, mediante un monólogo interior, las últimas horas de vida del ex Presidente.

Posteriormente, durante la dictadura militar, Lafourcade mantuvo una postura independiente, dando a conocer su opinión directa y sagaz. Por esos años, publicó algunas novelas alegóricas sobre la situación política chilena, como *Adiós al Führer* (1982), *Terroristas* (1984) y *El gran taimado* (1984).

Enrique Lafourcade también ha escrito sobre el amor y el erotismo. Tres novelas suyas han sido finalistas en el concurso de novela Planeta: *Mano Bendita* (1993), *Cristianas viejas y limpias* (1998) y *Otro baile en París* (2000). En la actualidad, es un escritor de tiempo completo que, además, ha sido panelista televisivo; invitado infaltable de toda feria literaria que se celebra en el país; ilustrado crítico gourmet y excepcional y polémico cronista.

María Elena Gertner (1927-2013)

María Elena Gertner es una multifacética y prolífica escritora y actriz que formó parte de la Generación Literaria de 1950, junto con otros autores como Mercedes Valdivieso, Elisa Serrana, María Carolina Geel, Enrique Lafourcade, José Donoso y Claudio Giaconi. Nació en Iquique en 1927 y a los veinte años debutó como actriz; el cineasta José Bohr la conoció en la calle y, tras la propuesta de una prueba de cine, fue contratada por la radio Universidad de Chile e ingresó a la escuela de Teatro Experimental de la misma casa de estudios. Cuenta María Elena Gertner que desde los cinco años de edad leía todo tipo de libros, a los nueve años escribía sus primeros cuentos y a los doce ensayaba sus primeras novelas; ya "a los dieciocho sabía que quería ser escritora" (Kuncar, Susana. "Amé y me amaron mucho", Análisis (410):41, 1992), vocación por la que se inclinó sin por ello abandonar las clases de teatro y la actuación.

Publicó su primer y único libro de poesía, titulado *Homenaje al miedo*, el año 1950, a los 22 años de edad. Durante esa época viajó a París, donde conoció a Jean-Paul Sartre, Simone de Beauvoir y Albert Camus, hizo amigos argelinos y convivió entre los estudiantes. Esta experiencia resultaría determinante en la actitud existencialista de las heroínas de sus novelas, que también muestran la influencia de Fiódor Dostoyevski y Virginia Woolf. En esos años se estrenaron sus primeras piezas teatrales en el Teatro de Ensayo de la Universidad Católica, en cuya escuela ejerció también como profesora: *La mujer que trajo la lluvia* (1951) y *La rosa perdida* (1952), obra en la cual se desempeñó como directora de escena y actriz.

Debutó en la narrativa el año 1958, con la publicación de la novela *Islas en la ciudad*, por editorial Zig-Zag. Su trabajo llamó la atención de los críticos y pronto fue reimpresa. Tres años después, en 1961, publicó su segunda novela, *Después del desierto*. A continuación, con *Páramo salvaje* (1963), instaló un estilo de escritura "con las mismas raíces espirituales turbadoras [de sus novelas anteriores] hincadas en la hondura del instinto y del subconsciente humano" (Santiván, Fernando. "Páramo salvaje", p. 21).

La novela que marcó su consolidación en el medio literario fue *La mujer de sal* (1964), que llegó a contar con cuatro ediciones. Su última novela, *La derrota* (1965), suscitó una polémica entre Manuel Rojas y Alone, quien desdeñó la publicación luego de haber elogiado la habilidad técnica de la autora y la profundidad sicológica de los personajes en sus anteriores trabajos.

La producción como cuentista de María Elena Gertner fue incluida por Enrique Lafourcade en *Antología del nuevo cuento chileno* (1954) y *Cuentos de la generación del 50* (1959), y su cuento "El invencible sueño del Coronel" ganó el primer lugar del concurso CRAV de 1963. Además de su labor narrativa, realizó entrevistas en Adán: la revista del hombre latinoamericano (1966-1967), dirigida por Mercedes Valdivieso, incursionó en el género del musical en los años setenta y, en la década siguiente, volvió al teatro y escribió guiones para teleseries.

Su escritura desenfadada y la exposición directa de los conflictos emocionales y las experiencias sexuales de sus protagonistas la vinculan a un primer feminismo literario, avanzada de la cual participaron buena parte de las narradoras chilenas de los años cincuenta. Sin penetrar aún en la arena política, estas autoras abordaron como tema central la problemática de la mujer dentro de una sociedad de clases fuertemente machista, donde tantea las posibilidades de la libertad y la autonomía.

Desde inicios de los años noventa María Elena Gertner vive en Isla Negra, dedicada a la traducción y a su grupo de teatro Alta Marea. El año 2005 recibió la Orden al Mérito Pablo Neruda por una vida dedicada al arte y la cultura.

Jorge Edwards (1931-)

Jorge Edwards nació el 29 de junio de 1931 en Santiago. Desde niño sintió gran inclinación por la lectura, sin embargo nunca pensó que podría ser escritor profesional. Se educó en el colegio San Ignacio de Loyola, donde tuvo por profesor al Padre Alberto Hurtado. Allí, su interés literario se vio acrecentado y escribió sus primeros ensayos, los que tenían como tema el mar. Terminada la enseñanza escolar, Jorge Edwards estudió Derecho en la Universidad de Chile, pero no ejerció pues optó por seguir su vocación literaria.

En 1952 publicó su primer volumen de cuentos, *El patio*, el cual tuvo excelente acogida. Dos años más tarde, comenzó su carrera como diplomático, pensando que con esta actividad cumpliría con las expectativas de su familia. Entretanto mantuvo un pausado ritmo de escritura, sin aún dedicarse por entero a dicha actividad. En 1962 editó otro volumen de cuentos, el que tituló *Gente de la ciudad*. En los años siguientes ejerció como secretario de la Embajada de Chile en París, paralelamente y con mucho esfuerzo escribió *El peso de la noche*, publicándolo en 1965. Con este libro Jorge Edwards comenzó una nueva etapa en su carrera literaria y en su estilo de escritura. Según el autor, con esta primera novela comenzó "de veras a escribir. O sea, a decir el máximo de cosas, a observar la realidad de entorno y dejar de lado la obsesión autobiográfica". De regreso en Chile preparó junto al poeta Enrique Lihn una compilación de cuentos, la que titularon Temas y variaciones (1969).

En 1970 fue enviado por el gobierno chileno a La Habana en misión especial para reinstaurar las suspendidas relaciones diplomáticas entre ambos países. Tres meses bastó para que fuera declarado por Fidel Castro "persona non grata" por su apoyo a los intelectuales disidentes del régimen. De esta controvertida experiencia, surgió el libro *Persona non grata*, el que publicado en 1971 causó gran polémica, pues en éste Edwards hizo una crítica directa a la política contingente. Jorge Edwards fue considerado en ese momento un escritor bastante crítico con su entorno, y por ello recibió el rechazo de distintos sectores políticos y clases sociales. Aún así, fue reconocido como un autor de peso y algunos críticos se aventuraron a señalar que por sus temáticas, centradas en la preocupación del tiempo y la realidad histórica chilena y de una clase particular (la burguesía) Edwards integraba la Generación Literaria de 1950.

Alcanzó a estar dos años en Chile, pues tras el golpe de Estado de 1973, decidió partir con destino a España. En este país, Edwards consiguió orientar su trabajo literario y desarrollar sus actividades como novelista.

También, su experiencia en España y la distancia con su país, le dieron la perspectiva para consagrarse en el territorio del memorialista: "se ven tan claras las cosas, que uno pasaba por alto al topárselas todos los días acá. La literatura se hace con la memoria. Con una memoria creadora, que no es posible suscitar ni provocar, y que el ausencia estimula". Se estableció en Barcelona y a partir de 1973 se instaló en Calafell, un pequeño pueblo costero. En Barcelona se desempeñó como asesor literario de Seix Barral y director de una editorial más pequeña, también colaboró con artículos para los más reconocidos periódicos del país. Durante sus años de exilio escribió la elogiada compilación de ensayos *Desde la cola del dragón* (1977), libro en el que Edwards intentó establecer un vínculo entre su obra periodística y su ficción con el propósito que sus crónicas fueran leídas también como textos literarios y *Los convidados de piedra* (1978), novela de crítica directa a la burguesía chilena.

De regreso en Chile, en 1978, fue designado miembro de la Academia Chilena de la Lengua. En los años siguientes, Jorge Edwards publicó dos de sus libros más comentados, *El museo de cera* (1981) y, posteriormente, en 1987, El anfitrión. En 1990 ganó el Premio Comillas de la editorial Tusquets por su manuscrito sobre la vida de Pablo Neruda, titulado *Adiós, Poeta*. En 1994, Jorge Edwards recibió el Premio Nacional de Literatura en reconocimiento a su larga trayectoria y su aporte a las letras chilenas, ese mismo año publicó *El whisky de los poetas*.

El año 2000 fue muy importante para Edwards, puesto que se le otorgó el Premio Cervantes, distinción considerada por la crítica como el nobel hispanoamericano. Ese mismo año, el presidente Ricardo Lagos lo condecoró con la Orden al mérito de Gabriela Mistral y publicó su libro *El sueño de la historia*, inspirado en la vida del arquitecto del Palacio de la Moneda, Joaquín Toesca.

(3) Los escritores chilenos exiliados

Efraín Barquero (1931-)

Ubicada por la crítica dentro de la prolífica Generación Literaria de 1950, en la que comparte honores con Enrique Lihn, Armando Uribe Arce y Jorge Teillier entre otros destacados exponentes de la poesía nacional, la obra de Efraín Barquero transita por una cierta continuidad de la tradición poética que incorpora elementos propios de la lírica popular y del mundo de la poesía infantil. La utilización de arquetipos del mundo popular y campesino, como 'el padre' o 'la compañera', son las constantes de una poesía emparentada con la tierra y con una suerte de mitología de lo cotidiano, donde se refuerza la presencia de la tradición.

Como señala Ana María Larraín, en Barquero "los espacios míticos aparecen ritualizados por la individualidad del recuerdo de su infancia transcurrida en la zona central", lo que permitiría incluso vincularlo con la poesía lárica de Teillier o con ciertos pasajes de la obra de Juvencio Valle.

Nacido en 1931, Efraín Barquero pasó -como muchos de nuestros poetas- por la carrera diplomática, siendo agregado cultural en Colombia durante el gobierno de Salvador Allende.

Considerado en sus inicios como el natural continuador de la línea de desarrollo poético abierta por Pablo Neruda, su primer libro, *La piedra del pueblo* (1954), fue incluso prologado por nuestro Premio Nobel, además de ser calurosamente recibido por la crítica por su temática y por el surgimiento de una voz definida y bien calibrada dentro del panorama literario. Esto se vio refrendado por la aparición de sus siguientes obras, entre las que destacan *La compañera* (1956) y *El viento de los reinos* (1967), obra que nace de un viaje a China, y en la que el poeta realiza un notorio intento por acceder a niveles de expresión y trascendencia no totalmente presentes en su obra anterior.

Empujado a un largo exilio en México, Cuba y Francia tras el golpe de Estado de 1973, Barquero continuó su labor creativa en el extranjero, principalmente en Francia, país en el que escribió *A deshora* entre 1979 y 1985, y que fue publicado en Chile el año 1992, al igual que *Mujeres de oscuro* y *El viejo y el niño*.

Decepcionado de Chile y amarrado ya por la costumbre del exilio, Barquero regresó a Francia al poco tiempo de intentar radicarse en nuestro país. Sin embargo, antes de su partida publicó *La mesa de la tierra*, libro con el que obtuvo el Premio Municipal de Literatura en 1999 y del que el crítico Camilo Marks señaló que "Puede y debe leerse en varios niveles y puede especialmente leerse en voz alta, lo que no sucede con la poesía actual. En definitiva, se trata de un libro que vuelve a situar a Efraín Barquero como un creador clave de la lírica chilena contemporánea", hecho que puede ser confirmado en la amplia cobertura que su obra ha recibido de parte de la crítica y por el constante interés que su labor poética despierta en nuestro país.

Waldo Rojas (1944-)

Nacido en Concepción el 22 de agosto de 1944, Waldo Rojas es poeta, ensayista y profesor universitario. Asistió al Instituto Nacional entre 1954 y 1962, y fue director de la ALCIN (Academia de Letras Castellanas del Instituto Nacional). Más tarde, estudió en la Universidad de Chile, donde ejerció como traductor, redactor y crítico literario del *Boletín de la Universidad de Chile*.

Como autor, pertenece a la Generación de poetas de 1960, a la cual él mismo bautizó como "Promoción Emergente", entre cuyos integrantes se encuentran autores como Gonzalo Millán, Floridor Pérez, Jaime Quezada, Óscar Hahn, Omar Lara y Federico Schopf. Según Rojas, "el grupo de poetas jóvenes de los años 60 no configuraba, como ya se ha dicho muchas veces, una partida fundacional en el sentido de una actitud vanguardista, rupturista, en ningún caso. [...] Lo que teníamos en común era, primero que nada, la actitud hacia lo que llamábamos 'tradición', o sea, las sucesivas generaciones de poetas chilenos que configuraban ya por los años 60 un panorama extraordinariamente rico y que nada predisponía a desaparecer en una jubilación prematura. Entonces, las relaciones amistosas sin complacencias ni complicidades de tipo tribal y una permanente apertura hacia lo que otros jóvenes vendrían más tarde a agregar, era lo más importante." ("Continuidad de las certezas", entrevista por Carolina Ferreira. "Literatura y Libros" *La época*, 7 de septiembre, 1997, p. 5).

Además de su actividad como intelectual, se le reconoce por ser uno de los más notorios representantes de la bohemia santiaguina de los años sesenta. Junto al cineasta Raúl Ruiz, el escritor Germán Marín y el actor Luis Alarcón, conformó el grupo llamado "La Cofradía de los Caballeros Antiguos" que, entre otras cosas, exigía que sus integrantes no supieran manejar: "Raúl, Germán y yo hemos respetado hasta hoy el rechazo al automóvil, porque lo vemos como una forma de ostentación y de inscripción en la economía de la sociedad" (Castillo, Rodrigo. "El eterno paseo de los cautivos", *Las últimas noticias*, 10 de enero, 2002, p. 35).

Entre 1969 y 1973 fue asesor del Taller de Escritores de la Universidad Católica de Chile, en la especialidad de poesía, bajo la dirección de Enrique Lihn. Entre 1972 y 1973 fue profesor de Introducción a la Estética Contemporánea en la Facultad de Bellas Artes de la Universidad de Chile. Se trasladó en 1974 a Francia -país en el que reside desde entonces-, convirtiéndose en un exponente de la poesía chilena en el exilio. En 1975 comenzó a dictar clases en la Universidad de París I (Pantheon Sorbonne) en el área de historia. Paralelamente a su actividad literaria y a su labor académica, se ha desempeñado como actor ocasional (en el filme *Palomita blanca*, de Raúl Ruiz), como guionista (*A la sombra del sol*, de Perelman y Caiozzi) y también como autor de boleros.

Entre sus libros de poesía se cuentan *Agua removida* (1964), *Pájaro en Tierra* (1966), *Príncipe de naipes* (1966), *Dos poetas de la ALCIN* (1967), *Cielorraso* (1971), *El puente oculto* (1981), *Chuffré á la Villa d' Hadrien (Cifrado en la Villa Adriana*, 1984), *Almenara* (1985), *Fuente itálica* (1990), *Deriva Florentina* (1993), la antología *Poesía continua* (1995) y el poemario *Deber de urbanidad* (2001). Además, publicó el libro de crítica *Poesía y cultura poética en Chile* (2001).

Armando Uribe (1933-)

Armando Uribe resulta ser, para el observador de la sociedad chilena surgida después de la dictadura militar, un ave rara. Y es que este jurista, ex diplomático, poeta y ensayista se ha convertido en una suerte de vigía de la conciencia nacional, disparando sus dardos sobre la hipocresía y la injusticia que, según él, campea en nuestro país. Célebres han sido en este sentido sus cartas abiertas a personajes de la vida pública, y lo mismo sucedió con *El accidente Pinochet*, diálogo que el poeta mantuvo con el filósofo Miguel Vicuña durante el proceso que el general sufrió en Londres.

Para Uribe Arce la rabia es el motor de una actitud vital que no deja de indignarse ante el estado de cosas que le tocó vivir, y que se expresa con potencia tanto en sus ensayos como en su poesía. En esta última, la voz de Armando Uribe se vuelve un desgarro para enfrentar las constantes de su obra poética: el dolor, la persistencia de la muerte, el asombro ante la divinidad. De esta madera están hechos libros como *Odio lo que odio, rabio como rabio* (1998), el volumen doble que contiene *Los ataúdes* y *las erratas* (1999), y *Contra la voluntad* (2000), dentro de su producción más reciente, y los poemarios *Transeúnte pálido* (1954), *El engañoso laúd* (1956) y *No hay lugar* (1970), libro de amor y angustias dedicado a quien fue su musa y compañera durante largos años, su esposa Cecilia Echeverría. Destacan tambien: *Pound* (1963), *Por ser vos quien sois* (1989), *Las críticas de Chile* (1999) y *El fantasma de la sinrazón & El secreto de la poesía* (2001).

En la vida de Armando Uribe, quien nació el 28 de octubre de 1933, las letras han sido una constante, ya sea a través de su obra poética, de sus ensayos políticos y literarios -como *Léautaud y el otro*- o de sus escritos jurídicos e históricos, entre los cuales destaca *El libro negro de la intervención norteamericana en Chile* (1974), publicado originalmente durante su exilio en Francia y que estuvo durante largos años prohibido en nuestro país.

Armando Uribe, de quien él mismo ha escrito que "nació en Santiago hace más años de lo necesario", utiliza el sarcasmo como arma de ataque y defensa en un mundo que se le ha vuelto ajeno, incomprensible para su estampa quijotesca y refinadamente culta. Hombre de principios firmes, la trayectoria de Uribe Arce ha resultado impecable en prácticamente todos los ámbitos en que se ha desempeñado, desde la docencia a la poesía, de la diplomacia hasta la jurisprudencia.

Es por eso que este poeta y ex embajador del gobierno de Salvador Allende en China, ha despertado un abierto interés tanto por su obra como por su opinión, lo que se ha expresado en numerosos comentarios críticos, entrevistas y notas de prensa. Y es así como Uribe, citando al escritor Pablo Azócar, se ha convertido en "un imprescindible en este país de pesos ligeros e intelectuales que se llenaron de telarañas en una carrera sorda de dinero y fama y poder", llegando a ser distinguido el 30 de agosto de 2004, con el Premio Nacional de Literatura.

(4) Biografía de Jorge Edwards

1931   29 de junio. Jorge Edwards nace en Santiago.

1936   Inicia sus estudios en el Colegio San Ignacio de Loyola, donde tiene como profesor al padre Alberto Hurtado.

1942   Sus primeros textos los publica en el Colegio San Ignacio. Su primer escrito se titula: "Las ventajas de la navegación y Cristóbal Colón". Posteriormente, se dedica a escribir poesía.

1950   Comienza la carrera de Derecho.

1952   Publica su primer libro de cuentos: *El patio*, bajo el sello editorial Carmelo Soria Impresor. Tiene buena acogida de parte de la crítica.

1954   Comienza su carrera de diplomático.

1959   Realiza un posgrado en Ciencias Políticas en Princeton.

1962   En Santiago recibe el Premio Municipal de cuento por *Gente de la ciudad*. Ejerce el cargo de Secretario de la Embajada de Chile en París.

1965   Se le otorga el Premio Atenea de la Universidad de Concepción por *El peso de la noche*.

1966   Recibe el Premio Pedro de Oña por *El Peso de la noche* (1965).

1970   Es enviado por Salvador Allende a La Habana en misión especial para abrir la embajada chilena en Cuba. Tres meses bastó para ser declarado "Persona no grata", por su apoyo a los intelectuales disidentes al régimen.

1970   Obtiene el Premio Municipal por su libro *Temas y variaciones* (1969).

1971   A partir de las experiencias vividas en Cuba escribe *Persona non grata*, libro que es censurado en Chile y Cuba.

1971   Tras el golpe de estado, decide irse de Chile y parte a España, donde se establece en Barcelona.

1977   Se le entrega el Premio de Ensayo Mundo por *Desde la cola del dragón*.

1978   Escribe en España *Los convidados de piedra*. Ese mismo año regresa a Chile, tras cinco años de exilio y es llamado a integrar la Academia Chilena de la Lengua.

1979   Obtiene la Beca de la Fundación Guggenheim de Estados Unidos para escribir sobre la vida de Pablo Neruda.

1981   Publica *El museo de cera*.

1985   En una ceremonia realizada en la embajada de Francia se le otorga la distinción Orden de Artes y Letras en el grado de caballero por su papel en la cultura y su estrecha relación con dicho país, tanto en el ámbito de las letras como en sus labores diplomáticas que lo tuvieron como ministro consejero de la Embajada de Chile.

1985   Publica *La mujer imaginaria*.

1987   Publica *El anfitrión*, la historia de un refugiado en Berlín.

1990   Su libro *Adiós, poeta*, que aún no estaba publicado, es distinguido con el Premio Comillas de España, que entrega la editorial Tusquets.

1991   En Santiago obtiene el Premio Municipal de Ensayo por *Adiós, poeta*.

1994   Jorge Edwards recibe el Premio Nacional de Literatura.

1994   Parte a París tras ser nombrado embajador ante la UNESCO.

1994   Se le confiere el Premio Atenea de la Universidad de Concepción por *Fantasmas de carne y hueso*.

1996   Publica *El origen del mundo*.

1999   Recibe la Insignia de la Legión de Honor francesa en el grado de caballero, la que es entregada por el embajador francés Jean Michel Gaussot.

2000   24 de abril. En una ceremonia realizada en la Universidad Alcalá de Henares en España, Jorge Edwards es distinguido por el rey Juan Carlos de España con el Premio Cervantes.

2000   Publica *El sueño de la historia*.

2005   de agosto. En el Palacio de la Moneda, el Presidente de la República Ricardo Lagos, le otorga el galardón Orden al mérito de Gabriela Mistral.

2004   Se publica *El inútil de la familia*, novela que aborda la vida de su tío abuelo Joaquín Edwards Bello.

2008   La Editorial Universidad Diego Portales edita una selección de textos críticos de Jorge Edwards bajo el título *La otra casa: ensayos sobre escritores chilenos*.

2008   Se publica *La casa de Dostoievsky*; la novela recibe el Premiode Narrativa Iberoamericana Planeta-Casamérica.

2010   Fue designado embajador en París por el nuevo gobierno de Sebastián Piñera.

OBRAS DE JORGE EDWARDS

NOVELAS

1964   *El peso de la noche*. Barcelona: Seix barral.

De la mano de Francisco, un adolescente que descubre el sexo y la llamada irrecuperable de la literatura, y que se rebela contra los valores familiares y las enseñanzas de los jesuitas, y de Joaquín, su tío, que arrastra el estigma del descarriado e inadaptado y vive al margen de todos, el narrador nos introduce en el microcosmos de una poderosa familia, un retrato vivísimo de la corte de hermanos y sirvientes, de empleados y amigos, presidida, como una gran matrona, por la señora Cristina. La historia independiente de Francisco y Joaquín nos habla de los esfuerzos por escapar de las rigideces de clase y de los valores que representa, de los remordimientos y debilidades, las hipocresías y los sentimiento largamente reprimidos, de la atracción por los bajos fondos y la importancia de la noche, tal vez la clave que mantiene «el orden social en Chile» (Edwards, 2001b).

1978   *Los convidados de piedra*. Barcelona: Seix Barral.

Los convidados de piedra plantea una investigación estricta en la historia de una sociedad chilena agónica, en la que se evidencia la ruptura del orden de las familias que supone una revolución no asumida, en la que los transgresores sufren y los que no transgreden se sienten amenazados en sus antiguos privilegios (Edwards, 2001c).

1981   *El museo de cera*. Barcelona: Bruguera.

Jorge Edwards nos propone en *El museo de cera* una lúcida parábola del pensamiento reaccionario en forma de sátira implacable. Su protagonista, el supuesto marqués de Villa-Rica, exponente del sector más tradicional de la sociedad chilena, es un afrancesado que, en un mundo de televisores y helicópteros, vive anclado en el pasado: sale de su palacio en carroza, se viste con levita, usa bastón con empuñadura de plata y parece tan alejado de la electrónica japonesa como de las chinganas y picanterías coloniales de la ribera del río. Como las figuras que en un museo de cera comparten anacrónicamente el mismo espacio, en esta novela conviven tres mundos que se entrelazan en un conjunto delirante y de gran comicidad (Edwards, 1997a).

1985   *La mujer imaginaria. Barcelona*: Plaza y Janés.

Es la historia de Inés Vargas Elizalde, hija de buena familia chilena, sumisa, tímida y obediente durante 60 años, aunque de cabeza dura (legado de un ancestro nórdico); esta mujer se rebelará de la opresión familiar el día de la celebración de sus 60 años, en 1977. Inesita Elizalde, de su nombre de artista (para rehabilitar en parte a su tío Salustio), hoy abuela, sacrificó su personalidad desde la adolescencia para adaptarse a lo que esperaban de ella, sin cuestionarse. Así se le pasó la vida, obedeciendo a sus padres, abuelos, a sus familiares y allegados, a sus hermanos, a su marido, a sus hijos, a una sociedad entera que la juzga en cada uno de sus actos. Doña Inés asumirá por fin sus dotes de pintora, sus pulsiones creativas, sus ideas políticas, sus opciones sociales, separándose de ese marido que regía su vida de casada en perfecto déspota porque ese marido, en todas las decisiones prácticas, la refacción de la casa, el sitio de veraneo, el colegio de los niños, arrasaba, dominaba (Edwards, 1985).

1987   *El anfitrión*. Barcelona: Plaza y Janés.

Tra el golpe de Estado de 1973, Faustino Piedrabuena, miembro del Partido y colaborador de cierto renombre en varios medios culturales de Chile, tiene que exiliarse al Berlín Oriental. En esta ciudad torturada por la historia, Faustino, como tantos otros militantes de izquierda, recibe la ayuda y protección de los camaradas europeos, pero, aunque goza de ciertos privilegios, la monotonía del exilio y la cerrazón ideológica de algunos compañeros de destierro comienzan a provocarle una íntima frustración. En este momento conoce a un misterioso compatriota que habita en el sector occidental de Berlín y que lo arrastra a una insólita aventura humana y política. *El anfitrión* es un Fausto chileno en clave criolla, humorística, pero donde no falta ninguno de los elementos del tema clásico. Nos encontramos ante una fábula irónica, posmoderna y a la vez antigua como el mundo, sobre las trampas de la utopía y la frágil línea divisoria que separa el heroísmo de los más siniestros delirios políticos (Edwards, 2001a).

1996 *El origen del mundo*. Barcelona: Tusquets Editores.

Felipe Díaz, un intelectual chileno cincuentón, brillante, culto, políticamente comprometido, pero también vividor, mujeriego y bebedor, aparece un día muerto en su apartamento de París. Encuentra su cuerpo inerte el doctor Patricio Illanes, un hombre ya mayor, disciplinado y felizmente casado con Silvia, mucho más joven que él, amigos íntimos los dos de Felipe. De ese episodio y de una vaga sospecha que va apoderándose del viejo médico arranca la conmovedora historia de un amor crepuscular y de un proceso de celos incontrolable que lo llevará a emprender una compleja investigación casi policial, a la vez en la vida de Silvia y Felipe (Edwards, 1996a).

2000 *El sueño de la historia*. Barcelona: Tusquets Editores.

El sueño de la historia nació de una singular experiencia. Durante su desempeño en la Academia Chilena de la Lengua, Jorge Edwards estudió la obra de su antecesor en el sillón Eugenio Pereira Salas, quien había escrito un libro sobre historia del arte en Chile, donde aparecía un extraordinario capítulo sobre Joaquín Toesca. En dicho capítulo se mencionó el escándalo en la sociedad de la época que provocó la relación de Toesca con su muy joven mujer, Manuelita Fernández de Rebolledo. Inspirado en esta historia, Edwards quiso retratar el pasado colonial y dictatorial de Chile desde la perspectiva de un hombre que ha sufrido el destierro. El protagonista de la novela es un doctor en filosofía que regresa tras un largo exilio a Chile, en un momento que todavía está bajo la dictadura. Inmerso en este período histórico, el personaje desencantado presenta un retrato del arquitecto Joaquín Toesca mientras se desempeñaba como arquitecto en el proyecto de construcción de La Moneda (Edwards, 2000a).

2004 *El inútil de la familia*. Santiago de Chile: Alfaguara.

Cuando Jorge Edwards comenzó a escribir, en plena adolescencia, en un mundo que estaba muy lejos de destinarlo a la literatura, se encontró con un pariente cercano que nadie nombraba, un fantasma, un marginal, un maldito de su época, Joaquín Edwards Bello. Joaquín había obtenido el Premio

Nacional de Literatura en 1943, pero su vida accidentada, aventurera, de jugador empedernido, su inconformismo, su abierta y en aquellos años escandalosa rebeldía social, ya lo habían convertido en una leyenda viviente. El tío Joaquín, había conocido los palacetes de América y Europa, pero pronto descendió al fondo de la noche: a las callejuelas y tabernas de la mala muerte, a los prostíbulos, a los garitos clandestinos. Vivió una vida accidentada entre Madrid, París, Valparaíso y Santiago.

El inútil de familia es una ficción que parte siembre de la memoria, pública o privada, y que nos pasea sin concesiones, con incesante humor desde las postrimerías modernistas del siglo XIX hasta estos primeros y endiablados años del XXI (Edwards 2005).

2008   *La casa de Dostoievsky*. Barcelona: Planeta.

Un joven escritor, el Poeta, apura la vida entre tragos y amoríos en el Santiago de Chile de la posguerra. Enamorado de Teresa, marcha tras ella al París de los años 60, donde ambos se entregan a una pasión clandestina en continuo peligro de ser descubiertos.

Más tarde se trasladará a Cuba, donde vivirá intensos momentos políticos de la revolución, para volver definitivamente a su país, a punto de caer bajo la dictadura de Pinochet.

La casa de Dostoievsky es un texto generacional sobre quienes, desde el compromiso, evolucionaron y pagaron el precio de esta evolución liberadora, siempre mal vista por los pretendidos dueños del pensamiento políticamente correcto. Un homenaje a la poesía y a la creación artística.

Una gran novela de Jorge Edwards que, con su magistral estilo y su absoluta madurez como escritor, revela las claves literarias de este autor esencial (Edwards, 2008).

2011   *La muerte de Montaigne*. Barcelona: Tusquets Editores.

Un magistral juego literario entre el pasado aparentemente remoto de Montaigne y el presente, entre la investigación y la narración.

En 1588, Michel de Montaigne, que es ya un filósofo respetado, conoce en París a una joven admiradora de su obra, Marie de Gournay.

Y Montaigne, que tiene por entonces cincuenta y cinco años y está «bien casado», inicia una misteriosa relación con la exaltada Marie. Para reconstruir esa pasión crepuscular, Jorge Edwards rastrea al Montaigne público y privado, y mientras aplica la lección vital de Montaigne a su propia realidad, la de la infancia y la actual, Edwards ilumina los aspectos más relevantes, curiosos, a menudo sensuales y, sobre todo, modernos del -ahora ya plenamente- novelesco personaje (Edwards, 2015a).

2013   *El descubrimiento de la pintura*. Barcelona: Mondadori.

El retrato de vida de un personaje sensible al arte en un Chile cargado de prejuicios.

Jorge Rengifo Mira, Rengifonfo o Fonfo, para los más cercanos, trabaja vendiendo artículos de cerrajería en la Sociedad Comercial Saavedra Balfour, aunque su gran pasión es la pintura. Es un artista de fin de semana: los domingos suele viajar en micro con su caja de pinturas y su atril a cuestas hasta los faldeos cordilleranos de Santiago para solazarse y retratar el paisaje. Pero su singularidad es incomprendida, y su familia y amigos más bien lo ignoran o se ríen a sus espaldas.

El descubrimiento de la pintura retrata la vida de un personaje sensible al arte en un Chile cargado de prejuicios. Una novela inteligente, de dulce ironía y hasta catártica cuando el destino de Rengifo da una sorpresiva vuelta de tuerca (Edwards, 2013).

2016   *La última hermana*. Barcelona: Acantilado.

María, una mujer de origen chileno sofisticada, alegre y superficial, asiste atónita a la ocupación alemana de París, que trunca para siempre su vida hasta entonces despreocupada e intranscendente. El azar la lleva a conocer la persecución a la que someten los nazis al pueblo judío y, sin medir las consecuencias, movida por el simple impulso de ayudar, decide colaborar con la Resistencia salvando a los hijos de algunas mujeres judías sentenciadas a muerte en los campos de exterminio. Basada en una historia real, esta trepidante novela nos revela la fuerza transformadora de la compasión y nos habla de una forma de valentía discreta y, quizá por ello, aún más admirable (Edwards, 2016).

LIBROS DE CUENTOS

1952   *El patio*. Santiago: Carmelo Soria.

Los cuentos reunidos en *El patio* son: "El regalo", "Una nueva experiencia", "El señor", "La virgen de cera", "Los pescados", "La salida", "La señora Rosa" y "La desgracia". Algunos de estos relatos son incluidos en la *Antología del nuevo cuento chileno* (1954) y en *Cuentos de la generación del 50* (1959), ambos editados por Enrique Lafourcade (Edwards, 1980a).

1961   *Gente de la ciudad*. Santiago: Editorial Universitaria.

Gente de la ciudad fue publicada por la editorial Universitaria en 1961. Tras su lanzamiento, recibió el Premio Municipal de Santiago. En esta compilación Edwards reunió los siguientes relatos: "El cielo de los domingos", "El fin del verano", "A la deriva", "El funcionario", "Rosaura", "Apunte", "Fatiga y El último día" (Edwards, 1961).

1967   *Las máscaras*. Barcelona: Seix Barral.

1969   *Temas y variaciones*. Santiago: Editorial Universitaria.

1990   *Cuentos completos*. Barcelona: Plaza Janés.

1992   *Fantasmas de carne y hueso*. Buenos Aires: Sudamericana.

Estos fantasmas son de carne y hueso porque están vivos en la memoria del autor, como podrían estarlo en la de cualquiera, a veces insistentes, casi atediantes, otras semiocultos en algún resquicio del recuerdo. Ocho cuentos poblados de fantasmas, todos ellos precedidos por una llamémosla «advertencia» en la que el autor parece confesar que, aunque él se deja habitar descontroladamente por esas presencias enfebrecidas, a ellas les debe el ser escritor, de ellas extrae la savia que alimenta a sus personajes, gracias a ellas crea y recrea historias que no se sabe si ocurrieron ya, si en realidad nunca ocurrieron o si, por el contrario, están a punto de ocurrir (Edwards, 1993).

ENSAYOS

1977   *Desde la cola del dragón*. Chile y España: 1973-1977. Barcelona: Dopesa.

Desde la cola del dragón es una compilación de ensayos compuesto por cinco capítulos. Algunos de estos ensayos ya habían sido esbozados en los distintos artículos que Edwards publicaba en diarios de Europa y Estados Unidos, tales como *La Vanguardia*, de Barcelona, el *Washington Post*; el suplemento literario del *Times; Le monde* de París y el *Cambio 16* de Madrid (Edwards, 1977).

1980   *Mito, historia y novela*. Santiago: Editorial Universitaria.

2003   *Diálogos en un tejado*. Crónicos y semblanzas. Barcelona: Tusquets.
         A lo largo de los años, Jorge Edwards ha compaginado una brillante carrera como hombre de letras -merecidamente recompensada con el Premio Cervantes en 1999 -y como diplomático con una elocuente colaboración en la prensa escrita. Tusquets Editores presenta esta extensa y elaborada antología de crónicas y artículos aparecidos en los últimos años, algunos incluso en 2002, y en la que su autor se revela como un lector infatigable, un empedernido viajero y un agudo observador de la realidad. El título de *Diálogos en un tejado* alude a los tiempos en que, con un artista amigo, un jovencísimo Jorge Edwards solía conversar hasta la madrugada acerca de sus incipientes filias y fobias literarias y artísticas. El tiempo, los libros y numerosas y fructíferas amistades han precipitado en estas prosas, animadas por la más variada intención y contenido: unas veces, el escritor nos invita a compartir sus lecturas y relecturas recientes; otras, nos cautiva con la semblanza del poeta, el artista o el político al que conoció en persona. Además, su profundo amor hacia ciudades emblemáticas como París le lleva a escribir amenísimas páginas sobre la historia menuda de calles, museos y gente pintoresca. Apasionado analista de la política y la historia recientes de Hispanoamérica y de Europa, Edwards aborda acontecimientos como la detención de Pinochet en Londres, la peripecia de Elián, el niño balsero cubano, o las difíciles relaciones de Sudamérica con la modernidad, todos ellos merecedores de un comentario atinado, a menudo polémico, pero capaz siempre de encuadrarlos en una perspectiva iluminadora (Edwards, 2003).

2006   *La otra casa: ensayos sobre escritores chilenos*. Santiago de Chile: Universidad Diego Portales

Durante su extenso trayecto literario, Jorge Edwards ha reservado un espacio de constante y afectiva lectura de los escritures chilenos, manteniéndose atento a la supervivencia de nuestros clásicos y abierto a los nuevos nombres que se han ido agregando a la selva de la literatura chilena. Este libro recoge una treintena de textos ("ensayos, notas, crónicas, como quieran ustedes llamarlo" dice su autor), escritos a lo largo de tres décadas (Edwards, 2006).

BIOGRAFÍAS

1973   *Persona non grata*. Barcelona: Plaza Janés.

"Novela sin ficción", como el autor chileno la ha definido en alguna ocasión, constituye un ejercicio de subjetividad basado en experiencias personales, que se manifiestan en un documento "realista" bajo el tamiz de la subjetividad y bajo un ropaje narrativo que, alimentado por la primera persona, imprime una sensación de ficcionalidad, propia de la trama novelesca. Polémico y sincero, el trabajo del chileno es uno de los iconos de la época del "boom". Esta edición, la primera con un estudio crítico, una corrección completa de variantes y erratas y un elenco de notas a pie de página que aportan aclaraciones relacionadas con hechos históricos, personajes, datos literarios, técnicos, etc., además de las que el autor ha ido añadiendo en sucesivas ediciones, ofrece un nuevo prólogo de Jorge Edwards que cobra una especial relevancia por lo que en el contexto político actual significa una nueva concepción de las relaciones entre Cuba y los Estados Unidos (Edwards, 2015b).

1990   *Adios, Poeta*. Santiago de Chile: Tusquets Editores.

"Este es un libro de memorias muy personal en el que el personaje principal es Pablo Neruda": así definía su obra el autor poco después de ganar el III Premio Comillas. En realidad, Jorge Edwards se desliza con tal maestría de la anécdota y la reflexión personales al retrato biográfico del Poeta y a la historia de tres generaciones de escritores, artistas y pensadores de todo el mundo, que el lector tiene la sensación casi ineludible de estar comprometido de alguna manera en esta larga, aventurera, accidentada y contradictoria trayectoria intelectual y vital, a la vez privada y colectiva. En torno a Neruda, figura histriónica y emblemática por excelencia, gravitaron tantos personajes más y menos conocidos, tanta actividad cultural, social y política, que contar, aunque sólo sea una parte de su vida, lo que sabe de él Edwards , amigo personal suyo durante veinte años, es sin duda revelar mucho de la historia de casi todos (Edwards, 2004).

OBRA PERIODÍSTICA

1994   *El whisky de los poetas*. Santiago: Editorial Universitaria.
        Edwards retorna a la crónica con la publicación de *El whisky de los poetas* (1994), libro que incluye textos sobre literatura, política y otros temas variados, escritos entre 1968 y 1994 (Edwards, 1997b).

2017   *Prosas inflitradas, columnas y ensayos*. Madrid: Reino de Cordelia.
        En 1970 Jorge Edwards llegó a Cuba, por encargo del gobierno de Salvador Allende, para reabrir las relaciones diplomáticas con Chile. Su expulsión de la isla, decretada por Fidel Castro pocos meses después, supuso el primer gran borrón democrático del régimen castrista. Ahora, tras la muerte del comandante, hace balance de lo que ha supuesto el largo mandato del revolucionario comunista, así como su impacto en América y en el resto del mundo. Pero *Prosas infiltradas* no es solo un análisis sobre la actualidad política y social, sino un homenaje al ensayo literario, a la gran cultura del pensamiento occidental. Por sus páginas desfilan creadores como Montaigne, Voltaire, Laurence Sterne, Marcel Proust, Machado de Assis, Unamuno y, sobre todo, personajes con los que ha compartido experiencias y anécdotas: Borges, Octavio Paz, Pablo Neruda, Julio Cortázar (Edwards, 2017).

MEMORIAS

2012   *Los círculos morados*. Barcelona: Lumen.
        "La conversación en la sombra, en la penumbra sucia, era siempre literaria hasta el extremo, hasta el agotamiento", escribe Jorge Edwards en este primer y brillante volumen de memorias que constituye una historia a la vez íntima y generacional del descubrimiento de la literatura, un hallazgo a contracorriente del Santiago conservador de su infancia y de su casa

"burguesa, prudente, cuidadosa, temerosa del qué dirán, del exceso, de la espontaneidad de cualquier tipo, de casi todo".

La formación de un escritor en sus claroscuros queda magistralmente retratada en estas páginas, desde los recuerdos iniciales al cobijo de una madre, Picha -"la simpática, la estupenda, la dulce"-, y de una clase social inexpugnable, pasando por traumas infantiles, profundas heridas debidas a un cura, la formación jesuita en el Colegio San Ignacio (donde tuvo entre sus profesores al sacerdote Alberto Hurtado), las primeras lecturas reveladoras, el erotismo, hasta los personajes de los años cuarenta y vísperas de los cincuenta, el impacto del conocimiento de Pablo Neruda, y el encuentro con Alejandro Jodorowsky, Enrique Lihn y los surrealistas.

Los círculos morados, es decir las marcas del vino en las comisuras de los labios en los años de la bohemia y la rebeldía, es una lectura honesta, íntima y vibrante. Un retrato literario de una vida y de una época. Espléndidamente escrito (Edwards, 2012).

2018   *Esclavos de la consigna*. Barcelona: Lumen.

Esclavos de la consigna, un relato vívido y luminoso de sus años de formación en el Chile de mediados del siglo XX, por el que desfilan personajes de la talla de Pablo Neruda, Nicanor Parra, Alejandro Jodorowski, José Donoso e incluso, fugazmente, William Faulkner.

La apasionante rememoración de sus años de formación está asimismo entreverada de un pensamiento crítico sobre las ilusiones políticas de su generación, cuando se alimentaba la esperanza de la utopía socialista. Cáustico, irónico, elegante y preciso, Edwards celebra en este libro toda una vida dedicada a las letras "y a la diplomacia" con unas reflexiones que también ayudan a entender nuestro presente (Edwards, 2018).

PREMIOS Y DISTINCIONES

1962   Premio Municipal de Literatura de Santiago, categoría Cuento, por *Gente de la ciudad*.

1965   Premio Atenea, de la Universidad de Concepción, por *El peso de la noche*.

1969   Premio Pedro de Oña, por *El Peso de la noche*.

1970   Premio Municipal de Literatura de Santiago, categoría Cuento, por *Temas y variaciones*.

1977   Premio de Ensayo Mundo, por *Desde la cola del dragón*.

1979   Beca Guggenheim.

1985   Caballero de la Orden de las Artes y Letras, Francia.

1990   Premio Comillas (editorial Tusquets, España) por *Adios, Poeta*.

1991   Premio Municipal de Literatura de Santiago, categoría Ensayo, por *Adios, Poeta*.

1994   Premio Atenea de la Universidad de Concepción, por *Fantasmas de carne y hueso*.

1994   Premio Nacional de Literatura.

1999   Premio Cervantes.

1999   Caballero de la Legión de Honor, Francia.

2000   Orden al Mérito Gabriela Mistral.

2005   Finalista del Premio Altazor, con *El inútil de la familia*.

2005   Premio José Nuez Martín (Chile), por *El inútil de la familia*.

2008   Premio Planeta-Casa de América, por *La casa de Dostoievsky*.

2009   Premio de Letras de la Fundación Cristóbal Gabarrón, Valladolid, España.

2010   Premio ABC Cultural & Ámbito Cultural de El Corte Inglés, de manos de sus directores, Fernando Rodríguez Lafuente y Ramón Pernas.

2011   Premio González Ruano de Periodismo.

2016   Gran Cruz de la Orden de Alfonso X el Sabio.

3. ENTREVISTA A JORGE EDWARDS

Esta entrevista se llevó a cabo el día 1 de agosto de 2007.

Chang- Cuando acabó el colegio, usted decidió estudiar Leyes. ¿Qué relación tiene con su vocación para escribir?

Jorge Edwards- Sí, estudié Leyes, una carrera que a mí no me interesaba. Me planteé la posibilidad de entrar a Pedagogía en castellano, pero además de existir una tremenda resistencia familiar al asunto, yo pensaba que no quería ser profesor de castellano. Lo que a mí me interesaba era la literatura. Opté por la fórmula de estudiar Leyes porque era lo que me quitaba menos tiempo: había clases solamente en las mañanas y se podía ser alumno libre, es decir, no era necesario ir a clases. Fue una manera para ganar tiempo.

C- Me imaginao que ser abogado era una tradición en Chile.

JE- Era una tradición familiar y la menos tecnocrática de todas las carreras. En ese tiempo no era tan especializada como ahora, ya que tenía cierto lado humanístico: se hacía introducción a la Filosofía, se hacía Historia... Se pensaba que la carrera de Leyes daba una cultura general.

C- ¿Hubo algún contacto literario en la Escuela de Leyes, alguna influencia en ese sentido?

JE- Bueno, de alguna manera ocurrió con Jaime Eyzaguirre, que era profesor de Historia Constitucional de Chile. Cuando estaba en segundo o tercer año de Leyes, él organizó una academia literaria. Recuerdo que ahí tuve una satisfacción muy curiosa, porque con uno de mis cuentos conseguí que la sala —que era muy grande— riera a carcajadas. Sentí que había una comunicación muy buena, un logro estupendo. Eso me afirmó mucho y poco después publiqué por primera vez un cuento en la revista *Claridad*, donde había colaborado Neruda desde la Federación de Estudiantes de Chile y que, por ese tiempo, año 50, se estaba reeditando.

C- *Persona non grata* es una de las obras más importantes en su vida. ¿Qué pasó con su vida literaria después de la aparición de ese libro?

JE- En cierto sentido, me jodió mucho, porque incluso hubo editoriales que dijeron que no querían saber nada más de mí. Mal que mal, el testimonio que daba sobre Cuba no era algo frecuente. Incluso algunos que hasta ese momento eran amigos míos, desaparecieron del mapa.

C- ¿Y en tu escritura, qué cambio se produjo?

JE- Hay dos etapas en mi escritura, y esas dos están, en cierto modo, separadas por *Persona non grata*. La etapa anterior se caracteriza por una condición mía de escritor a medio tiempo; un diplomático que escribe en sus horas libres, digamos. A partir de este libro, mi actitud personal es de compromiso completo con la literatura. Esto no implica que no pueda hacer otras cosas, pero es como un lanzarse al vacío y dedicarse casi exclusivamente a la creación literaria. Creo que esa actitud humana repercute en la escritura posterior, porque, anteriormente, mi posición era la de no entregarme absolutamente al trabajo de escritor. Por lo mismo, esos libros previos son más reprimidos, más cuidadosos. Un escritor francés habla de la literatura considerada como una tauromaquia, y dice que el escritor empieza a ser tal en el momento en que asume riesgos. Ahora pienso que al decidirme a escribir *Persona non grata,* o al decidirme a publicarlo, asumí un riesgo personal que en cierto modo fue una liberación. Una liberación frente a la vida literaria, incluso en sus aspectos convencionales como vida de café o de reuniones, de congresos de escritores, y una liberación dentro del terreno del lenguaje. A partir de ese libro, tú puedes ver una soltura del lenguaje e incluso una soltura respecto de los temas.

C- En *El sueño de la historia*, están presentes la Independencia y los años de la transición a la democracia de Chile. En cambio, la mayoría de los personajes sufren de una vida dolorosa. Me imagino que usted es una persona escéptica

JE- Es cierto que la salida de la Colonia y la salida de la dictadura son dos periodos sombríos, oscuros, pero que también hay momentos de humor, risa y fiesta. Veo una cosa de manera escéptica, pero voy a cambiar mi actitud al asegurarme la verdad. Alguien me reprochó que yo escribiera con humor sobre cosas tan sombrías. Pero yo pienso que el humor permite soportar estas cosas.

C- La mayoría de sus obras son relatadas por un narrador. En *El sueño de la*

historia hay muchos narradores. ¿Usted quería narrar una historia más "objetiva" con los narradores?

JE- El narrador en esta novela es como un juego. En realidad, es una experiencia que tiene mucho de personal, porque ese narrador, en cierto modo, soy yo. No soy enteramente yo, porque los personajes que rodean a ese narrador no son exactamente los que me rodean a mí y las experiencias que él narra no son todas reales, vividas por mí. Por un lado, hice una especie de novela autobiográfica de mi regreso al Chile de Pinochet y una novela histórica donde la ficción interviene mucho con esta historia del siglo XVIII.

C- Con respecto a *El sueño de la historia*, Manuelita parece un personaje rebelde, pero encuentra su libertad. ¿Usted tiene alguna connotación especial de esta protagonista?

JE- Claro, es posible que incluso exista una connotación moral en el relato, en el sentido de que toda esa gente que se marginó de su clase tuvo razones y tiene un mensaje que decirles a estos señores que están instalados en el orden. Quizás casi todo lo que he escrito sea una meditación sobre el orden: el orden y la aventura, el orden y la ruptura.

C- ¿Qué piensa sobre las memorias históricas?

JE- Lo paradójico de las memorias es que el autor no puede transmitir una sensación de veracidad si no recurre a la escritura, que es de su propia invención, de la "mentira novelesca". Si el memorialista no puede ofrecer pruebas, como el historiador, es el tono el que tiene que convencer, la coherencia interna. O sea, en las memorias hay que ocupar el método de la novela, pero para contar algo que ocurrió en la realidad.

C- ¿Siente que ello también courrió cuando escribió *El sueño de la historia*?

JE- Totalmente. Te diría que el escritor es el hombre que introduce una cierta coherencia, un sentido, en un conjunto de hechos históricos que, antes de ser contados, son hechos confusos, caóticos. Entonces, esta coherencia la puede introducir en un mundo imaginario, de ficción, o le puede introducir en un mundo vívido.

YA-HUI CHANG
Santiago de Chile